文春文庫

ほかげ橋夕景

山本一力

文藝春秋

目次

ほかげ橋夕景

初出誌
オール讀物
泣き笑い　二〇〇二年四月号
湯呑み千両　二〇〇八年一月号
言えねえずら　二〇〇八年七月号
不意峨朗　二〇〇八年十月号・十一月号
藍染めの　二〇〇九年二月号
お燈まつり　二〇〇九年五月号
銀子三枚　二〇〇九年十月号
ほかげ橋夕景　二〇一〇年二月号（「紅だすき」を改題）

単行本　二〇一〇年十月　文藝春秋刊

本書は二〇一三年刊の文春文庫の新装版です。
本書の解説は二〇一三年刊の文春文庫からの転載です。

ＤＴＰ制作　言語社

泣き笑い

昨夜のことから始めるぜ。

八月十五日は富岡八幡様のお祭りだてえんで、金太《きんた》（おれの七歳の子だ）の遊び仲間ふたりが泊りがけでうちに来た。

六畳に四畳半の板の間しかねえ狭い家だが、女房がばかに付き合いがいいんだ。祭りだてえと、毎年だれかれ構わず泊めちまう。

去年は魚の棒手振《ぼてふり》に軽い愛想を言ったところ、相手が真に受けて一家五人が来ちまった。幸いにも日和続きだったんで、板の間の所帯道具を路地に出して、なんとか寝場所をこしらえた。それでも、損料屋《そんりようや》から蚊帳《かや》を借りるの、近所から皿だの茶碗を借りるのの騒ぎになった。

今年の客は小僧の仲間だけで、なにより同い年のこどもたちだ。夏のことだから夜具はいらねえし、めしなんざ有り合わせでことが足りる。金太も仲間内でいい顔ができるだろうてえんで引き受けた。

　江戸中かどうかは知らねえが、深川のガキの間では今年の春から妙な遊びがはやりになってる。界隈の駄菓子屋ならどこでも売ってるが、薄っぺらな木の絵札がそのはやりものでね。閻魔《えんま》さまだの鬼だの大蛇《おろち》だのと、気味のわるい絵ばかりだが、二枚で一文だてえからだれでも買える。

　へたな絵が版画刷りされただけだてえのに、ガキのあいだではてえした人気だ。そのうえ、どこぞの知恵者が思いついたんだろうが、売り方に滅法《めっぽう》な趣向が凝《こ》らされてやがる。

　真っ黒に塗られた四角い木箱のてっぺんに、小さな穴があいててね。こどもは箱んなかに手え突っ込んで、二枚をつかみ出すてえわけだ。穴はこどもの握りこぶしが、ちょうど出し入れできる大きさになってる。

　箱が黒くて中身がめえねえから、どの絵をつかんだかは取り出すまで分からねえ。千にひとつか万にひとつ、金色の閻魔さまがへえってるてえんだが、それが欲しいガキどもは一文握って駄菓子屋通いさ。

　絵には強い弱いがある。

　金色の閻魔さまがてっぺんで、みそっかすの河童《かっぱ》はまるっきり人気がねえそうだ。

おとなのおれが見ても河童はどれも間抜けづらでね、あれじゃあこどもも邪険にするさ。

そんなわけで深川のこどもたちは、ひまさえあれば絵札でワイワイやってる。同じ札ばかりじゃつまらねえもんだから、じゃんけんで取っかえっこもやってるらしい。

とにかくここいらのガキどもは、どこへ行くにも布袋にへえった絵札を後生大事に持ち歩いてる。泊りに来た金太の仲間ふたりも、もちろんしっかり持って来た。

これがことの始まりさ。

一

おまんまの残りに味噌汁をぶっかけて、かき込むようにめしを済ませたガキどもは、さっさと絵札遊びを始めた。なにが面白いのか、わきで見ててもまるで分からねえが、連中はきりがねえほど繰《く》り返していたよ。

「おとっつあんが横にもなれないじゃないの。いい加減にやめてちょうだい」

女房のおやすにほうきで追っ払われても、素直にやめるもんじゃねえ。それでもおれは、年に一度の祭りの宵だし好きなだけ遊ばせてやろうと思って放っといた。

「あっ、竹とんぼだ。金ちゃん、おいらにもさわらせて」

通い大工のせがれの正吉《しょうきち》の声で、土間に向かって煙草を吸ってたおれは思わず振り返った。こどもの声が甲高かったこともあるが、竹とんぼてえのが引っかかった。

安くても十文はするおもちゃだし、買ってやった覚えはねえ。まして、遣《や》り繰りに追われるおやすが、十文もの銭を渡すわけがねえんだ。

絵札を買う一文の小遣いですら、月に二度もやれれば御《おん》の字の暮らしだった。

「おい、金太」

声の調子が尖っていたらしく、呼ばれたこどもの顔が引き攣《つ》っていた。

「おめえ、竹とんぼを持ってんのか」

「……う、うん……持ってる」

歯切れのわるい返事だった。

「ここに持ってこい」

「…………」

いつもは腰の軽い金太だが、もぞもぞ尻を動かすだけだ。

「とっとと持ってこねえかよ」

つい声を荒らげちまった。

こどもは飛び上がったし、おやすも洗い物の手を止めた。おれに睨みつけられた金太は、押し入れの奥から袋を引っぱり出した。

中身を見られたくねえのか、おれの目から隠すようにして袋をかき回したあと、おどおどした様子で持ってきた。

「どうした、この竹とんぼは」

「りょうちゃんと取り替えっこした」

間をおかずに答えたが、おれをまともに見ねえで目が泳いでる。

「なにととっけえたんだ」

「大蛇《おろち》と河童」

答える金太の目は相変わらず落ち着きがねえ。こどもの顔を両手ではさみ、おれの目とまともに向き合わさせた。

「りょうちゃんてなあ、だれでえ」

「表通りの乾物屋の子」

りょうちゃんてえ子を思い出した。

三間間口《さんげんまぐち》の、そこそこ手広く商いをやってる吉野屋のひとり息子だ。なんどか長屋にも遊びに来てたが、裏店《うらだな》住まいのこどもとは履き物もなりも違ってた。顔なんざ、おしろいを塗ったみてえに白くてつるつるだし、いつも何かしらのおもちゃを手にしてた。

吉野屋のせがれなら絵札二枚と竹とんぼとを取り替えるかもしれねえが、金太の物言いと目がしっくりこなかった。

「おめえは知ってたのか」

おれは女房に矛先《ほこさき》を向けた。

「知らなかったけど、どうして？」

おれの剣幕を咎めつつ、こどもをかばうような口調だった。もともと金太にはあめえところがある女房だ、絵札と竹とんぼを取り替えたてえのを、あたまっから信じ込んでやがる。が、おれは別のことを思ってた。

野郎、盗《や》りやがった……。

自分にも覚えのあるおれにはピンときた。

ガキのころ、八百屋の店先から柿を掻《か》っ払《ぱら》って食ってたところを、死んだ親父に見つかった。そんとき言い逃れをしたおれと、金太の素振《そぶ》りがそっくりだった。

「金太、おもてに出ろ」

おれの怒鳴り声で金太の身体が固まった。

「とっとと出ろてえんだ」

こどもの襟首をつかみ、裸足のまま井戸端まで引きずり出した。血相を変えておやすも飛び出してきた。

「取っ替えたんじゃねえだろう」

決めつけを言うおれを女房が睨んだが、ここは男と男の話だ。助けを求めて母親に向けたこどものあたまを右手で押さえつけて、おれのほうに向き直らせた。

「ほんとうのことを言ってみろ」

「ほんとだもん……りょうちゃんがくれた」

「どこで、いつでえ」

「きのう、りょうちゃんとこへ遊びに行ったとき」

すらすら言いやがった。それで余計に腹が立ったおれは、さらに声がでかくなった。

「吉野屋のこどもが、河童なんぞの札を欲しがるわけねえだろうが」

「………」

「欲しけりゃあ、何枚でも買える銭を持ってるガキが、おめえの小汚ねえ札と竹とんぼとをなんだって取り替えたりするんでえ」

問い質《ただ》しても、こどもは口を閉じたままだ。

「黙ってねえで返事しろいっ」

おれから目は逸《そ》らさなかったが、活きのいい蛤《はまぐり》みてえに閉じ合わせた口を、金太は開こうとしねえ。そのさまにかっとなったおれは、思いっきり横っ面を張り倒した。

よろけた拍子に、井戸端のぬるぬるに足を取られた金太は、すてんと尻餅さ。それを見たおやすが嚙みついてきた。

「やめてよ、清《せい》さん。こどもになんてことするの」

摑みかかってきた女房を払いのけた。手荒くどけたんで、おやすはさらに声を張り上げた。

「金太は取り替えたって言ってるじゃない。自分の子を信じないの」

すっころんだままの金太の泣き声と、おやすの叫び声とで、長屋の連中がおもてに出てきた。泊りに来ている正吉とおたまも、息を吞み込んでこっちを見ている。いまさら格好つけても始まらねえが、騒ぎを収めようとしておれは金太を抱え上げた。

「もう怒鳴らねえから泣きやみな」

あたまを撫《な》でたら、金太は余計にしゃくりあげた。が、これで住人たちはなかに引っ込んだ。おれから金太を引ったくったおやすが、両腕でしっかり抱き込んで、やっとこどもも落ち着いた。

そんな金太に追い討ちをかけるみてえだったが、このままうっちゃってはおけねえ。おやすがどう言おうが、ここはケリのつけどころだった。

「金太と男だけで話がしてえんだ。おめえは家んなかにへえっててくれ」

おやすはぶつくさ文句を言ったが、もう手をあげねえと約束したら渋々井戸端を離れた。

「おめえ、これがなんだか分かってるな」

首から下げてる、八幡様の御守木札を金太に手渡した。あいつはこっくりうなずいた。

「そいつをガシッと噛んでみろ」

「えっ……噛むの？」

「おめえがほんとうのことを言ってるなら、どうてえこたあねえ」

こどもの目が落ち着かなくなった。おれはその目をしっかり見据えた。

「だがよう金太」

「はい」

「これっぱかりでも嘘をついてたら、噛むといきなり真っ赤な血を吐いて死ぬぜ」

怯《おび》えた金太が息を呑んだ。

「取っ替えっこが嘘だったら、おめえは死ぬんだ。嘘ついて死んだやつは、墓にもへえれねえ」

いまにも泣きそうになったが、おれは物言いをゆるめなかった。

「おめえが死んだら、おれが永代橋から大川に放り込んでやる。おっかあは泣くだろうがしゃあねえさ……ほら、噛みな」

金太の顔から血の気がひくのがはっきり分かった。野郎、立ってられねえほどに震え上がってた。

実のところ、おれも親父に同じことをされたんだ。さっきも言った柿のことでね。

あんときの怖さはいまでも忘れてねえ。さぞかし金太もおっかなかっただろうよ。

「とうちゃん……おいら、死にたくない」

あとはすらすら吐き出した。

呆れたことに、金太がくすねたおもちゃは、もうひとつあった。絵札二枚だが、そいつは吉野屋のぼうずの物じゃなくて、別のこどもの持ち物だった。

「すぐに持ってこい……あっ、金太、ちょいと待ちな」

駆け出そうとしたこどもが、びくっと立ち止まって振り返った。

「ほんとうにそれっきりか」

「うん、ふたつだけ」

「おめえは御札を握ったんだ」

「うん……」

「嘘が残ってたら、八幡様に睨まれて、嚙まなくても死ぬぜ」

「だって、ほんとうだもん。それでも血を吐いちゃうの？」

また泣き声になっていた。

「いいから、さっさと持ってこい」

金太はネズミみてえに、家んなかへと走り込んだ。

二

こどもを連れて吉野屋をたずねたのは、五ツ（午後八時）を回ったころだった。いつもなら乾物屋は商いを閉めている頃合いだが、そこは祭りの夜だ。軒先の提灯《ちょうちん》には、しっかり明かりが残ってた。

店先で小僧さんに頼んだら、すぐさまこどもが出てきた。が、夜に入ってのことだけに、母親も一緒についてきた。

「出し抜けにお邪魔して面目ねえことで」

おれは精一杯にていねいなあいさつをした。ことがことだけに、仲間内のような話し方はできねえ。

「金ちゃんのおとうさんですか」

「へえ、いつも一緒に遊んでいただいているようで。ありがてえこってす」

「それはお互いさまですよ。良平《りょうへい》も金ちゃんと遊べるのが、とっても楽しいって言ってますから」

言ってから、相手はいぶかしそうな目になった。いきなり顔を出すには、五ツ過ぎてえのは遅すぎたからだろう。

「なにか……」

小さいながらも、表通りの乾物屋のかみさんだ。着ている浴衣《ゆかた》はおろし立ての朝顔柄さ。浅黄の細帯をきゅっと締めて、夜だてえのに紅までひいてた。その赤い受け口をすぼめて、首をわずかに傾《かし》げながら問われたときには、そのまま帰《けえ》りたくなったよ。が、金太の先々を考えたら、とってもそんなことはできねえ。こんなひとを相手に、それも祭りの夜なのにと、情けなさが膨れたが、とにかく洗いざらい吐き出した。

「そんなことで、わざわざ来たんですか？」

「そんなことって、うちのガキ……いえ、金太が、この竹とんぼをくすねやがったんで」

「それはもう、うかがいました」

細くて形のいい眉にうっかり見とれていたが、いつの間にかしわが寄っていた。声の調子もすっかり冷《さ》めてた。

「良平は竹とんぼなんか、数が分からないほど持っていますから、欲しいなら好きなだけ持ってってくださいな」

物乞《ものご》いを相手に話しているようだった。

「お祭り見物に実家《さと》からひとが来ているものですから」

紅をひいたくちびるが、めくれ気味に見えた。眉根のしわも深くなっていた。

「金ちゃん」

おかみさんに呼びかけられて、金太は身体を固くした。相手の声の調子がそうさせたんだろう。

「竹とんぼのことなんか気にしないで、来たいときはいつでもいらっしゃい」

蒸し暑さも吹っ飛ぶような冷たい声を残して、さっさとなかに戻ってった。金太はおれの手をぎゅっと握りやがった。

浴衣越しの柔らかそうな尻が、右に左に揺れてってさ。いつものおれなら、ごくんと唾のひとつも呑み込むところだが、あんな冷《ひ》え冷《び》えした声が出せる女じゃあこっちの身体も萎《な》えちまう。

わるいのはうちの金太さ、吉野屋をどうこう言えた筋じゃねえ。それでもおれは、店先に転がってた小石を目一杯、蹴飛ばしてきた。

八幡宮の表通り両側には夜店が並んで、大した人込みだ。吊るされた提灯がおれの髷《まげ》にぶつかって、歩きにくくてしゃあねえんだ。ところが屋台のおもちゃに気が行った金太は、握られた手を振りほどこうとしやがる。

「いい加減にしろ。今夜は遊び半分に歩けるときじゃねえだろうが。てめえ、盗人《ぬすっと》やった詫びに行くてえのが分かってんのか」

怒鳴り声でひとが避《よ》けた。

盗人はまずかったぜ……。

おれは足を速めて人込みから離れた。

もう一軒たずねる先は、汐見橋を渡ったたもとの魚重《うおしげ》てえ活魚料理の店らしかった。

「そこはどんな宿《うち》で、なんてえ名の子と遊んでるんでえ」

夜店が途切れた暗がりで問いかけた。

「俊《しゅん》ぼうって言うんだけど、おいらより一つ下だよ」

「魚重てえのは、その子のおとっつあんがやってる店か」

「違うよ。だって俊ぼうは、おとっつあんがいないもん」

「なんだと」

「俊ちゃんは、おっかさんとふたりっきりなんだって。そこのお店の掃除だとか、洗い物なんかをおっかさんがするんだって言ってた」

目眩《めまい》がしてきた。

さっき行った吉野屋は、数が分からねえほどおもちゃを買い与える暮らしだ。母親がしれっと言った通り、竹とんぼの一本や二本、屁《へ》でもねえだろう。

ところがこれから行く先は、住み込みで働く母親が、女手ひとつで育ててるとこだ。

金太のやつは、そんなこどもから絵札を二枚もくすねやがった。

どんな想いでその子の親が、一文の銭を与えているか……。

おれのガキはそんなことを気遣うでもなしに、詫びに行くてえいまも、夜店のおもちゃに気をとられる能天気ぶりだ。思いっきり張り倒したくなったが、叱らねえって約束を思い出して呑み込んだ。

歩いてみると汐見橋までは、長屋からざっと十町（約一キロ）はある道のりだった。

「おめえ、こんなところまで足を伸ばして遊んでやがるのか」

「毎日じゃないけど」

「おっかさんは知ってるのかよう」

「知ってるよ。俊ちゃん、うちに遊びに来たことがあるもん。おまんまの買い物のついでに、おっかさんと一緒に俊吉《しゅんきち》を送ったことがあるから」

おれは知らなかった。こどもの遊び仲間の名めえも、どこに住んでるかも、それに金太がどこで遊んでいるかも、だ。

おやすはきっちり分かってるんだろう。

てめえの腹を痛めて産んで、ちちを飲ませて、汚れたおしめを毎日取り替えたこどもだ。なんだって分かってるさ。

だから……あんまり近すぎるから、金太がおもちゃを擽っ払ったのがめえねえんだ。

だがよう、こいつはおやすを責めることでも、したり顔でほらみたことかと言うことでもねえ。おれがこどものことを、まるで分かってなかったてえことだ。

この思いと、金太に聞かされた相手の暮らしぶりを思うこととが重なって、めっきり足が重たくなった。

が、もちろん行ったよ。

俊吉母子は店の勝手口わきの、納屋みてえな小屋に暮らしてた。行ったときは間《ま》のいいことに、母親もこどもと一緒だった。

三

「路地まで出ませんか。金ちゃんは俊吉と遊ばせておけばいいでしょう」

話を聞き終わったおりょうさん（俊吉の母親だ）に言われて、おれは連れ立って路地に出た。

「仕事のほうは平気なんですかい」

「いまは魚重さんの身内だけで騒いでいますから、あたしは用済みです」

おれは背丈が五尺八寸（約百七十五センチ）あるから、左官仲間でおれより高いやつはひとりもいねえ。おりょうさんはせいぜい五尺（約百五十一センチ）てえところだから、向かい合って立つと髷がおれのあごぐらいにしかこねえ。鼻の下から、鬢《びん》付け油がなんともいい香りで匂うんで往生した。

「金ちゃんのおとうさんにきていただいて、ほっとしました。この何日か、ずっと迷っていましたから」

「迷うって、うちの金太がらみで？」

おりょうさんのうなずきかたは、きっぱりしていた。

「俊吉は金ちゃんが好きだって言ってますし、あたしも金ちゃんはとても利発で、性《しょう》根《ね》のいい子だとおもいます」

「ところがくすねたてえんでしょう」

たったいまきっぱりうなずいたのに、いまはまた迷い始めたような目だ。

「構わねえから、なんでも言ってくんなさい。くすねたてえのを、こっちから話しにきたんだ、どんな遠慮もいらねえでしょう」

川が近いんで、やぶ蚊がひでえ。話してる間に方々食われちまうんだ。腕をぼりぼり掻きながらじゃあ格好わるくてしゃあねえが、ほかに場所もねえ。

うっかり連れ立って歩いたりしたら、まわりは色町だ。おりょうさんにとんだ迷惑をかけちまう。おりょうさんは蚊を気にしてねえようだったから、そのまま立ち話を続けることにした。

「あたし、見たんです」

思いつめたような声で話し始めた。

「金ちゃんが、俊吉の絵札を布袋にしまい込むところを」

肚《はら》をくってきたつもりだったが、これを聞いておれは息を呑んだ。

「蒸《ふ》かし芋のおやつを持って土間に入ったとき、運わるく見てしまって……」

それで？……

先を促《うなが》すのがやっとだった。

「このあたりは待ち合いや置き屋ばかりなもので、こどもがいないんです」

確かにここにくるまでの道々、仕舞屋《しもたや》はほとんど見かけなかった。

「八幡様まで行けばこどもが遊んでいるのは分かってますが……仕事に追われているもので、連れて行ってやることができません」

言葉を区切ると、まっすぐにおれを見上げた。暗がりでも、目が濡れてるのがよく分かった。

「ですからわざわざここまで来て、こんな小屋みたいなところで遊んでくれる金ちゃんは、ほんとうにありがたいんです」

おりょうさんが声を詰まらせた。

お仕着せのたもとを目元に当ててる。だのにおれは、差し出せる手拭《てぬぐ》い一枚持ってねえ。蚊に食いつかれながら、突っ立ってるしかなかった。

「なんとか見間違いであって欲しいって、心底そう思いました」

「金太がしまいこんだてえのをですかい？」

おりょうさんは濡れた目を逸らさずにうなずき返した。話の先行きをかんげえたら、おれはため息をつくしかなかった。

「その夜俊吉から、絵札が二枚、一目小僧《ひとつめこぞう》と、ろくろっ首とがなくなったって、泣きべそ顔で言われました」

「金太が持ってった札だ」

「俊吉も、ことによると金ちゃんがって思ってたみたいです」

「感づいてたてえんですかい」

「でもそれを言い出せなかったみたいで……あたしもそうでしたから……」

おれの腕に、とびきりでけえ蚊が食いつきやがった。おれは叩き潰す気力も失くしてた。

「俊吉には二枚の絵札よりも、金ちゃんが遊びにこなくなることのほうが辛かったんだと思います……おっかさん、なくしてごめんって……でも俊吉は、新しいのを買ってとはひとことも言いませんでした」

胸のあたりを締めつけられて、立ってるのがきつかった。とはいっても、ここで顔をそむけるわけにはいかねえ。精一杯に踏ん張って、話の先を聞かせてもらった。

「あの子が喜ぶことなら、できる限りしてやりたいんです。俊吉が黙っているのに、親のあたしが余計なことを言って、ふたりの仲をこわすような真似はできません。でも、もしも……もう一回同じことをやったら、その時は俊吉と仲違《なかたが》いすることになっても、金ちゃんをきちんと叱るつもりでした」

おりょうさんは、おんなにしては低い調子の声だった。小柄だが、鼻筋がぴしっと通っており、ふっくらした唇の右脇には、ぽつんと黒子《ほくろ》があった。

まだこんなに艶《つや》のあるひとなのに、こどものことにしか気がいってねえのが、話していてよく分かった。身のこなしにすき間がねえから、男も言い寄ることができねえんだろう。

こどものためにおんなを捨ててやがる……。

ふっと、こんなことをかんげえたりしちまった。でも、こんときのおりょうさんは、とってもいい女に思えた。

「面目ねえこって」

胸のうちでかんげえてた不埒《ふらち》なことを、おれは詫びの言葉で押し潰した。

「そこまでわきまえのあるひとに遊んでもらえてるてえのに、金太はどうにもしょうがねえ。けえり道でこっぴどく言い聞かせやすから、勘弁してくんなさい」

「そんな……金ちゃんのおとうさん……」

「おれは清吉てえ名めえなんで」

おりょうさんは、いっとき名めえを呼びそうになった。が、やっぱり金ちゃんのおとうさんって呼びかけてきた。

「正直に話すのって、金ちゃんにはとても大変なことだったはずです。俊吉もあんなに喜んでいますし、あたしも胸のつかえがとれてほんとうに嬉しいんです。どうか、これ以上は金ちゃんを叱らないでください」

おれはひと息おいたあと、返事のかわりに黙ってうなずいた。

「それと、これからも俊吉と遊んでやってください……お願いします」

とっても言葉なんか出ねえ。

米搗《こめつ》きバッタみてえにあたまを下げるだけだった。

けえるとき、おりょうさんと俊吉は汐見橋のたもとまで見送ってくれた。五ツ半(午後九時)の暗闇の中で、こどもがふたりとも、晴れ晴れとした喜び顔を見合わせていた。

「金ちゃん、どこに行ってたのよ」

長屋に戻ったら、泊りにきているおたまが、でけえ声で問いかけてきた。おれが取り繕いを言おうとしたら、正吉が先を越しやがった。

「おいら知ってるよ」

正吉があごを突き出した。

「金太はね、ひとの絵札を盗んでさ……それでおとっつあんと一緒に、ごめんなさいを言いに行ってたんだよ」

七つのこどもだと侮《あなど》れねえ。しっかり突き当たりまでわけが分かってやがった。おやすは顔をしかめたが、半端な収め方は金太によくねえ。

「よく分かってるじゃねえか。正吉もおたまも、ひとの札をくすねるようなことをしちゃあなんねえぜ」

神妙な顔をした金太のわきで、こどもふたりは威勢よくうなずいた。

「分かったてえなら、みんなを湯に連れてってやろう。おやす、支度だ」

出がけはまだ、むずかしい顔をしていたおやすだったが、おたまと一緒に湯にへえったあとは、上機嫌になりやがった。そりゃあそうだろうよ、いっつも女の子が欲しい、女の子と一緒に湯にへえりてえって言ってたことが、よその子相手でもかなったんだから。

四

明けて今日は藪入りだ。

富岡八幡様には江戸中からお参り客が押し寄せて、大層な賑わいだ。その連中目当てに掘建《ほった》ての見世物小屋まで造られてた。

正吉もおたまも、親から何文かの小遣いを持たされてたんでね。おやすは三人のこどもを連れて仲町まで遊びに出てった。

戻ってきたのは八ツ（午後二時）の見当だ。それから半刻《はんとき》（一時間）ばかり、例の絵札で遊ばせてから、おれもおやすと連れ立ってふたりのこどもを送り届けた。

たとえ歳が小さくても、他人がいる間はどっかしら気が安まらねえ。客がいなくなった畳のうえで、おれは清々《せいせい》して寝転がった。

おやすも同じだった。ガキの世話をしてた分だけ、あいつのほうが余計にくたびれたんだろう。横になったら、あっという間に寝息を立ててた。

正吉の母親、おかつさんがうちに来たのは、そろそろ暗くなり始めるころだった。まだ寝たままだったおやすを揺り起こしたら、あいつは裸足で土間に飛び降りた。

「昨晩《ゆんべ》はありがとうございました」

「いいえこちらこそ」

職人のかみさんふたりが、それもさっき会ったばかりだてえのに、ばかにていねいなあいさつを交わしてやがる。聞くともなしに聞いてたら、途中から風向きが違ってきた。

「こんなこと、言いにくいんだけどさあ……正吉の絵札が三枚ばかり足りないって言うのよ。ことによったら、金ちゃんの持ってる札に紛《まぎ》れ込んでるんじゃないかと思ってさ。わるいけどおやすさん、ちょっと見てもらえないかしら」

「紛れ込むって……正ちゃんが忘れてったということですか」

「そこんとこは、はっきりしないんだけど」

「だったらなぜうちに？」

「戻ってからあの子が数えたら、どうしても三枚足りないらしいのよ。ここのほかは、どっこも寄ってないもんだから……わるいけど、金ちゃんにきいてくれる？」

これを聞いて、おれは畳の上で怒鳴った。

「ふざけんじゃねえ。それじゃあまるっきり、うちの金太が正吉の札を掠《かす》め取ったみてえじゃねえか」

おれの剣幕に、おやすもおかつさんも飛び上がった。

「金太にきっちり確かめたあとで、おたくに行かせてもらう。済まねえがいまは、このままけえってくんねえか」

六畳間に仁王立ちしたおれに恐れをなしたんだろうよ、真っ青な顔で戻ってった。

「あんな言い方することないじゃないの」

「うるせえ、あれでも足りねえ」

「まったく清さんは勝手なんだから」

おやすがぷりぷりしながら上がってきた。

「なんでえ、そのつらは。あんな訊《き》かれ方されて怒らねえなら、そのほうがよっぽどどうかしてるぜ」

おれがどんだけ声を荒らげても、おやすは驚きもしねえで寄ってきた。

「正吉はゆんべの一件をきっちり見てやがった……そうだな？」

「だからどうしたの」

「どうしたのって、分からねえか」

「分からないから、きいてるんじゃないの」

めずらしくおやすがせっついてきた。

「絵札が足りねえてえのは、ほんとうかも知れねえ。ところが正吉はガキの知恵で、金太が盗んだぐれえのことを言ったのさ。昨日のあらましを聞かされたおっかあは、口じゃあどう言おうが、正吉の言い分を真に受けてやがるんだ。だからこそ、あんなことを言いにきたのよ」

おれとおやすが大声の口喧嘩を始めたんで、金太は部屋の隅で半泣きさ。おやすはそのあとも何度かおれに食ってかかった。が、途中から矛先が金太に向かった。

「おまえの絵札を全部持っておいで」

おやすの目がつり上がっていた。

「なにやってるの金太、どうして隠したりするのよ。そこにある全部を、さっさと持ってきなさい」

年がら年中こどもを叱っている母親だが、こんときのおやすは声も顔つきも尋常ではなかった。それに怯えたのか、金太の動きがのろいんだ。焦《じ》れたおやすは、畳をへこませてこどもに近寄った。

「それをこっちにちょうだい」

おやすが絵札を引ったくった。

「おまえが持ってる札の数を言ってごらん。何枚なの」

「わかんないよう」

「分からないって……清さんは金太に札を買ってやったことあるの？」

「いいや、ねえよ」

いきなり問われて慌てたが、かんげえてみれば金太の駄菓子屋通いには一度も付き合ってやってなかった。

「だったら、おっかさんが買ってやった札だけじゃないの、分からないはずないでしょう。こっちにきて、しっかり札を見なさい」

おやすは畳に絵札をずらっと並べた。

金色の閻魔さまてえのは一枚もねえ。大蛇《おろち》とろくろっ首が各二枚、目を剝いた大入道が三枚、一本足のからかさ小僧が二枚、化け猫が三枚、火の玉が三枚、それに河童が九枚で、都合二十四枚だ。夏の日が落ちた畳の上から、薄気味わるい絵ばかりが、こっちを睨みけえしてた。

「これ全部、ほんとうにおまえの札なの？　どうなの、金太」

「そうだよう、おいらのだよう」

「だったら数を言いなさいよ。毎日数えてるんだから言えないわけがないでしょう」

「わかんないよう……」

こどもの返事をきいて、おやすが金太の横っつらを力まかせにひっぱたいた。止める間もありゃあしねえ。

「どろぼう。おまえはぬすっとだよ」

泣き声で喚《わめ》きながら、おやすは繰り返し金太を張り飛ばした。叩きどころがわるかったのか、金太から鼻血が吹き出した。それでもおやすは手を止めない。鼻血が火の玉の札に飛び散った。

「そこまでにしとけって。おいっ、やめろ」

おやすの手をおろさせて、手近な手拭いで金太の鼻血を拭《ぬぐ》い取った。

「ゆんべこいつは、二度とやらねえって、はっきり約束したんだ」

「そんなこと信じられない。あたしをあんなにうまく騙《だま》したんだから……このどろぼう小僧……」

また半泣き顔でおやすが手を振り上げた。止まりかけていた鼻血が、じわっと流れ出したほどに金太が恐がっている。おれは両手でおやすを押さえつけた。

「やめろてえんだ。騙されてたおめえが腹を立てるのも無理はねえが、今度のことは金太はやってねえ。おれは信じるぜ」

ゆんべとは逆さ。

おれが金太を抱いてあたまを撫でてやった。こどもの右のほっぺたが、ぷっくり腫《は》れてた。

五

正吉の長屋木戸に着いたころには、すでにとっぷりと暮れていた。

「清さんはほんとうに行かないの?」

おやすに念押しされたが、おれは木戸口で待つことにした。相手から半端なことを言われたら、何を言い出すか分かったもんじゃねえ。おれの気性をわきまえてるおやすは、そのうえくどいことは言わず、金太とふたりでたずねて行った。

木戸のさきは大横川の川っぷちだ。ずいぶん向こうの蓬萊橋あたりには料亭が並んでいるが、長屋のまわりは原っぱだ。家もねえし明かりもねえ。おれは川縁《かわべり》の草むらに腰をおろした。手元の小石を投げ込んだら真っ暗な川が、ぽちゃんっと返事をしやがった。

暗がりにひとり座って金太とのやりとりを思い返していたら、いきなり死んだ親父の顔が浮かんできた。

「なかにいるなあ分かってんだ。出てこねえと、障子戸蹴破《けやぶ》るぜ」

おれが四つ五つのころは、なにかてえと柄《がら》のわるい連中が押しかけてきてた。親父もいまのおれと同じ左官職人だったが、稼ぎのあらかたを博打に突っ込んでた。怒鳴り込んできたのは賭場の借金取りだ。

「明日の朝はやく、本所に越そう」

出し抜けの引越しも、一度や二度じゃねえ。遊び仲間がやっとでき始めると、決まって親父は長屋を替えた。賭場だけじゃなしに、方々に義理のわるい借金をこしらえた挙げ句の引越しだった。

それでも不思議に仕事場はしくじってねえし、どこの家主も引越し先の差配さんに口利きしてくれていた。底の底までは、ひとの恨みを買っていなかったのか、こどもを抱えたおふくろに周りが情けをくれたのか。

いずれにしても、三年ほどの間に五回は越した。

ありようは夜逃げそのものだが、越すのはいつも朝早くだった。貧乏所帯で家財道具なしの宿替えは、わけなくやれた。

「夜の引越しには魔物がついてくるから」

ほとんど口答えしないおふくろだったが、夜逃げだけは頑として突っぱねた。

親父が最後に越したのが深川だ。

そこからは死ぬまで動かなかった。と言っても、生きてたのはそのあとわずか三年。おれが十一の秋に、高橋《たかばし》の普請場で足を滑らせてあっけなく逝《い》った。

深川にきた年の秋からは、親父は博打もやらず余計な借金もこさえてはいなかった。

そう言えるのも、深川には恐い連中が押しかけてきた覚えがねえからだが……。


「あっ、おれだ！」

思わず、でけえ声が出た。

いまのいままで気づかなかったが、親父が博打をやめたのは、おれの悪さがきっかけだ。

間違いねえ、いま分かった。

死んでから二十年もの間、親父のことを思い違いしたままだった。

こどもながらに、おれは親父をばかにしてた。親父のやることは、爪のさきほども本気にしてなかった。

それにはわけがある。

「清吉、欲しいものを言ってみな。なんでも買ってやるぜ」

初めて親父にそう言われた日のことは、生涯忘れねえ。浅草阿部川町に住んでたときで、おれが五つの正月だ。浅草寺《せんそうじ》の除夜の鐘が鳴っても長屋にいなかった親父が、元日の昼過ぎ、にこにこ顔で帰ってきた。

「おめえ、まえっから凧《たこ》が欲しいっておっかあに言ってただろ」

「言ったけど、おあしがないもん」

「きょうは正月だ。だれにも負けねえようなでけえのを買ってやらあ」

「ほんと……すぐに買ってくれるの？」

「凧だけじゃねえ。晴れ着も足袋《たび》も、ぴかぴかの下駄も、そっくり買ってやる。おっかあ、出かけようぜ」

親父の言ったことは本当だった。おれと弟には、浅草寺わきの古着屋で着物から履き物まで、ぞろりと揃えてくれた。

凧もそうさ。両手をいっぱいに伸ばしても、まだはみ出すほどにでけえ奴凧《やっこだこ》だ。

おふくろには柘植櫛《つげぐし》だった。

「あたしはいらないって。櫛なんかもったいないし、身分じゃないから」

「店先まできて、やなこと言うんじゃねえ。せっかくの正月だから買っちまえてえんだ」

結局は買ったが、おふくろはあんまり嬉しそうじゃなかった。

それから三日ばかり過ぎた、風の強い日。おれは弟と近所の原っぱで凧上げに夢中になってた。二つ違いだから、弟はまだ三つさ。駆けるったって足元はおぼつかねえんだが、風に乗って舞い上がる凧を、わあわあ言って追っかけてた。

まわりのどの子の凧よりもでけえんだ。おれはそれが自慢で、目一杯に糸を伸ばしてた。そんとき、真冬だてえのに木綿のまえを開《はだ》けた目付きのわるいのがふたり、いきなりおれから糸を取り上げた。

声も出ねえおれのわきで凧糸を巻き終わった連中は、乱暴に奴凧を小脇に抱え込んだ。

「こんなものじゃあ幾らにもならねえが、見逃すわけにはいかねえ。もらってくぜ」

借金取りだとすぐに分かった。

それまで自慢たらたらに凧上げやってただけに、他のこどもたちが、ざまあみろてえつらを揃えてやがった。情けねえのと恥ずかしいのとで、おれは原っぱから逃げ出した。何度もすっころぶ弟の手を、構わずぐいぐい引っ張ってだ。

長屋に戻ったら、おれたちの着物も下駄もすっかり持ってかれてた。呆《ほう》けたように座り込んでたおふくろは、暗くなった六畳間から動かず、張り紙で破れをふさいだ壁を見詰めたままだった。

爪上げに行くまでは、そこにおれと弟の着物が吊るされてた。

このあとも何度か同じようなことが起きた。三度目ぐらいからは、おれも物を欲しがらなくなってた。

何日かだけのいい思いてえやつは始末がわるい。はなっからなけりゃあ、どうてえこともねえ。それがいっときいい思いをしてすぐにわるくなると、こどもにはこたえるんだ。

どうせなくなるに決まってる……。

同じことを何度でも繰り返す親父が憎らしかった。ばかじゃねえかって、胸のうちで毒づきもした。

それに加えて、やっとできかかった遊び友達から引っぺがされるんだ。深川の裏店では、おれはとことん親父をきらってた。

そんなときさ、柿のことでこっぴどくやられたのは。わるいとは分かってても、親父にえらそうなことは言われたくなかった。

あてもねえのに月末《つきずえ》にはかならず返すと、借金取りには嘘をつく。

稼ぎのうえを賭場で遊んで、年中おれたちに恐い思いを押しつける。

そんな親父に、柿を一個掻っ払ったからってあたまごなしに怒鳴られても、素直に聞いたもんじゃねえさ。

しかし八幡様の御守札には、まんまと引っかかった。立ってられねえほど震えた。だからと言って、親父の言うことを聞いたわけじゃねえ。そのあとも近所で札付きのわるガキだった。同い年の子に比べてあたまひとつ大きかったおれは、深川に越した年の、冬の入り口にはすっかりガキ大将さ。

八幡宮の杜《もり》は、いまでもそうだが、もちの木だらけだった。皮を剝がして小石で叩けば、強い粘りの鳥もちができる。それを糸に吊るして賽銭箱を引っ掻き回すと、一文銭が釣れるんだ。

九つの夏、お宮にばれて町役人が長屋に押しかけてきた。仕事場から帰ったその足で番所に連れてかれた親父は、町木戸が閉じる四ツ（午後十時）になってやっと戻ってきた。

「めしだ」

酒も呑まず、冷めたイワシの塩焼きでめしを食い終わった親父は、なんにも言わずごろっと寝ちまった。

八幡様の騒ぎはこれっきりさ。

そのことで親父に殴られた覚えも、小言を食らった覚えもねえ。こどもは懲りるてえことから遠いんだ。さすがに八幡様の賽銭箱には近寄らなかったが、悪さはその後もひっきりなしさ。年下の子を引き連れて片道一里の遠出をして、砂村のスイカ畑でいたずらもやった。

おれは悪さがばれて、また親父が引っ張られりゃあいいぐれえに思ってた。


おれは大横川の川っぷちで、親父の目を思い出した。

柿のことで白《しら》を切ったおれを、思いっきり張り飛ばしたあとの目だ。両方とも吊り上がって浅草寺の仁王様みてえだったが、泣きそうな顔にも見えた。

なんでそんな目をしてたのかは、八つのときには分からなかった。金太にすらすら嘘をつかれたいまなら分かる。

おれは嘘をつく。

仕事でも人付き合いでも、言わなくてもいいことを、ぺろっと言っちまう。もちろんいやさ。言った後はしばらく重たい気分を引きずってる。

だがさ、てめえは嘘をついても金太にはさせたくねえ。こどもだけは、嘘をつくことから遠ざけときてえんだ。

それなのに、同じことをやりやがって……。

いま、もうひとつ分かったことがある。

さっきも言ったが、鳥もちで賽銭盗んでばれたとき、親父はくどい小言を言わなかった。遊ぶ板っきれ欲しさに、飲み屋の板塀をむしって、若い衆に怒鳴り込まれたこともあった。

ところがどんないたずらやっても、柿のときのような目を親父が見せたことはなかった。

おれも同じだ。

金太の襟首をつかむようにして詫びを言って歩いた昨夜、腹は立ったが悲しくはなかった。いやだったのは、井戸端で金太がぺろりと嘘を言いやがったことだ。あのときは、おれのあたまがぶわっと膨らんだように気が昂《たか》ぶってた。

親父がおれを引っぱたいたときと、おれが金太を張り倒したときとは、同じ気分だったはずだ。だから親父はあんな哀しそうな目をしてたに違いねえ。

こどもがすらすら嘘をつく。

てめえがいつもやってるだけに、こいつはこたえた。つらくてやり場がなくて、思いっきり張り倒したら、いつまでも手のひらが痛えんだ。

なんで博打をぷっつりやめたのか。おそらく親父も、おれを引っぱたいた痛みが消えなかったんだろう。

と、ここまでがゆんべからの粗筋《あらすじ》さ。

なんだか急に親父の墓参りがしたくなった。

手元の小石を投げ込んだ水音に、おやすが呼びかけてくる声が重なった。

どうやらけりがついたらしい。

六

「あんまりすっきりじゃないけど、話はきちんとしてきたから」

おやすと金太が、おれを挟み込むようにして腰をおろした。明かりのねえ川っぷちで、三人が足をぶらぶらさせて……空の端まで、キラキラ星が埋まってる。

「なんでえ、おめえのつらは」

暗がりでもはっきり分かるぐれえに、金太は仏頂面だ。

「言いてえことがあるんだろ」

石を投げ込んだ、どぼんってえでけえ音が金太の返事だった。かわりにおやすが口を開いた。

「三枚を正ちゃんのところに置いてきたの」

「置いてきたって……正吉がてめえのものだと、そう言ったのか」

「そうじゃないけど、金太も正ちゃんも、はっきり分からないみたいだもの。このうえ揉めるのはいやだから、三枚だけ金太に選《よ》らせて置いてきたってわけ」

まるで合点がいかねえ。おれが口を尖らせかけたら、おやすに抑えられた。

「清さんに怒鳴られたことで、おかつさんはずいぶん腹を立ててたのよ。行ったときには目が吊り上がってたから」

「そいつあ向こうが……」

「いいから聞いて」

出かかったあとの文句をおやすに押さえつけられた。

「腫れ上がった金太を見て、おかつさんもわけを呑み込んだみたい。いきなり顔が優しくなって、あたしと金太を座敷にあげてくれたんだから」

座敷ったって、うちとおんなじ六畳だ。所帯道具の多い分だけ、あっちの方が狭く暮らしてるだろうさ。

「札になまえを書いてるわけじゃないから、おかつさんもあたしも、どれがだれのだか分からないのよ。あたしだって言われるままに、金太のものを正ちゃんにあげるのは面白くなんかないわ」

「あたりめえだろう」

「でもねえ清さん、もとは金太に落ち度があったことだから、これで懲りればいい薬だと思ったの」

また金太が石を投げ込んだ。今度のはずっと小さくて、ちょぽんと情けねえ音がした。

「おっかあの言うとおりだ」

金太がこっちを向いた。

「おめえにも言いてえことはあるだろうが、しゃあねえじゃねえか。くやしかったら、二度とひとのものに手をつけたり、嘘をついたりするんじゃねえ」

くちびるを嚙みしめたこどもが、渋々ながらうなずいた。

「ところで金太、正吉んとこにはどの札を置いてきたんでえ」

「河童ばかりだけど、それで充分よ」

かわりに答えたおやすの口振りが尖っていたが、当たりめえだろう。おれもおやすも、金太はやってねえって思ってるんだ。

「おれが二文買ってやる。藪入りの夜だ、仲町の駄菓子屋なら開いてるだろう」

こどもは正直さ、いきなり立ち上がった。

「仲町まで行かなくたって、古石場のうさぎやがすぐ近所だから。はやく行こうよ」

おれの手をきつく握った金太は、急ぎ足でぐいぐい引きやがる。川っぷちの暗い道には、石っころだの、犬のくそだのが転がってて、歩きにくいったらねえんだ。

ところが金太はえれえ勢いだ。このあたりもこどもの遊び場らしく、足元がめえなくてもどうてえこともなさそうだ。

駆け寄ってきたおやすが、おれの空いている手を握りにきた。

「さっき正ちゃんは、火の玉が自分のだって言ったのよ」

「河童よりは、ましな札じゃねえか。ふてえガキだ」

「それであたし、金太の鼻血がついたままの札を見せたの」

やるじゃねえかと女房を見た。

「ちょうど火の玉のところに、赤い血がついてたわけ。そしたらあの子、やっぱり河童がいいって」

歩きながら笑い転げたことで、カミさんもすっきりしたらしかった。うさぎやに着いても、おれの手を握りっぱなしだった。

古石場はなにもねえところだ。

ほかのこどもたちはとっくに家んなかさ。うさぎやは店じまいの途中だった。腰の曲がり始めた親爺が、大儀そうに店先の縁台から瓶《かめ》を運び込んでいる。

金太は構わずなかに飛び込んだ。が、お目当ての黒箱はどこにも見当たらねえ。

「しまいかけのところをすまねえが、絵札を二文、売ってくんねえな」

耳が遠いのか愛想がねえのか、親爺は返事もしねえ。そればかりか、狭い店に立った金太が邪魔だと言うように、瓶を抱えた肘で小突きやがった。

血が昇った顔色を見たおやすは、おれのたもとを押さえつけて前に出た。

「こんな夜分にすみませんが、わけがあってどうしても札をひかせてやりたいんです。

なんとか二文だけ、売ってもらえませんか」

閻魔さまでも、ほろりとしそうな声だった。おやすのわきには、頬《ほお》のあたりがぷっくり腫れた金太が突っ立ってる。

親爺は返事もしなかったが、奥から箱を取り出してきた。

「まだ当たりが出てないよ」

声は意外にも優しかった。

それを聞いた金太は、肩のあたりをぶるるっとさせた。

大きく息を吸い込み、それをふうっと吐き出してから勢いよく手を突っ込んだ。ところがなかなかを掻き回すだけで、札を摑み取れずに迷ってやがる。

「なにやってんでえ。さっさと選びな」

焦れてそう言ったら、おやすに睨まれた。おれは言葉のかわりに片手を金太の肩にのせた。しかし小僧は、いつまでたっても選びきれねえんだ。

さすがにおやすも待ちきれなくなって、おれの手がのっているのと反対側の肩をそっとつまんだ。

それがきっかけになったんだろう、立て続けに二枚ずつ、四枚の札を引き出した。

四枚どれもが河童だった。

金太のつらが、描かれた札とおんなじような、泣き笑いになってたぜ。

湯呑み千両

一

夜明けから分厚い雲が空一面にかぶさっていた、安政元（一八五四）年の大晦日《おおみそか》。八ツ（午後二時）を過ぎたころから、雪が舞い始めた。

朝から瓦《かわら》の荷造りを続けている留治《とめじ》が、仲間の義三《ぎぞう》に問いかけた。凍えが厳しくて、舞う雪は粉雪だ。留治がしゃべると、息が白く濁った。

「今日は何の日でえ」

「何の日だなんて、ひとに訊《き》くまでもねえだろうがよ」

問われた義三は、口を尖らせた。

「だれがなんと言おうが、安政元年が今日限りの、大晦日に決まってるだろう」

「おれが訊いたのは、そうじゃねえ」

留治《じ》は焦れたような物言いを仲間にぶつけたあとで、大きな舌打ちをした。

「寅《とら》なのか午《うま》なのか、今日はなんの日だと訊いたんだ」

「なんでえ。そいつあ」

瓦を縛っていた手をとめた義三は、いぶかしげな目を向けた。

「寅と午のあいだにゃあ、卯、辰、巳がいるじゃねえか」

「おめえも口の減らねえ野郎だ」

留治の舌打ちが、強くなっていた。

「ぐずぐず言ってねえで、今日がなんの日だかをとっととおせえろ」

「なにも、怒鳴ることあねえだろう」

口を尖らせた義三は、日めくりの暦を見に休み小屋へと向かった。

雪は降り方を大きく強めていた。屋根つきの荷造り場と休み小屋との間は、十五間（約二十七メートル）ほど離れている。

暦を見た義三が荷造り場に戻ってきたときには、すっかり地べたに雪がかぶさっていた。

「見てきたが、今日の暦がどうかしたのか」

「そのわけを話すのはあとだ。なんの日だか、おせえてくれ」

「安政元年の十二月三十日、大晦日。今日は甲子《きのえね》だと日めくりに書いてあったが、それで満足したか」

「やっぱり今日は、子《ね》の日だったか」

大きなため息をついた留治は、握っていたわら縄を放した。留治の足元に、わら縄の端が落ちた。

「どうしたよ、留の字」

留治の気落ちした様子を案じたのだろう。義三は尖らせていた口を、元に戻していた。

「今日が子の日だったら、おめえによくねえことでも起きるのか」

「おれにじゃあねえ。ここのお店《たな》にとったら、子の日の大晦日は難儀だてえことよ」

ちょいとひと休みしようぜ……義三を誘った留治は、荷造り場隅の地べたに置いた火鉢に近寄った。

大川を渡ってくる風が、まともに荷造り場に吹き付けている。真冬はただでさえ凍えがきついのに、さきほどから雪が舞い始めた。

指先をあたためないことには、かじかんで仕事にならなくなっていた。

「願ってもねえさ」

先に杉の腰掛けに座った義三は、炭火にかざした両手を強くこすり合わせた。

「子の日がお店に難儀だと言われても、おめえみてえに八卦見《はっけみ》の真似はできねえからよ。おれにはさっぱり、わけが分からねえ」

分かりやすく話をしてくれと、義三は相棒をせっついた。

「今年はお店にとっちゃあ難儀なことが、五月過ぎから立て続けに起きた」

「そんなこたあ、おめえに言われなくても分かってるさ」

さらに強く手をこすりあわせながら、義三は強い口調で応じた。

「三州からの荷物船がひっくりけえるなんざ、ざらにある難儀じゃねえ」

「そんだけじゃあ、ねえだろうがよ」

留治は、店に降りかかった災難を指を折って数え始めた。

瓦《かわら》葺《ぶ》きのさなかに野分に遭遇して、普請途中の商家が九軒も潰れてしまったこと。

屋根の葺き替え途中の寺の本堂と、神社の社殿がいずれも火事で焼け落ちたこと。

旗本屋敷母屋の葺き替え途中に、地震に遭遇。屋根が潰れて、家臣七人が下敷きになって横死したこと。

いずれも、それひとつだけで瓦問屋の身代が潰れるほどの災難である。今年の三河屋は、そんな事故に続けざまに遭遇した。

野分で屋根が吹き飛んだのも、旗本屋敷の屋根が潰れ落ちたのも、三河屋が直接に責めを負うことではなかった。

しかし事故が起きたときは、三河屋の屋根葺き職人が、毎度その場に居合わせた。

「三河屋に三州瓦の屋根葺きを頼むと、なぜか災難に遭う」

「今年の三河屋は、わるいものに憑《つ》かれているに違いない」

旗本屋敷の屋根が落ちて、七人の家臣が亡くなったのは八月下旬である。その事故が、三河屋離れを速めさせた。

「今年は三河屋には近寄らないほうがいい」

新築・改築普請を請け負った棟梁《とうりょう》たちは、三河屋を避けて他の問屋に注文を回した。

「あれだけの災難に出くわしながらも、お店はなんとかここまでは、息継ぎしながら乗り切ってこられたがよう」

留治は両手を強くこすりあわせた。粉雪の舞い方が、一段と強くなっていた。

「今日が甲子じゃあ、除夜の鐘までにはもうひとつ、でけえ波が押し寄せてくるぜ」

「なんでえ、でけえ波てえのは」

義三の口調は尖っており、留治を見る目はさらに険しかった。

留治も義三も、大晦日の八ツ下がりだというのに、まだ給金をもらっていない。七ツ（午後四時）には払うと一番番頭から言われたのは、今朝のことである。

果たして七ツには、給金をもらえるのか。

三人の子持ちの義三は、それを朝から案じていた。それなのにまだ大波が三河屋に押し寄せると留治は言う。

義三とは違って、留治はひとり者である。給金を心待ちにしている女房もこどももいないのだ。

「おめえはひとりモンだから、そんなお気楽をほざいてられるだろうが、こっちは給金を持ちけえらねえと年が越せねえんだ」

さらに大波がくるなどと、縁起でもねえことを言うな……錐《きり》の先のように尖った物言いを、留治にぶつけた。

「なんとかなりゃあ、いいがよう……」

留治がつぶやくと、粉雪が川風にあおられて四方に飛び散った。

「おめえだって、亡くなられた大内儀《おおないぎ》さまを覚えてるだろうがよ」

「つるさんのことか？」

「ばかやろう。大内儀さまを、気安く呼ぶんじゃねえ」

留治は目も口も尖らせた。

先代の連れ合いつるは、六年前に没した。亡くなってすでに久しいつるを、留治はいまだに深く敬い慕っていた。

時折り荷造り場に顔を出すことのあったつるは、みずから留治に声をかけたりもした。互いに『易断』に凝っていたがゆえである。

「この次の御改元のときには、充分に気をつけたほうがええ」

自分で見立てたことを留治に話したのは、弘化五（一八四八）年が嘉永元年へと改元された直後のことである。

「次の御改元があったときは瓦が割れたりしねように、念入りに荷造りをしてくんねがの」

あのときのつるは、いつになくていねいな物言いをした。

「まかせてくだせえ」

景気づけをするかのような大声で、留治は応えた。

つるが没したのは、嘉永元年である。

つい先日の十一月二十七日に、つるが深く案じていた改元が為されていた……。

三河屋当主は、明日の元日で三十五になる雪次郎《ゆきじろう》である。創業者は先代当主、雪次郎の父親安次郎《やすじろう》だ。三河屋は文化十（一八一三）年に興《おこ》した瓦問屋で、明日には創業四十三年目を迎えようとしていた。

創業百五十年だ、二百年だという老舗がめずらしくもない瓦問屋のなかでは、三河屋は新参者も同然である。にもかかわらず去年一年の商いは、七千両を超えていた。

今年の江戸は年初から新築普請が続いていたことで、大晦日の締めくくりまでには八千両に届くだろうと、奉公人たちは胸算用をしていた。

創業者の安次郎が、瓦産地の三州に深いつながりを持っていたがゆえ、創業初年から質のよい瓦を江戸に廻漕することができた。

江戸に新規の売り先を探そうと考えていた瓦の窯元《かまもと》三軒が、安次郎に江戸での開業資金を貸し付けた。カネだけではなく、三河から江戸までの廻漕問屋の手配りも、窯元が請け合った。

カネと廻漕手立てが整っていたことに加えて、寺社や武家、老舗大店《おおだな》、料亭など、三州瓦の得意先に売り込む手代にも恵まれた。

安次郎と一緒に三州三河から江戸に出てきた重三郎《じゅうざぶろう》は、創業当時はまだ十六歳だった。

生まれつき商いの才覚に恵まれていた重三郎は十六歳ながら、年長者を吟味し、外回りの手代として雇い入れた。奉公人の目利きに、重三郎は抜きん出た眼力を持っていた。

創業初年度に雇い入れた三人の手代は、いずれも江戸暮らしの三州者で、年下の重三郎の指図に素直に従ったのは、飛び切り給金がよかったからだ。

大店はどこも、流れ者を雇ったりはしない。丁稚小僧として雇い入れたあと、手間ひまをかけて一人前の手代へと育てる。歳を食った者を手代として雇い入れる大店は、皆無に等しかった。

創業当時の安次郎と重三郎は、年若かっただけに思い切ったことができた。三州瓦の売り込みに使える者を、破格に高い給金で雇い入れたのもそのひとつである。

「一年が過ぎて商いの額が目論見を上回ったら、さらに給金を上げます」

三人の三州者は、目の色を変えて売り込みに励んだ。

極上の三州瓦を、腕のいい手代が売り込む。

三河屋は創業の年から、毎月右肩上がりに売り上げを伸ばした。

創業二年目の暮れ、文化十一年十二月には、瓦問屋の株も譲り受けた。安次郎二十三歳、重三郎十七歳の師走に、晴れていまの深川相川町に「三州瓦三河屋」の看板を掲げた。

一年の売り上げが千両に届いた、文化十二年九月。安次郎は庄内鶴岡を在所とするつると祝言を挙げた。

翌年の文化十三年に、長女せつを授かった。せつが三歳となった年に、元号が文化から文政へと改元された。

文政元（一八一八）年には次女ひでよを授かった。

それから三年目が過ぎようとしていた十二月。ぼたん雪の舞う八ツどきに、待望の長男を授かった。

喜んだ安次郎は、自分の〝次郎〟のあたまに雪を加え、長男にもかかわらず雪次郎と命名した。

安次郎が没したのは弘化二（一八四五）年で、享年五十四。在所から一緒に出てきた重三郎は、五十路《いそじ》を目の前にした四十八歳だった。

雪次郎は二十五歳の若さで、三河屋を継ぐことになった。

「先代が江戸で三河屋を興したのは、いまの旦那様より二つも若かったときです」

安次郎没後も、重三郎は三河屋頭取番頭として、商いの舵取り役を担い続けた。

先代が没してから三年が過ぎた嘉永元年五月に、雪次郎の母つるが没した。享年五十四。

つるが没したのち、雪次郎はいままで以上に家業専念を心がけた。亡母が守ってきた店を我が手で盛り立てたかったからだ。

しかし世間は祝言前の所業の数々を忘れてはくれない。

「あそこまで細々《こまごま》と奉公人の働きぶりに口出しするのは、あるじのすることじゃない。あれでは番頭さんだってやりにくいだろう」

「散々に遊び呆けてきた者が、付け焼き刃でなにかするぐらいなら、いっそのこと、なにもしないほうが大きにましだ」

「あるじがあんな調子では、身代を潰すのも遠くはないね」

雪次郎が気合を入れれば入れるほど、歯車の空回りが増した。

世間が勝手なことを言い交わす声も、毎日のように雪次郎の耳に届いた。

雪次郎は怒りを奉公人にぶつけることも多々あった。二十八の若さゆえ、怒りを胸の奥底に仕舞い込む度量は、まだ備わってはいなかった。

今年五月に、三河から三州瓦を運ぶ船が遠州灘で難破した。

「昔に遊んだバチが当たったに違いない」

「知恵者の番頭が気張ったところで、あるじがあれでは店が持つはずもないだろう」

店を継いで十年にもなる雪次郎を咎める声が、一気に噴出した。

さらに追い討ちをかけるかのように、屋根の潰れだの、火事だの地震だのが多発した。

旗本屋敷の屋根が落ちたときは、重三郎と雪次郎は、七回も奉行所から詮議のための呼び出しを受けた。

「三河屋さんは、もう持たないだろう」

「いや、それは違う。重三郎さんが踏ん張っている限り、潰れはしない」

同業の瓦問屋の番頭たちは、月に一度の寄合のたびに小声を交わした。

重三郎がいる限り、なんとかなる……。

大方の番頭がそう判じていたが、十一月にはまたもや屋根が落ちた。普請を請け負った棟梁が、柱の据付を甘くしたための事故だ。

しかし大工も左官も屋根葺き職人も、そして同業の瓦問屋も、やはりそうかと顔を見交わした。

三河屋にはわるいものが憑いている。

あの店には、近寄らないほうがいい。

わるい評判の足の速さは、韋駄天のごとしだ。年の瀬を控えた師走には、ただの一件も瓦の注文がこなかった。

手代が売り込みに回っても、棟梁は居留守を使った。

商いの実入りが一両もないまま、三河屋は大晦日を迎えた。


「仙造《せんぞう》さんがけえってきたぜ」

火鉢に手をかざしたまま、留治が店のほうにあごをしゃくった。

「あの暗い顔つきじゃあ、算段はうまく運ばなかったかもしれねえ」

「算段とは、なんの算段でえ」

義三が問いかけると、留治は答える前にため息をついた。

「年越しの金策に決まってるだろうがよ」

留治は言葉を吐き捨てた。

白く濁った湯気が、留治の口の周りにまとわりついた。

二

七ツ（午後四時）の鐘を永代寺が撞《つ》き始めたとき。

「お茶でも、みなさんで」

内儀のよしえが、雪次郎の居室に茶を運んできた。

口数は少ない内儀だが、みずから茶菓を運んできた。その所作に、奉公人を大事に思う気持ちがあらわれていた。

当主の雪次郎。頭取番頭の重三郎。奉公人の庶務全般を受け持っている、二番番頭の洋助《ようすけ》。この三人が一列に並んでいた。

向かい側には手代一組頭の長太郎《ちょうたろう》、二組頭の吉松、三組頭の仙造が、あるじたち同様に一列に並んで座っていた。

よしえは六人それぞれの膝元に、焙《ほう》じ茶と薄切りのようかん二切れが盛られた菓子皿を置いた。

六人がやり取りしている話は、どれほど深刻なものなのか。もちろんよしえも察している。それを承知で、茶菓を運んできた。

「ありがとうございます」

二番番頭と、手代頭三人が口を揃えて礼を言った。

よしえは気持を込めて一礼をした。だれもが無言の会釈で、よしえに応えた。

「なにとぞ、よろしく」

言葉を結んで、よしえは部屋を出た。ふすまが閉じられるなり、銘々の口から吐息が漏れた。

「せっかくのお内儀さまのお心遣いだ、冷めないうちに頂戴しよう」

口を開いたのは重三郎である。当主の雪次郎は、黙したまま湯呑みに手を伸ばした。

茶をすする音が、居室の張り詰めていた気配をわずかながらほぐした。重三郎は湯呑みの焙じ茶を半分近く呑んでから、仙造に目を合わせた。

「どちら様も、色よき返事はくださらなかったということか」

「まことに、力及びませんで……」

仙造は重三郎を正面から見詰めて、小声で話し始めた。

「春になったら屋根葺きを考えてもいいが、大晦日の今日は注文はできないと……おうかがいした八軒とも、判で押したように同じお答えでございました」

三河屋の三組は、料亭と商家を得意先としている。仙造の下に外回りの手代が六人配されており、一年の商いは三千五百両にも上っていた。

得意先はおよそ七十軒。仙造を頭とする三組は、三河屋のなかで三年続けてもっとも大きな商いをこなしていた。

「どこから出たうわさなのか……」

滅多なことでは顔つきを動かさない重三郎が、愚痴のようなつぶやきを漏らした。

今年の三河屋には、わるいものが憑いている。うっかり近寄ると、とばっちりを食らう羽目になる。

同業者の間にとどまらず、三河屋の得意先にまで、このうわさは広まっていた。

「そんな次第でございましたので……」

口のなかが乾いたらしい。仙造は焙じ茶で湿してから、話を続けた。

「どちらの女将《おかみ》にも、カネの融通をお願いすることはできぬまま、戻ってまいりました」

仙造は年越し資金の融通を頼みに、朝から得意先の料亭八軒を回っていた。どの料亭も、毎年のように瓦の葺き替えを発注してくれる得意先である。

仙造が顔を出せばいずこの仲居頭も、上煎茶と干菓子でもてなしてくれた。出入り業者に対するにしては、破格の厚遇である。

一流料亭の客間、広間、離れ座敷には、極上の普請が施されているのが常だ。部屋の調度品や軸、置物なども、高価な骨董道具がめずらしくはなかった。

部屋にも道具にも、一番の敵は雨漏りだ。

「創業からまだ四十年ぐらいらしいが、三河屋さんに頼めば安心できる」

三河屋の評判が図抜けてよかったわけのひとつは、仙造の仕事ぶりにあった。

「なにしろ葺き替えが終わるまで、手代さんと手代頭さんが、あれこれと世話をしてくれるからねえ。任せきりにしても、なにも案ずることはない」

新築普請でも、葺き替え仕事でも、仙造配下の手代たちは、三日に一度はかならず普請場に顔を出した。得意先の面倒見のよさでも、三河屋の手代は図抜けていたのだ。

仙造は、それらの手代を束ねる頭である。料亭の仲居頭が、みずから茶菓でもてなすのも道理といえた。

しかし安政元年の大晦日だけは、様子が大きく違った。

多くの料亭は、大晦日は御用休みで閑散としていた。仙造は女将と直談判ができるように、大晦日を選んで料亭回りを行った。

用向きは、越年資金の融通申し込みである。料亭一軒あたり、百両の融通を頼み込もうと仙造は胸算用をしていた。

三河屋ののれんには、その金額ぐらいの重さはある……重三郎も仙造も、ともにそう考えたがゆえの融通申し込みだった。

女将は居留守を使ったりはせず、仙造と向き合ってはくれた。が、困惑顔を隠そうとはしなかった。とてもカネの融通を頼めるような雰囲気ではなかった。

無理に話を切り出したりしたら、大事な得意先までしくじることになる。

そう判じた仙造は、どの女将に対してもカネの融通を口にはせぬまま辞去した。

「春（来年）になれば、またお付き合いをさせていただきます」

仙造は同じ言葉を八回も聞かされた。

仙造がこの日の顚末《てんまつ》を話し終えたとき、居室に座した面々は示し合わせたかのように吐息を漏らした。当主雪次郎は、吐息というよりもため息に近かった。重三郎に強い目でたしなめられた雪次郎は、背筋を伸ばして取り繕った。

「失礼いたします」

差し迫った声を聞いた重三郎は、手代にふすまを開くことを許した。

「ただいま店先に、汐見橋の藤松という方の使いが見えておりまして」

手代は使いの者から書状を受け取っていた。藤松という名を聞くなり、雪次郎の顔色が大きく変わった。重三郎も眉の両端を動かした。

「ここに持ってきなさい」

雪次郎の声がかすれていた。手代から受け取るなり、雪次郎は急ぎ封を開いた。文面は短い。読み終えた雪次郎は、重三郎に手渡した。

二度読み返したあと、重三郎は目の前の手代頭三人を順に見た。

「旦那様が差し入れた証文には、除夜の鐘を撞き終えるまでの返済が、約定《やくじょう》として記されている。ときはまだ、七ツを過ぎたばかりだ」

約定の刻限まで、さらに踏ん張ってもらいたいと結び、重三郎は洋助と手代頭三人を居室から下がらせた。

あるじの居室は、雪次郎と重三郎のふたりだけになった。

「母との約定を守り、姿を見せないところは渡世人として、ひとかどの男だと思っていたのに」

藤松一家の若い者が届けてきた書状を、雪次郎は乱暴な手つきで重三郎から奪い取った。

「よりにもよって、高利貸しの取立て人としてうちに顔を出そうとは……」

雪次郎は怒りに燃え立った目で、書状を睨みつけた。

「あれほど母から恩義を受けていながら、恩知らずにもほどがある」

雪次郎が歯軋《はぎし》りを始めた。

「三河屋のあるじともあろうものが、何というみっともねことどごする」

雪次郎の亡母つるが、強くたしなめていた悪癖である。いまの雪次郎は、わざと歯軋りをすることで、亡き母を思い出しているかのようだ。

粉雪を喜んでいるのだろう。飼い犬のゴンが、庭で何度も吼《ほ》えていた。

三

安次郎とつるが出会ったのは、文化九年の春である。

その年、安次郎と重三郎は、熱田湊《みなと》と品川とを行き来する荷物船に乗って江戸に出た。江戸の居場所を定めたのちには、三州特産の瓦を江戸に廻漕することになる。ふたりが乗った荷物船は、五百石積みの弁財船《べざいせん》だった。

熱田湊から江戸の間には、何カ所もの海の難所がある。

「遠州灘だの下田沖だの、江戸を目の前に控えた神奈川沖だのは、どこも船が大揺れするだや。瓦がきちんと割れずに乗り切れるかどうか、おめたちは船に乗って確かめろや」

開業資金を出す窯元三軒は、これまで江戸に売り先を持ってはいなかった。ゆえに船荷の瓦がどんな状態で江戸に着くのか、なにも分かっていなかった。

「分かりました、船で行きます」

安次郎と重三郎は窯元が手配りした荷物船で江戸まで下った。

「商いに目鼻がつくまでは、一文も無駄遣いはできねえだでよ。江戸で一番安い旅籠《はたご》に泊まるだら」

ふたりは品川湊の仲仕《なかし》に、どこの町に行けば安い旅籠があるのかと訊いた。幸いなことに、問いかけた仲仕は三河が在所だった。

「長逗留するなら馬喰町がいい。馬糞のにおいがひでえが、二日目の朝になりゃあ、てめえの屁よりも臭わなくなってるさ」

江戸暮らしがすでに十年を過ぎているという仲仕は、物言いがすっかり江戸訛りになっていた。

「どんだけ気をそそられても、江戸の四宿《ししゅく》には近寄らないほうがいい」

年若くて江戸をまるで知らないふたりを、仲仕は本気で気遣っていた。安次郎たちと同じ三州から出てきた、十年前のことを思い出したのかもしれない。

「東海道の品川宿。甲州街道の内藤新宿。中仙道の板橋宿。奥州街道の千住宿。これを江戸四宿と呼んでいる」

在所を出る前に安次郎も重三郎も、江戸細見を隅々まで読んで、四宿のあらましは呑みこんでいた。が、知らぬ顔で話を聞いた。

余計な口を挟まないほうがいいと、ふたりともわきまえていた。

「この四宿は旅籠も遊郭も揃っているが、うっかり足を踏み入れたりしたら、やり手婆と牛太郎《ぎゅうたろう》（遊郭の若い者）に、ケツの毛までむしられるぜ」

商いを始める前に、手持ちのゼニを一文残らず巻き上げられる。四宿だの吉原だのに出向くのは、商いの行く末に目鼻がついてからにしろ。男の血が股間に集まってどうにも我慢がならなくなったら、旅籠の飯炊き女と掛け合ってみろと、仲仕は手ほどきをした。

「馬喰町の飯炊き女なら、百文で御《おん》の字だからよう」

ふたりは仲仕の教えに従い、馬喰町の旅籠に投宿した。生来が女好きの安次郎は、これも仲仕に教わった通り、旅籠の飯炊き女と談判した。

「あんたのこと、初めて見たときがら気にいってたがら。ゼニはいらねがら」

安次郎が初めて江戸で閨《ねや》を共にした女が、つるだった。

つるは安次郎の様子のよさに熱くなった。

安次郎は、つるの肉置《しし》きのよさに夢中になった。

つるの在所は鶴岡で、飯炊きの技量が抜きん出ていた。

「こんなメシが食えるなら、このまま居続けさせてもらおう」

つるが炊くメシを食いたいばかりに、投宿を延ばす客も少なくなかった。あるじはつるに三畳間をあてがい、よそに移らないように引き止めた。

馬喰町の飯炊き女は、春を販《ひさ》いで給金以上のカネを稼ぎ、それを在所に送っていた。

しかしつるは身持ちが固く、ただの一度も女を売ったことはなかった。

安次郎と閨をともにしたのは、男ぶりのよさにひと目惚れをしたがゆえだった。

安次郎と重三郎は、馬喰町に十五泊もした。投宿を始めて三日目の夜から、安次郎は三畳間で朝まで過ごした。

深川相川町に三河屋の看板を掲げたのは、文化十一年の師走である。翌年の文化十二年に、安次郎はつると祝言を挙げた。

奉公人は重三郎を加えて、まだ八人に過ぎなかった。が、二十一歳のつるは「お内儀さま」と奉公人から呼ばれて、赤い頬をさらに真っ赤に染めた。

三河屋のメシは朝晩の二度とも、つるが炊いた。奉公人は美味いメシを食いたいがために、ひたすら外回りに励んだ。

つるがメシを炊き始めた翌月から、月を追うごとに売り上げが伸びた。

「おまえは福の神、間違いなしだ」

安次郎は毎夜、つるの豊かな乳房を手のひらで愛しみ、潤んだ奥でしたたかに果てた。

祝言を挙げた翌年の二月、長女せつのを授かった。命名は、もちろん安次郎である。

「の、がしっぽについた名まえは、しとやかでいいでよ。せつのはどうだい？」

つるに異存があろうはずもなかった。

「男でも女でもいい。元気な赤ん坊にまさる子はいねがら」

せつのの誕生を、安次郎は心底喜んだ。桜のころには、安次郎がねんねこを羽織り、せつのをおぶって桜並木の下を歩いた。

せつの三歳の文政元年九月に、二番目のこどもを授かった。またも女児だった。

「また、おんなってか」

安次郎は次女がまだ産湯に浸かっているさなかに、やぐら下の小料理屋へ出かけて行った。

次女はひでよと、つるが命名した。

「なんでもいいさ」

安次郎はまるで関心を示さなかった。が、ひでよは誕生日を過ぎると父親そっくりの顔立ちになっていた。うりざね顔で、眉は細くて濃い。ひと重まぶただが、瞳は大きく、そして潤んでいた。

「やっちゃん」

回らぬ舌で父親をやっちゃんと呼び、とことこと歩いて安次郎に近寄ろうとする。そうなると、安次郎もひでよを可愛がるようになった。

「ほんまに、めごい子だあ」

つるの在所の言葉で、安次郎はひでよの可愛さを称《たた》えた。

「江戸弁のかわいいよりも、おめえの在所のめごいのほうが、よっぽど可愛いでよ」

ひでよを猫っ可愛がりしながら、安次郎は外に女を作っていた。

つるは文句を言わず、安次郎に求められるままに肌を重ねた。

文政四年十二月に、待ちかねていた長子を授かった。夜明けから重たい空模様だったが、長子誕生のときには、ぼたん雪が舞っていた。

「雪次郎に決めただや」

雪次郎と大書きした半紙を、安次郎は居室の鴨居に貼り付けた。

「これで三河屋に跡取りができた、雪の日に生まれた子は、丈夫に育つだよう」

安次郎は重三郎と肩を叩きあって喜んだ。

「やっちゃん、きらい」

ふすまの陰でつぶやいたひでよは、冷めた目で父親を見詰めていた。

四

天保二（一八三一）年二月九日。丑の下刻（午前二時過ぎ）に、京橋新肴町から火の手が上がった。

「あの炎の高さじゃあ、火事は十町（約一・一キロ）は燃え広がっているでよう」

三河屋の屋根葺き職人のひとりが、火事の大きさに見当をつけた。屋根葺き職人は仕事柄、火事の規模を言い当てることに長《た》けていた。

職人が口にした見当通り、二月九日の火事は幅四町（約四百三十六メートル）で、十町の長さにわたって町を焼いた。

だだっぴろい焼け野原を作り出した大火事だったが、三河屋には順風となった。

「焼け残った商家は、どこも三河屋の三州瓦を使っていたそうだ」

「三河屋の瓦の芯には、火事除けの神様が焼き込まれているらしい」

大火事のあとには、根も葉もないうわさが飛び交うのが常だ。三河屋の瓦に火除けの神が焼き込まれているなどは、まったくの偽りである。しかし三河屋が瓦葺きをした商家が焼け残ったのは、紛れもなくまことだった。

運よく焼け残った商家は、たったの七軒である。そのなかの四軒が、三河屋の三州瓦で屋根葺きをしていた。

焼け跡がきれいに片付いたのは、火事から二十日が過ぎた頃である。

三河屋が商いを始める五ツ（午前八時）前から、相川町には商家の番頭が何人もたずねてきた。

「てまえどもの店を建て替えるについては、ぜひとも三河屋さんの瓦で屋根葺きをしていただきたい」

焼け跡の建て替えだけではない。深川や本所の新築・増築普請においても、施主の多くは三河屋を名指しした。

「江戸で荷物船を手配りして、三河に差し向けなさい」

三十四歳の重三郎は、すっかり番頭役が板についていた。在所の訛りはほとんど出なくなっており、江戸弁で指図をされた奉公人は直ちに従った。

京橋の火事のおかげで、三河屋は夏の手前には前年の商いを五割以上も上回っていた。

「この勢いがいつまでも続くように、今日は蛤の酢味噌和《あ》えを拵《こしら》えようかねえ」

つるが三河屋の内儀となって、すでに十六年が過ぎていた。賄い役の女中をふたりも雇う身代となっていたが、つるは折りにふれて家族の献立を自分の手で調理した。

蛤の酢味噌和えは、つるが在所で覚えた郷土料理である。

「あたしも手伝うから」

せつのは、つるのお国料理を好んだ。

「あたし、そんなもの食べたくない」

ひでよは、つるの料理を嫌った。父親の安次郎に倣《なら》ってのことだ。

「おまえの田舎臭い料理など、おれの口には合わない。二度と出すんじゃない」

安次郎は、以前あれほど有難がっていたつるの料理を、毛嫌いするようになっていた。

安次郎は、京風の薄味を好んだ。商いが順調に伸び始めてからは、ほぼ連夜、得意先を料亭に招いた。

料亭の味付けは、安次郎好みの鰹や昆布のダシを利かせた上方風・京風の薄味である。三河屋に雇い入れた賄い女中も、奥の献立はあるじの言いつけで薄味だった。

鶴岡で生まれ育ったつるは、味付けがついつい塩辛くなった。

安次郎は、自分の膳に載せることを許さなかった。ひでよも父親を真似て、箸をつけなかった。

雪次郎は気がむいたときには口にしたが、格別に母の料理を好んではいなかった。

せつのだけが、母の味を喜んだ。

蛤の酢味噌和えは、商いの伸びを呼び込む縁起のよい料理……つるの言い分を受け止めたせつのは、小鉢に盛りつけた蛤を二度もお代わりした。

夏場の貝は、ときに強い毒を含んでいる。せつのが口にした蛤のなかには、わるいものが含まれていた。

「おなかがひどく痛むの……」

腹痛を訴えるせつのは、蒼白になっていた。つるはうかつにも医者を呼ぼうとはせず、腹痛に効き目があるという頓服を飲ませた。

しかし貝の毒には、まったく効き目がなかった。やぐら下の医者を呼び寄せたときには、せつのは危篤状態に陥っていた。

「もはや、手のほどこしようがない」

医者のつぶやきが、せつのの気力を奪ったのかもしれない。五ツ（午後八時）の鐘が流れているなかで、せつのは息を引き取った。

享年十六。死ぬにはまだ、若過ぎた。

「おまえが、せつのを殺したも同然だぞ」

怒鳴り散らしたその夜から、安次郎はつるとは寝部屋を別にした。

十四歳のひでよは、母に近寄ろうとはしなくなった。

十一歳になっていた雪次郎は、せつのを慕っていた。雪次郎が三河屋の跡取りであることが気に入らないひでよは、なにかと意地の悪い振舞いに及んでいた。

「だめでしょう、そんなことをしては」

ひでよの意地悪を見つけるたびに、せつのは妹を叱った。しかし叱る物言いには優しさがあった。潤いのある声で叱られれば、ひでよも素直に従った。

母親のつるも、際立ってきつい叱り方ではなかった。が、鶴岡訛りは、こどもたちには強いものに聞こえた。

雪次郎には憧れの姉だったせつのが、つるの料理がもとで急逝した。それまでの雪次郎は、つるを疎《うと》んじていたわけではなかった。しかしせつのの急死で、雪次郎も母親から離れた。

家族のまとめ役だったせつのが亡くなったことで、家のなかはバラバラになった。

安次郎は外に複数の女を囲っていた。

ひでよは門前仲町の商家の娘と連れ立って、若い者との夜遊びを続けた。

雪次郎は手文庫のカネを持ち出し、カネの力でガキ大将の座を保った。

つるは朝夕、炊き立てメシをせつのの仏前に供えた。位牌となった娘に詫び、般若心経を唱えることで正気を保っていた。

家族はひどい状態だった。

それとは裏腹に、商いは順調に運んでいた。

五

ひでよが本所の菓子屋追田屋《おったや》に嫁いだのは、天保十三年秋である。

すでに二十五歳になっていたひでよは、仲町界隈では『性悪《しょうわる》の行かず後家』と陰口を叩かれていた。若い時分の身持ちのわるさは、深川の隅々にまで知れ渡っていた。

その不行跡に加えて、三河屋の身代をかさに着た権高さを、土地の者は嫌った。

「三河屋がどうこう言ったところで、深川に越してきて、たかだか三十年足らずの新参者じゃねえか」

「まったくだ。あの女はてめえのことを、大店のお嬢だとひとりで思い込んでやがるぜ」

土地の者の陰口には容赦がなかった。

すでに五十を超えていた安次郎は、嫁入り先のない娘をさすがに不憫《ふびん》に思ったのだろう。得意先から顔つなぎされた追田屋との縁談を、みずからの手でまとめた。

餡《あん》に使うあずきの質がわるく、しかも砂糖を惜しむために甘味が足りない。追田屋の菓子を褒める者は、地元では皆無だった。だが縁談相手の昌平は、すでに両親ともに没していた。兄弟もいない。

嫁ぎ先の身内に、ひでよがわずらわされることはない……そう判じたがゆえのことだった。

嫁いで半年も経ぬうちに、ひでよは実家に泊りがけで戻ってくるようになった。

「うちのひとの倹《つま》しいのには、ほとほとうんざり」

ひでよは父親に愚痴をこぼした。安次郎は諫《いさ》めることもせず、娘をなぐさめた。帰り際にはつるに言いつけて、小遣いまで持たせた。

盆と暮れには、安次郎は追田屋のまんじゅうを得意先への中元・歳暮として買い込んだ。杉の箱に詰められた、薄皮まんじゅう十二個。箱代込みで百五十文である。

地元ではだれひとり買い求めないまんじゅうを、安次郎は中元でも歳暮でも、ともに百箱も買い上げた。

昌平はそれを恩義にも思わず、いつも以上に餡に使う砂糖の量を減らした。

「あれを進物に使うのは思いとどまってくださるように、番頭さんから旦那様にお願いしてください」

得意先の悪評に音をあげた手代たちは、重三郎に頼み込んだ。追田屋のまんじゅうのまずさは、重三郎も承知していた。

「それはできないが……」

買い入れたまんじゅうは出入りの業者にタダで下げ渡し、別の進物を調達した。重三郎がほかの進物を調達していることを察していながら、安次郎は相変わらず追田屋のまんじゅうを買い上げ続けた。

ひでよが追田屋に嫁いだとき、雪次郎は二十二歳になっていた。

「商いのイロハを覚えるには、瓦の荷造りから覚えることだ」

雪次郎に対する安次郎のしつけは、まことに真っ当で厳しかった。ところがひでよには、べろべろに甘い。

五十を過ぎているというのに、安次郎はさらに新たな女を囲ったりもしていた。渡世人の情婦に手出しをしたことがばれて、小指を落とされる寸前まで追い詰められたりもした。

間に入ってことを収めた貸元には、大きな借りをつくった。

「おまえは一切、かかわりのない顔をしていなさい」

雪次郎がその貸元の一件を問い質《ただ》したとき、つるはめずらしく強い口調で雪次郎を制した。渡世人とのかかわりを、惣領《そうりょう》息子にはかけらも持たせたくはなかったからだろう。

番頭はいても、つるはわが身を張って店を守っていた。しかし雪次郎には、そんな母の想いなど、まるで呑み込めてはいなかった。

おれには厳しいのに、おねえにもてめえにも、目一杯にあめえじゃねえか。

父親に強く反発した雪次郎は、方々の悪所通いを始めた。カネは父親の手文庫からくすねた。囲った女に渡すために、安次郎は常に二十五両包みを幾つも手文庫に仕舞っていた。

ひでよに続いて、雪次郎まで身持ちのわるい振舞いを続けることを、つるは深く嘆いた。

「上野の不忍池に五匹のどじょうを放し続けておれば、やがては悪所通いはおさまる」

八卦見の見立てを、つるは信じた。

毎朝六ツ半（午前七時）に佃町の川漁師をたずねて、どじょうを買い求めた。

八卦見は五匹と見立てたが、つるはあえて倍の十匹を買った。一匹でも多いほうが、効き目が早くあらわれると思ったからだ。

十匹のどじょうの入った土鍋を手に持ったつるは、黒船橋たもとから吾妻橋まで、猪牙舟《ちょきぶね》を誂《あつら》えた。吾妻橋の桟橋で下船したあとは、不忍池まで辻駕籠に乗った。

毎日のどじょう代が五十文。

黒船橋から吾妻橋までの猪牙舟行き帰りが、船頭の酒手込みで銀六匁《もんめ》（約五百文）。吾妻橋と不忍池の行き帰りの駕籠代が百文。費《つい》えは一日あたり六百五十文もかかった。

カネはしかし、繁盛している三河屋ならどうとでもなった。難儀なのは、つるの身体である。猪牙舟も辻駕籠も、揺れのひどい乗り物だ。五十が目の前に迫っているつるには、こたえた。しかも一回限りではなく、毎日である。十日目には、頬のあたりが削《そ》げ落ちていた。

「いまのようなことを続けていたら、お内儀さまは身体をいためてしまいます」

奥付きの女中から強く言われて、雪次郎は初めてことの深刻さを思い知った。

つるが毎朝早くから出かけていることは、もちろん知っていた。が、雪次郎は気にも留めていなかった。

女中から次第を聞かされた翌朝、雪次郎はつるのあとをつけた。相川町の三河屋から佃町までは、川沿いの道で八町（約八百七十二メートル）の道のりだ。

明け六ツごろから風が強くなっていた。いま吹いているのは、つるを押し戻さんばかりの向かい風である。

着物の裾が大きくめくれた。紅色の蹴出しが見えたのを、ひどく恥ずかしく思ったらしい。うろたえたつるは、その場にしゃがもうとした。

片手には、風呂敷包みの土鍋を提《さ》げていた。十四のどじょうを入れた鍋だ。

慌ててしゃがもうとした拍子に、土鍋が手から滑り落ちた。

ガチャンッ。

乾いた音を立てて地べたとぶつかった土鍋は、風呂敷包みの内で真っ二つに割れていた。

風呂敷も結び目がほどけてしまい、地べたでどじょうが身体をくねらせている。

つるは途方にくれてしまい、どじょうを摑もうとする気力もなくしていた。そんなつるを、身体を威勢よくくねらせたどじょうが、からかっているかに見えたとき。

「おっかさん！」

あとを追っていた雪次郎が、急ぎ母に駆け寄った。そして割れた土鍋とどじょうを、風呂敷に包み直した。

無言の母だが、目は心底から喜んでいる。

母の手を引いて立ち上がらせた。そして足元を気遣いつつ、ふたりで放すための池に向かった。

この朝を限りに、雪次郎は振舞いを正した。

雪次郎と、向島の料亭の次女よしえとの縁談が調ったのは、天保十五年五月である。

この年の十二月二日に天保は弘化へと改元された。

よしえは祝言の翌年、弘化二年九月に長男時四郎を出産した。

「親仁様《おやじ》もおれも、ともに次郎がついている。長男はふたつを足して四郎にする」

五十四歳になっていた安次郎は、雪次郎の命名を大いに喜んだ。何年も自分に反発してきた息子が、孫の命名で仲直りを図ろうとしていると察したからだ。

孫が抱けたことと、雪次郎との仲直りが、よほどに嬉しかったのだろう。めずらしく自分の居室で、重三郎相手に酒を呑んだ。

翌朝、安次郎は目を覚まさなかった。

「立派な最期でした」

とむらいの場で、つるはこの言葉を繰り返した。

安次郎がなしたひどい所業の数々の半面、商いも大きくした。それを分かっている会葬者たちは、すべてを呑み込んだつるの言葉を、厳粛な面持ちで受け止めていた。

つるは安次郎から、幾つも心無い仕打ちをされてきた。しかしつるは、初めて肌を重ねた馬喰町の三畳間以来、安次郎への深い想いを抱き続けてきた。

三年後の嘉永元年に、つるは息を引き取った。

「これでせつのに詫びが言える……」

末期のそのときにあっても、つるは早世した娘に想いを馳せていた。

六

汐見橋の藤松は、書状で伝えてきた通り五ツ（午後八時）にあらわれた。五ツの前でもなければ、後でもなかった。

大晦日の商家は店先でかがり火を焚き、年越しの景気づけをする。三河屋は、脂に富んだ赤松を焚いていた。

赤味の強い炎が、舞い降る粉雪を照らし出していたとき、永代寺が五ツの鐘を撞き始めた。

三河屋近くのどこかで、鐘を待ち構えていたに違いない。三打の捨て鐘のあとの、本鐘第一打が鳴り始めると同時に、藤松一家の若い者が店先にあらわれた。

渡世人と臥煙《がえん》（火消し人足）は、どちらもやせ我慢の見栄を張る稼業だ。真冬でも素足に履いた雪駄の尻金《しりがね》を、チャリン、チャリンと鳴らす。

さらし巻きの素肌に唐桟《とうざん》を一枚着ただけで、わざと胸元をはだけて歩く。

当人よりも、身なりを見た者のほうが寒さに震え上がるというのが、連中の売りだった。ところが三河屋にあらわれた藤松配下の若い者は、刺し子の半纏《はんてん》を羽織っていた。とはいえ、寒さ除けではない。それがあかしに、ひたいには白鉢巻を巻いており、半纏の下は白のたすきがけという身なりだ。

帯には、鮫鞘《さめさや》の長ドスをさしている。明らかに、出入りに備えた出立《いでた》ちである。

汐見橋の藤松が五ツに顔を出すことは、店番の小僧も聞かされていた。しかしまさか、出入り身なりの若い者があらわれるとは、考えてもいなかった。

飛び上がらんばかりに驚いている小僧に、若い者は藤松一家の者だと名乗った。

「親分がお見えだと、おたくの旦那にそう言ってくんねえ」

凄まれたわけではないが、小僧は目を丸くしたまま座敷に駆け上がった。頭取番頭が店先に出てきたとき、本鐘の五打目が撞かれた。五打目が合図だったかのように、藤松が土間に入ってきた。

「相変わらず達者なようだな」

つるが健在だったころは、藤松は一年に四回も三河屋に顔を出した。その都度、つるはわきに重三郎を座らせて、「商談」だという藤松と向き合った。

つるが没してからは、藤松は一度も顔を出さなかった。ふたりは、六年ぶりに顔を合わせたことになる。

相変わらず達者なようだな……かすれ声ながらも、相手の胸元に突き刺さる藤松の物言いは、まるで変わってはいなかった。

「二代目は、いるだろうな？」

いるものと、決めつけた言い方である。重三郎は、わずかにうなずいた。

「道具を持った若い者が六人、店先に張り付くことになる。小僧には、茶の支度を言いつけてくれ」

藤松が言い終わると、粉雪の彼方から五人の若い者があらわれた。先に名乗った者を含めて、都合六人である。

全員が鉢巻にたすきがけで、似たような長ドスを帯にさしていた。

「上がるぜ」

招かれずとも上がるのも、藤松の流儀である。重三郎は黙したまま、先に立って奥に向かい始めた。

借金の取立てに、若い者六人を連れてくるとは……。

若い者を店先に配したのは、藤松得意の脅しだと重三郎は断じた。つると並んで向き合っていたときも、藤松はさまざまな脅しを見せつけた。

安次郎の不始末から始まった「商談」とは一文の値打ちもないガラクタを、一両でも高値で売りつけるものである。

つるは脅しには屈せず、気丈に振る舞った。

「先の見えてるおめえさんなら、足を滑らせてドブにはまっても構わねえだろうが、二代目は命を落とすには、まだ若過ぎやしねえかい？」

雪次郎。よしえ。時四郎。ときには、ひでよ。これらの名を取り混ぜて挙げて、つるに迫った。

脅しではないと思わせる凄みが、藤松にはあった。一度は撥《は》ねつけても、藤松の帰り際には言い値を呑んでいた。

六年が過ぎても変わっていないと、声には出さずに吐き捨てた。

六人もの若い者を引き連れてこなくても、カネさえあればとっくに払っている！

雪次郎の元に藤松を連れて行きながら、重三郎は胸のうちで怒鳴った。

渡り廊下の下にうずくまっていたゴンが、重三郎の怒りを察してウワンッと吼えた。

七

「つるさんとは、長い付き合いだったが……」

雪次郎に目を据えつけたまま、藤松は熱々の焙じ茶をすすった。ひと口つけるなり、顔つきが変わった。

よしえが念入りに急須で蒸して注いだ焙じ茶である。

「あの親分は、茶が美味いと人相まで変わります。煎茶ではなく、充分に蒸した焙じ茶をいれてください」

重三郎に言われたよしえは、熱湯を急須に注いだあと、五十を数えて湯呑みに注いだ。よしえが姑から伝授された、美味い焙じ茶のいれ方である。

「料亭のお嬢だったあんたに、お料理のことなんかとっても教えられねけれど」

相手を思う気持ちが昂《たか》ぶったときのつるは、在所の訛りが色濃く出た。

焙じ茶のいれ方も、つるはお国訛りまじりでよしえに伝授した。

時折りつるが拵えた塩味の強い料理のように、まことに実直な物言いである。

焙じ茶をいれるたびに、よしえはいまは亡き姑を思い返してきた。

藤松への茶は、三河屋の行く末を左右しかねない一杯となるかもしれない。

よしえは胸の内でつるに手を合わせながら、熱々の焙じ茶を調えた。


「この焙じ茶は、二代目のお内儀さんがいれなすったのか？」

「そうです」

雪次郎はぞんざいな口調で答えた。

藤松と雪次郎は、差しで向き合っていた。重三郎の助けを借りることはできない。

よしえや時四郎のことは、なにひとつこの場の話題にしたくはなかった。

「つるさんがいれなすったかと思った」

湯呑みを見ながらつぶやいた藤松は、もう一度、雪次郎に目を戻した。

「あんたとこうして向き合うのは、今夜が初めてだな？」

雪次郎は返事をしなかった。

藤松は気にもとめず茶をすすったあと、湯吞みを膝元に置いた。

「あんたとは初対面だが、大晦日の五ツも過ぎたことだ。前置きは省かせてもらおう」

藤松の目が強い光を帯びた。貸元に真正面から見据えられたことなど、雪次郎は一度もない。思わず目を逸らせそうになったが……。

「渡世人は相手が弱腰だと見抜けば、どこまでもしゃぶり尽くそうとします。初めが肝心ですから、なにとぞ目を逸らしたりしませんように」

重三郎にきつく言われていたことを思い出し、丹田に力をこめて踏ん張った。

「手元に、臼田屋に差し入れた証文の写しがあるだろう」

「あります」

「それを見せてもらおう」

なぜですかと、問うことはできない物言いだった。もとより臼田屋に差し向けられて、借金の取立てにあらわれた藤松が相手である。写しを見せる、見せないで、余計な揉め事を起こすこともなかった。雪次郎は言われるままに、借金証文の写しを藤松に見せた。

藤松は行灯《あんどん》を手元に近づけると、一文字ずつ吟味するかのように、証文を丹念に読み進めた。

あたまから尻尾まで、三度も読み直したあとは、雪次郎に返さず、自分の膝元に広げて置いた。

「五百両のカネを借りるのに、月に九分《ぶ》（九パーセント）の利息を約束するとは、あんたは算盤《そろばん》も弾《はじ》けないのか」

呆れ果てたという口調で、雪次郎をなじった。月に九分で五百両のカネを一年も借りれば、利息だけで五百四十両である。

「初対面のあなたに、なにもそんな言い方をされるいわれはありません」

雪次郎は、顔をゆがめて言い返した。

「おおきにそうだろうが、それが言えるのは利息と元金を、約定通りに耳を揃えて返したあとの言い草だ」

湯呑みを手に持った藤松は、ずるっと音を立てて呑み干した。

「大晦日も五ツを過ぎたいま、あんたの手元には元金の五百両だけでもあるのか？」

「あるわけがないのは、あなたも先刻承知でしょうが」

蒼白な顔で、藤松に言葉を投げつけた。のっけから、算盤も弾けないのかと言い放たれた雪次郎は、すっかり平常心を失っていた。

「やはり、返すカネがないのか」

「いまさら、白々しいことを」

押さえが利かなくなった雪次郎は、上体を藤松のほうに乗り出した。

「あたしの手元には、百両少々しかカネはありません。それを見越して、あなたは家《か》質《じち》を取立てにきたんでしょう」

雪次郎が声を荒らげても、藤松はひとことも言い返そうとはしない。その落ち着いたさまを見て、雪次郎はさらに怒りを募らせた。

「母が生きていたとき、あなたはガラクタを押しつけた代わりに、千三百両ものカネをむしり取ったじゃないですか」

「それがどうかしたか」

「どうかしたか、ですと？」

雪次郎の声が裏返った。

「あのカネが半金でもあれば、こんな具合に押しかけられて、ここを家質に取られることもなかったでしょう」

母に対して、よくもこんな恩知らずな真似ができるものだ……雪次郎が、声を限りに怒鳴っているさなかに、血相を変えた重三郎が客間に飛び込んできた。

雪次郎は怒鳴り声を引っ込めて、驚き顔で頭取番頭を見た。かつて一度も、これほどまでに取り乱した重三郎を見たことがなかったからだ。

「旦那様に用があるからと、本所の徳力《とくりき》組の貸元だという男が……」

まだ重三郎が話しているとき、横並びになった男三人が、廊下を踏み鳴らして客間に押しかけてきた。

　真ん中に立つ男を、両脇の男たちが守っているかのようだ。

「おうっ」

　藤松は、低い声で真ん中の男に呼びかけた。

「突っ立ってねえで、なかにへえりねえ」

　藤松は、明らかに格下の者に対する口調で話しかけている。真ん中の男は、藤松のわきにあぐらを組んで座った。

「新たな客人がきたんだ。座布団を用意してやんなせえ」

　藤松に指図をされて、頭取番頭がみずから三枚の座布団を運んできた。ふすまの外で成り行きを見守っていたよしえは、茶をいれに流し場に向かった。

　よしえが茶を出し終えたところで、藤松が口を開いた。雪次郎の後ろには、重三郎が控えていた。

「こちらの客人は本所徳力組の貸元で、いかずちの徳力さんだ」

　徳力の背後に控えているふたりは、組の若い者だった。

「五ツ半（午後九時）までには、いかずちのが顔を出すだろうと察したからよ。こうして先にきて、待たせてもらっていたところだ」

　雪次郎にも重三郎にも口を開く隙を与えず、藤松みずから徳力とやり取りを始めた。

「そっちの用向きは、臼田屋から請け負ったこの証文の取立てだろう」

雪次郎が差し入れた証文の写しを、藤松は徳力に見せた。

「そのとおりだが」

徳力は両目に力を込めて藤松を見た。しかしふたりの格の違い、貫禄の差は、堅気の雪次郎にも察しがついた。

「これは、うちが請け負った仕事だ。汐見橋のが、わきから口を挟むことじゃねえぜ」

「わきから口を挟む気は、毛頭ねえ」

藤松が言い切ると、気合で行灯の明かりが揺れた。

「おれは、わきじゃねえ。三河屋二代目の後ろ盾だ」

「なんだとう？」

徳力は目を剝いて、あぐらに組んだ膝を揺らした。

雪次郎と重三郎は、思いもしなかった成り行きに、息を呑んでいた。

「深い恩義のある、先代のお内儀に頼まれたんでね。後ろ盾の引き受けをためらったりしたら、男じゃあねえ」

藤松は徳力と向き合い、膝をずらして間合いを詰めた。

「二代目が差し入れた証文をつぶさに見せてもらったが、幾つか書き損じがある」

ひとつは利息だと、藤松は月九分の箇所を指で示した。

「月に九分じゃあねえ、一年に九分だ」

言い返そうとした徳力を押しとどめて、藤松は先を続けた。

「返済日も、この証文を書き替えたときに思い違いをしているぜ」

安政一年は安政二年の誤りだと、藤松は言い切った。

「師走を目の前にした今年の十一月二十七日に、御上は嘉永から安政へと改元した。そのどさくさにまぎれて、二代目は二年と書くところを、うっかり一年と、一本少なく書いたようだ」

来年の大晦日とはいわない。遅くても三月末までには、一年九分で勘定した利息を加えて返済する。

「臼田屋には、いかずちのから上手に話を通してくんねえ」

藤松の両目が強く光った。しばらく睨みあったのち、徳力は背筋を伸ばした。

「そんな途方もねえ与太話を、おれに呑めというのか」

「手ぶらじゃあねえ」

藤松は目の光をさらに強くした。

「来年正月の初天神屋台を、そっくりいかずちのに譲ろうじゃねえか」

藤松は湯島天神の屋台を仕切っていた。

正月二十五日の初天神には、江戸中から五万人を超える参詣客がおとずれる。参道に並ぶ屋台の数は、毎年三百を超えていた。

「どうでえ、いかずちの。かんげえるまでもねえだろう」

藤松は強い口調で畳みかけた。

「この手土産が気にいらねえというなら、おれもあとには引けねえ」

おい、やっこ。

藤松のひと声で、店先に詰めていた若い者六人が客間に駆け込んできた。

藤松のかすれ声が、奥から店先まで届くわけがない。若い者は、渡り廊下に控えていたのだろう。

「手土産を持ちけえって、気持ちよく除夜の鐘を聞いてくんねえ」

藤松はおのれの大事な稼ぎを徳力に差し出して、貸元の面子《めんつ》を立てた。

藤松配下の若い者六人は、粉雪の舞う店の外に徳力一家を送り出した。

「つるさんてえひとは、素人とも思えねえ大した八卦見だったぜ」

徳力一家が客間から出るなり、藤松は六年前のやり取りを話し始めた。

「この次に御改元があったとき、もしも大晦日が子の日だったら、三河屋に大きな災難が降りかかってくるてえのが、つるさんの見立てだった」

言葉を区切り、藤松は吐息を漏らした。

「つるさんは、肚《はら》の底じゃあおれを嫌っていた。なにかにつけてたかりにくるおれを、信じたりするはずもねえさ」

そんなつるが、六年前の改元直後にはみずから藤松の宿をおとずれていた。

「次に改元があった年の大晦日が、もしも子の日だったら、なにとぞ二代目の力になってやってください」

つるは百両もの大金を藤松に差し出した。

「なにもなければ、このおカネを好きに使ってもらって結構です」

なにか起きたときは、命がけで力を貸してもらいたい、と。

「百両もらってから幾らも経たねえうちに、つるさんは亡くなったからよう」

死んだ者と交わした約束は、破るわけにはいかねえと、藤松は真顔で口にした。渡世人ならではの見栄が、顔にあらわれていた。

雪次郎は逆だった。またも知らないところで、母に助けられていたと知り、息が詰まりそうだった。

そんな胸の内の動揺を押さえつけて、表情を変えずにいた。

座り直した藤松は、頭取番頭に目を向けた。

「春になったら、元金と利息を耳を揃えて臼田屋に返しに行く。算段はできるだろうな？」

「年を越しさえすれば、かならずや調えます」

重三郎は、きっぱりと請け合った。

「いかずちのに譲った屋台の稼ぎは、ざっと千両だ」

藤松は、湯呑みに目を移した。よしえが新しくいれた焙じ茶が、強い湯気を立ち昇らせていた。

「この湯呑み、千両の代わりにもらって帰るが、構わねえか？」

「お買い上げ、ありがとう存じます」

よしえは畳に三つ指をついた。

ゴンが嬉しそうにワンッと鳴いた。

言えねえずら

一

明治十一（一八七八）年九月中旬の、午前十時過ぎ。清水港の船着き場に立った甲田屋長五郎（次郎長）と女房のお蝶は、ともに彼方の富士山を見ていた。

昨夜までの雨が上がり、富士山は真っ青な秋空を背負っていた。

「おまえに何度言われても、まるで気乗りがしなかったが」

次郎長は、ふうっと吐息を漏らした。

今度の正月で還暦を迎える。歳ゆえのことなのか、近頃の次郎長はお蝶との話の途中で吐息を漏らすことが多かった。

「気乗りはしなかったけど、行こうと決めてよかったでしょう？　三保の松原では、誰にも煩わされずにゆっくり骨休めができますよ」

次郎長が言おうとしたあとの言葉を、お蝶は察していた。

次郎長は周りを見回した。見知った顔はどこにもなかった。

「まったくおまえは察しがいい」

ひとの目がないと分かり、次郎長はお蝶を褒めた。お蝶の目元がゆるくなった。

連れ出してよかった……。

お蝶は胸の内で安堵の吐息を漏らした。


今年の五月以降、十日に一度ほどの割合で次郎長の家に来客があった。

「刈り入れが始まったら、えらい人手がいりますきにのう。手間賃を用意するだけでも、難儀なことずら」

「なんとも言いにくいんじゃが、甲田屋さんを男と見込んで、折り入ってのお願いがありまして」

来客の目的は、九分九厘が借金の申し込みだった。

暮らしのカネに詰まっている……。

漁に使う網を新調しないことには……。

カネが入り用な理由は、それぞれに違った。が、だれもが次郎長に頼めば、カネの融通をしてもらえると思い込んでいた。

「看板を下ろした後も、やっぱり清水の次郎長さんは、ただものじゃあねえずら」

「静岡丸ちゅう蒸気船を、清水と横浜の間に走らせ始めたんじゃ。ただもののはずが、ありゃあせんじゃろう」

うわさは清水港にとどまらず、興津から浜松あたりにまで広まった。

明治維新のあと、清水港にも文明開化の大波は押し寄せてきた。蒸気船の清水寄港は、だれの目にも分かりやすい大波のひとつだった。

明治九年春に清水港に立ち寄ったのは、横浜に向かう蒸気船だった。

配下の若い衆は諸国に散っており、当時の次郎長はお蝶とふたりきりだった。

ひと一倍好奇心の強い次郎長である。

「わしを横浜まで乗せてくれ」

次郎長は蒸気船の水夫長に直談判した。

清水の次郎長の名を、水夫長は知っていた。

「おやすい御用でさ」

船出の朝、次郎長は着流し姿で蒸気船に乗り込んだ。

遠い昔、次郎長は甲田屋の大金をふところに仕舞い、ひそかに江戸を目指したことがあった。

四十年が過ぎたいま、同じ航路を蒸気船で走っていた。

風まかせの弁財船《べざいせん》とは異なり、蒸気船は自分の力（蒸気機関）で波濤《はとう》を越えて走って行く。その雄姿に、次郎長はこころを奪われた。

これからは、蒸気船の時代となる。

そう確信した次郎長は横浜で下船したあと、蒸気船の会社をおとずれた。

ご維新となっても次郎長の気性に変わりはない。思い立ったら、即座に動いた。

「わしは清水港の甲田屋長五郎じゃが、番頭さんに会わせてもらいたい」

初老の着流し男に乗り込まれた船会社は、だれも相手にしなかった。

ただのひと声で場を制してきた男である。

「わしの言うたことが、聞こえんかったようじゃが」

戸口に置かれていた事務机を、力まかせにこぶしで叩いた。若い時分から、出入りで鍛えてきたこぶしである。

バリッ。

使い古しの杉板は、次郎長の一撃で二つに割れた。事務所のなかが大騒ぎになった。

「番頭さんに取り次いでくれんかのう」

野太い声を発したとき、船会社の支配人山田新五郎が部屋から出てきた。

次郎長は着流し、山田は背広姿だ。靴音を鳴らして寄ってくる途中で、山田の顔つきが変わった。

「清水港の次郎長さんでは？」

問われた次郎長のほうが驚いた。

＊

八年前の明治元年九月。清水港内に停泊していた咸臨丸は、官軍から砲撃された。

老朽船だった咸臨丸は大破し、兵士の死体は港内を漂った。

死体を片付けないことには出漁できないと、漁師は官軍に訴えた。が、指揮官は漁師の訴えを撥《は》ね付けた。

「賊軍の死体を始末するなど、断じて許さぬ。腐るにまかせろ」

指揮官はこう言い放った。

腐敗の始まった死体は出漁に障るだけではなく、ひどい悪臭をも放ち始めた。

漁師の窮状を見かねた次郎長は、夜陰に乗じて船を出し、水死体を引き上げて葬った。

官軍は激怒し、次郎長を召喚した。次郎長はいささかも臆せずに出向いた。

「死ねばほとけだ。官軍も賊軍もない」

次郎長の堂々とした振舞いを、清水の人々は大いに称《たた》えた。

「さすがは次郎長さんだ」

湧き上がった声を、山田は現地で聞いた。官軍兵士はともかく賊軍の一兵卒で戦死した者は、死したのちも海に捨て置かれた。

一家を束ねてきた男には、死者への無慈悲で敬いのかけらもない扱いには、湧き上がる憤怒を抑えられなかった。

次郎長が発した短い言葉の真意を、土地の者たちは汲み取った。そして称えたのだ。死者を区別せずの次郎長の姿に、山田も深い感銘を覚えていた。

その次郎長が、目の前に立っていた。

「ご用のほどは？」

若い者のように声を弾ませて問うた。

「清水港と横浜港との間に、蒸気船を走らせてもらいたい」

それを聞いた山田は、次郎長を支配人室に招き入れて、面談を持った。

藩政時代の清水湊《みなと》は、幕府年貢米の集散地として大いに栄えた。明治維新となったいまでも、藩政当時の水路は確保されている。

米のほかにも、清水は茶を始めとする収穫産物が多彩である。

それらを蒸気船で横浜に廻漕すれば、清水と横浜の両方が栄え潤うことになる。

「わしは清水港の廻漕問屋を集める。あんたは横浜の商人を集めて、両方の仲立ちを務めてくれ」

次郎長の申し出に、山田は深く感心した。

新たな廻漕航路を切り開けば、巨額の事業収益が期待できる。にもかかわらず、次郎長はその事業に首を突っ込もうとはしていなかった。

清水と横浜。この両方の港町が繁栄すればそれでいいと、私欲はなしに考えているだけなのだ。

「手伝わせていただきましょう」

船会社支配人の尽力で、明治九年に清水港〜横浜港間に蒸気船静岡丸が就航した。

「次郎長さんの仲立ちのおかげじゃ」

横浜、清水双方の廻漕問屋や商人たちは、次郎長の働きに深く感謝した。

言葉だけではなく、相応の謝礼金も差し出した。

次郎長は謝礼は受け取ったが、その後も事業への割り込みは一切しなかった……のだが。

「次郎長さんは、蒸気船航路を開いたことで、えらい大儲けをしとるそうずら」

「やっぱり幾つになろうが、薪屋の血が騒ぐんじゃろうのう」

次郎長の生家は薪炭を扱う美濃輪屋である。米屋の甲田屋に養子に出されるまで、次郎長は美濃輪屋の三男として育った。

当主の三右衛門の剛胆な血を、色濃く受け継いでいる次郎長である。なによりも、薪船に乗ることを好んだ。

荒海を怖がらずに、薪船に乗る長五郎。

次郎長の船好きは、清水港でいまも達者な年配者には知れ渡っていた。

薪船から蒸気船へ。

横浜との間に定期船が就航したあとは、清水港の多くの者が「次郎長は遣《や》り手だ、やはり海運に目をつけた」と得心した。

遣り手だといううわさには、いつしか次郎長は大儲けをしているという尾ヒレがついた。

うわさを真に受けて、旬日ごとに借金の申し込みにひとが押しかけてきた。

横浜商人から受け取った謝礼金を、気前よく貸した。

「次郎長さんは、やっぱり男だ。証文も入れさせずにカネを貸してくれた」

このうわさが、さらに多くの借金申し込みを呼び寄せた。

たちまち、謝礼金は底をついた。が、そうなったあとも次郎長は断れなかった。

「おまえがなんとか工面をしろ」

言われたお蝶は、ひとに貸すためのカネの工面を親戚などに頼み込んだ。

しかしこんな無茶は、長くは続かない。

次郎長は、相手に会ってしまえば、カネなどないと分かっていながら借金の申し込みを引き受ける。

会わせては駄目と、お蝶は肚《はら》をくった。しばらく家を留守にするほかはないと考えたお蝶は、三保の松原行きを次郎長にねだった。

三保など行きたくもないと、次郎長はお蝶の頼みを撥ね付けた。お蝶はそれでも、何度も繰り返し頼んだ。

お蝶の目を見て、次郎長は真意を察した。

「骨休めになっていいだろう」

次郎長は、乗り気になったふりをした。

家にいれば、カネを貸してくれとひとがたずねてくる。その応対に、次郎長当人がうんざりしていた。

「毎日、こうして富士山を拝めるわしは果報者だ」

陽《ひ》を浴びた富士山を見て、次郎長は目を細めた。

船着き場の外れに立っていた男が、富士山に見入っている次郎長を見つめている。

お蝶の顔色が変わった。

次郎長不在を理由に追い返した車屋の車力だった。

「あとは船から見ましょう」

お蝶は次郎長の背中を押した。

桟橋の端から、男がこちらに向かってくる。次郎長もお蝶の意図を呑み込んだ。

「船から見る眺めは、今日のような晴れなら格別だろう」

乗船した次郎長は、船客の群れのなかへと進んだ。

逃げる次郎長を乗せた船の真上で、カモメが啼《な》いた。

二

九月二十日は夕暮れ近くになって、雨模様になった。

毎年十月十日は、清水港大鷲《おおとり》神社の例祭である。大鷲神社の祭りには、漁師の担ぐ神輿《みこし》が出た。高さ三尺（約九十センチ）の大型神輿で、梶棒《かじぼう》は縦に四本、横に三本が渡された。

祭りは、毎年大きな盛り上がりを見せた。この時季に、清水港の沖合に、戻り鰹の群れがあらわれた。その他の魚も祭りが見たいのか、十月は清水港に寄ってきた。

十月十日の祭りには、大漁旗がはためいた。

「大鷲神社の三尺神輿を担ぎにこねえやつは、清水港のモンじゃねえ」

想いを寄せる相手に神輿担ぎの姿を見せる、若い漁師の晴れ舞台である。

清水港の漁師たちは豪気である。毎年の祭りには、費《つい》えの寄進を惜しまなかった。

「大鷲神社の祭りは、わしらの祭りじゃあ」

寄進している漁師たちには、その自負があった。

どれだけカネを惜しまずに、祭りに遣うか。この思い切りのよさを、漁師たちは競った。

ゆえに毎年の祭りは、神輿担ぎの装束も、そのあとの見物客への振舞い酒も、すこぶる派手だった。

とりわけ今年は、静岡丸就航二周年記念の祭りである。

神輿担ぎの揃いの装束をどうするか。

神輿のほかに、どんな出し物を用意するか。

振舞い酒の趣向をどう凝らすか。

町の娘に晴れ姿を見せたい漁師たちは、何度も寄合を重ねた。

九月二十日の寄合には、若い衆に混じって次郎長も加わった。が、このことは肝煎《きもいり》が独断で決めたことである。若い者には、寄合の場で初めて伝えられた。

次郎長が座にいるのを見ても、若い漁師たちは格別に敬意を払おうとはしなかった。

それを埋め合わせるかのように、肝煎たちは次郎長に気を遣った。

「三保から昨日の昼に帰ってきたばかりじゃと、お蝶さんから伺いました」

「忙しいなかを、無理を言いましたのう」

「次郎長さんに顔を出してもらえるんなら、もうちっとましな席を構えたらよかったんじゃが……」

肝煎たちは揃って辞を低くして、次郎長をもてなそうとした。

なにしろ静岡丸就航の功労者である。しかも今年の祭りには、船会社と廻漕問屋から多額の寄進を受けていた。

次郎長当人が寄進したわけではない。

しかし次郎長あってこそ、多額のカネが集まったのは間違いなかった。

九月二十日の寄合では、次郎長には床の間を背負う座が用意されていた。

もとより次郎長は、床の間を背負ってきた男だ。

「富士山と床の間の両方を背負えるのは、街道広しといえども清水の次郎長だけだ」

この評判は、清水湊に暮らす者の自慢だった。維新後も、次郎長は次郎長である。

いつもは若い者をあごで使う肝煎たちが、次郎長にはとめどなく気を遣った。

次郎長も当然の顔で床の間を背にした。

「なんだ、あのじいさんは」

漁師の健太郎が、口を尖らせた。いきなり見知らぬ者が寄合に顔をだして、床の間を背負ったからだ。

健太郎は今年で十八。漁師の間では、力持ちで通っている。歳が若くて腕力が強いだけに、物言いには遠慮がなかった。

「声がいかい（でけえ）」

同い年の鴇平《ときへい》が、健太郎の口を右手で押さえた。大柄な鴇平だけに、手のひらも大きい。

「なにすんだ、鴇平」

健太郎は口を押さえられたまま、くぐもった声を大きくした。

「騒ぐでねえ」

若い衆のなかでは年長者の芳朗《よしろう》が、健太郎をたしなめた。

「まったくおめえは……少しは場所をわきまえろや」

伸助《しんすけ》が健太郎を睨みつけた。投網《とあみ》打ちの伸助は二十一歳。腕の太さは健太郎を上回っていた。

健太郎はくぐもった声を、さらに大きくして鴇平に怒鳴った。

「口から手を離してやれ」

鴇平に指図をしてから、芳朗は声を潜めた。次郎長に聞こえないように気遣ったのだ。

「あのひとは、清水の次郎長というふたつ名を持った親分だ。もちろん、おまっちらも名前ぐらいは知ってるだろうがよ」

芳朗は、次郎長がどんな男かを健太郎、鴇平、伸助の三人に聞かせ始めた。

四人の若い漁師は、いずれも今年の祭り当番である。最年長の芳朗でも、まだ二十三歳だ。

三十人を超える配下を抱えて街道を仕切っていた、次郎長の全盛期。そのころのことは、四人のだれひとりとして知らなかった。

とはいえ、街道一の大親分として諸国に名の通っている次郎長である。名前は、健太郎といえども知っていた。

が、床の間を背にして座っている次郎長は、健太郎の目には、どこにでもいる年寄りにしか見えなかった。

「あにいの言い分は分かったけんどよう。街道一の親分にしちゃあ、えれえ勢いで酒を呑んでるずら」

健太郎は床の間を背にしている次郎長を指さした。

次郎長は盃ではなく、大型のぐい呑みを手に持っていた。健太郎たちが座しているところからは、湯呑みに見えるほどに大きかった。

「たしかに酒の呑み方は尋常じゃあねえ」

鴇平も健太郎の言い分に得心顔を見せた。

次郎長がぐいぐいと酒を呑んでいるのには、わけがあった。

三保の松原から戻ってきたのは、昨日の昼過ぎだ。次郎長の帰りを待ち構えていたかのように、今日は朝から来客が相次いだ。

最初の客は、寄合への招きだった。

「今年は次郎長さんのおかげで、船会社と廻漕問屋が、祭りの費えをドンッと寄進してくれましてのう」

今夜は祭りの段取りの煮詰めとなる。ぜひとも顔を出してほしいと頼まれた。

場所は巴川のこよりだという。

こよりは灘の福千寿を出す小料理屋で、次郎長も昔からひいきにしていた。

「なんどきからだ？」

「夕方の六時には、全員が顔をそろえます」

「六ツだな」

わざわざ六ツと言い直して、招きを受けた。

最初の客は気持ちよく応対したが、午後二時と午後四時にきた客は、どちらも不快さだけを残して帰った。

用向きは、いずれも借金の申し込みである。次郎長はお蝶にこのうえのカネの工面はさせまいと、三保の旅館で決めて帰ってきていた。

「あいにくだが、いまは貸せるカネがない」

次郎長は、きっぱりと断った。

午後二時の客は、形だけの辞儀をして帰って行った。

午後四時の客は、帰り際にひとりごとのような嫌味を言い残した。

「街道一の親分が、これぐらいのカネにも詰まってるんかのう」

あるようでないのがカネ。口に出せない次郎長は、こめかみに血筋を浮かべた。お蝶がたもとを引っ張ったことで、揉め事には至らなかった。

そのいやな気分が消えないまま、次郎長はこよりに出向いてきた。本降りの雨は、地べたにぬかるみを拵《こさ》えていた。

寄合で供されたのは、次郎長好みの福千寿である。

こよりの女将は、次郎長のために大きなぐい呑みを備えていた。

美味い酒は、次郎長の気分をほぐした。

もとより次郎長は大酒飲みである。

かつて子分の石松に、酒を控えろとたしなめたことがあった。

石松は口答えをせずに、次郎長の言葉を受け止めた。が、顔には「親分こそ、少しは控えてくだせえ」と書いてあった……。

今夜の寄合には、次郎長は欠かせない客である。肝煎たちは、次郎長のぐい呑みを常に福千寿で充たしていた。

「あんな勢いで酒を呑んで、このあとの段取りを正気で煮詰められるんか」

健太郎が、また声を大きくした。

次郎長を寄合に招いたと明かしたあと、肝煎は次郎長にも段取りの煮詰めに加わってもらうと若い者に言い渡した。

「清水湊のことなら、隅から隅までご存知の親分だでよ。くれぐれも、横着な物言いをするでねえど」

肝煎は、健太郎を睨《ね》め付けて言い置いた。漁師仲間の騒動のもとは、いつも健太郎だったからだ。

「いっそのこと、べろべろに酔っぱらったほうが、面倒がなくていいのによう」

健太郎の声が、次郎長に聞こえたらしい。大きなぐい呑みを手にしたまま、次郎長は若い漁師たちのほうに目を泳がせてきた。

「口に気をつけろ」

芳朗の低くて鋭い声が、健太郎の胸元に突き刺さったとき。

次郎長が立ち上がり、四人の傍にやってきた。

三

段取りの煮詰めは、始まりからつっかえた。

「まずは手古舞《てこまい》の衣装から見てもらいますが、それでよろしいんで？」

芳朗が煮詰めを差配しようとしたら、次郎長はそれを制した。

「わしはまだ、あんたら四人がどこの何者かも聞かされてはいない」

次郎長はきれいな江戸弁で話を始めた。

まだ次郎長が十代半ば過ぎだったころ、江戸の蔵前で働いたことのある仲仕《なかし》が甲田屋に雇われていた。

次郎長はその男から江戸弁を教わった。

還暦を来年に控えたいまでも、ここぞというときには江戸弁を使った。土地の訛りで話すよりも、物事の掛け合いが上首尾に運ぶと確信しているからだ。

「段取りの煮詰めを始める前に、あんたらの歳と名前を聞かせてくれ」

おれは甲田屋の長五郎だと、先に名乗った。

次郎長の言い分には筋が通っている。芳朗は背筋を伸ばして、次郎長が口にしたことを受け入れた。

「網持ちの芳朗です。歳は二十三でさ」

言い終えてから、あたまを軽く下げた。次郎長は隣の男に目を移した。

仲助も芳朗を真似て、背筋を伸ばした。

「投網打ちの仲助です……ええと……歳は二十一です」

人前で話すのが苦手な仲助は、つっかえながら名前と歳を告げた。

三番目に名乗ったのは、釣り竿持ちの鴇平である。鴇平も正座で答えた。

次郎長の目が、健太郎に移った。

漁師仲間の三人も、健太郎を見た。

「おれは……」

健太郎は、あぐらのまま話し始めた。

「健太郎で、鴇平とおんなじ十八で、釣り竿持ちで……」

話の途中で口を閉じた健太郎は、猛烈な勢いで足指の股を搔《か》き始めた。搔きながら、尻を鴇平のほうに持ち上げた。

ブリッ。

遠慮のない音をさせて、一発を放った。

今日の漁を終えたあと、健太郎は蒸した芋を三本も平らげた。健太郎の放った屁は音も凄かったが、においはさらに凄かった。

「お若いのは」

次郎長は健太郎を見ながら、おだやかな口調で話を始めた。が、相当に酒が入っている。口を開くたびに、酒臭い息がこぼれ出た。

「出物、腫れ物、所きらわずという言い回しを知っているか？」

「聞いたこともねえ」

健太郎は億劫そうに答えてから、顔の前で右手をひらひらさせた。次郎長の酒臭い息を追い払うかのような仕草だった。

「屁もできものも、場所も都合もおかまいなしに出るということだが、わしは屁は違うと思っている」

次郎長は健太郎を見る目に力を込めた。

「できものは仕方ないが、屁はおまえのような不作法はやらずに、我慢ができる」

次郎長が話しているさなかも、健太郎は足指の股を掻きむしっていた。

次郎長の右手が、いきなり健太郎の半纏《はんてん》の襟首を摑んだ。次郎長は、半纏を摑んだまま立ち上がった。

健太郎は引っ張り上げられた。とても来年還暦という年配者の力とは思えなかった。

向き合った次郎長は、半纏の帯を摑むと外掛けをかけた。

技は見事に決まった。足を払われた健太郎は、その場に横倒しになった。

「糞じじいが」

急ぎ立ち上がった健太郎は、怒鳴り声とともに次郎長に摑みかかろうとした。

芳朗と伸助がふたりがかりで、健太郎の動きを封じた。

「若気のいたりだで。勘弁してくだっせ」

いつもは三人の重石《おもし》役を務めている芳朗が、うろたえて舌をもつれさせた。

「跳ねっ返りは、どこにでもいる」

小便から帰ってくるまでに、行儀を教えておけ……言い置いた次郎長は、かわやに向かった。

ふたりがかりで肩を押さえつけられた健太郎は、燃え立つ目で次郎長の後ろ姿を見ていた。


健太郎が畳に手をついて入れた詫びを、次郎長は受け入れた。

「それでは最初に、祭りの巡行段取りから詰めさせてもらいやす」

段取りの煮詰めは、芳朗の差配で始まった。船会社と廻漕問屋の寄進が多額だったため、今年の祭りでは山車《だし》と手古舞が、それぞれ道具と装束を新調していた。

「手古舞の衣装はこれでして」

新調された手古舞衣装と、花笠、手甲《てっこう》、金棒などの一式を次郎長に見せた。

金棒を受け取った次郎長は、杉の敷居に突き立てた。敷居に傷がつかないように力を加減したが、金棒はチャリンッと涼しげな音を立てた。

次郎長の手つきのよさに、健太郎も感心していた。

「半纏も今年は、天竺《てんじく》を奢りました」

芳朗は、染める前の天竺木綿を次郎長に見せた。

天竺木綿は、その名の通り天竺（インド）からの到来木綿である。金巾《かなきん》よりは厚手の、白生地木綿だ。手触りのよさが重宝されて、足袋地や裏地などに多く使われた。

今年はその天竺木綿を、神輿担ぎの半纏に使っていた。生地はすでに染めも終わっており、いまは祭り当日に向けて三十人の縫い子が朝から晩まで仕立てを続けていた。

なにしろ三百着を超える数の半纏が入り用なのだ。夜なべ仕事を続けて、なんとか仕立てが間に合うかどうかというところだった。

「祭りまであと二十日のいまになって、生地が気に入らないとは言えないだろう」

次郎長は光る目で芳朗を見た。

「甲田屋さんは、天竺が嫌いなんで？」

「わしは縮緬《ちりめん》がいい」

天竺よりも縮緬はさらに高い。しかし縮緬の揃い半纏を仕立てるだけの寄進は、船会社などからあっただろうと、芳朗に質《ただ》した。

「神輿担ぎの半纏に、縮緬はどうかと思いますが」

「ことがすべて決まっているなら、わしをこんな寄合に呼び出すこともないだろう」

次郎長は目の光を一段と強くした。

決して声を荒らげているわけではないが、座の気配が張り詰めた。

紋付きを羽織っている肝煎衆が、顔をこわばらせた。

「すんませんが、おれたちも小便に行かせてもらいます」

芳朗はおだやかな物言いで、中座の断りを入れた。立ち上がったとき、芳朗の両手はこぶしに握られていた。

仲間三人も、芳朗を追うように素早く立ち上がった。

四

次郎長にへこまされた芳朗は、三人を引き連れて小便に立った。さりとて、尿意を催していたわけではない。

あのまま次郎長に言いたい放題を続けられたら、我慢がきかなくなりそうだった。

四人のなかで最年長だといっても、芳朗とてまだ二十三歳だ。

短気なことにかけては、健太郎と大差はなかった。しかし芳朗まで不作法な振舞いに及んでは、寄合の場にいる肝煎たちの面子が丸潰れになる。

大事な祭りを上首尾に運ぶための、段取りを煮詰める寄合だ。次郎長に逆らってはならないとの分別が、芳朗にはあった。

あたまでは分かっていたが、天竺木綿にケチをつけられたことで、我慢がきかなくなりかけた。気を静めるために、小便を口実にして場を離れた。

「あのとっつあんがへそ曲がりなのは、清水湊でも知れ渡ってっから」

芳朗をなぐさめようとして、伸助は町で拾った話を聞かせ始めた。

「芳朗あにいも、橋のたもとのおたまやは知ってるずら？」

「ひでえうどんを食わせる一膳飯屋か？」

芳朗の答えに、伸助は大きくうなずいた。

「おたまやがひでえのは、うどんだけではねえけんどよう……あの店に、次郎長は何度も行ってるそうだ」

「とっつあん、へそだけでなしに、舌もひん曲がってるってか」

「いんや、舌ではねって」

おたまやは六十過ぎの婆さんおたまがひとりで切り盛りする一膳飯屋だ。おたまの人柄をわるく言う者はいないが、始末な気性には多くの者が眉をひそめた。

暮らしの費えを切り詰めているだけなら、それはおたまの勝手だ。しかし、店で出すうどんや煮物にまで始末なことをした。

ダシをとる煮干しは、天日に干して三度も使う。砂糖はひとつまみも使わず、甘味は味醂《みりん》をひと垂らしするだけだ。

店を開いても、地元の客は寄りつかない。しかし大通りに面しており、なおかつ橋のたもとである。なにも知らないよそ者が、毎日のように餌食となった。

そんなおたまやに、次郎長は月に何度も通っていた。

「女ひとりで切り盛りする店だ。わしが通ってゼニを落としてやるしかない」

さすが次郎長だという声もあったが、なにを酔狂なことをと、苦笑いする者も少なくなかった。

伸助から話を聞き終わった芳朗は、感ずるところがあったのか、大きなため息をついた。

「格好付けが好きなんだろうが、いま広間に座っているのはただの大酒呑みの、へそ曲がりなとっつあんだぜ」

あんな親爺に、これ以上へこへこするのはまっぴらだと、芳朗は吐き捨てた。

残る三人が懸命になだめ役に回った。

「おめえが、あんなくせえのを一発ぶっ放したから、話が面倒になったんだ」

健太郎のあたまを小突いてから、芳朗は広間に戻った。

次郎長は床の間を背にする座に戻っていた。両手を膝にのせて、目を閉じている。座している姿にも貫禄があった。

「甲田屋さんに相談もしねえまま、半纏の件を進めたのは先走りでした。勘弁してくだせ」

若い者四人が、深い辞儀をして詫びた。

が、次郎長から返事はない。

「勘弁してくだせ」

芳朗が詫びを重ねたとき、次郎長のいびきが聞こえた。

祭りを翌日に控えた十月九日、夕刻五時過ぎ。清水港は夕焼けに染まっていた。

「これで明日の祭りは、晴れと決まったようなもんだ」

「やっぱり大鷲さんは、わしらに晴れを恵んでくれるんじゃのう」

夕陽を浴びた漁師たちは、顔をほころばせて網の手入れを続けた。

祭りは明日の日の出とともに始まる。

今年の祭りには、横浜から船会社の支配人や、商家のあるじたちが大挙して蒸気船でやってくる。

山車も手古舞も、支度はいつもの年以上に念入りに済ませていた。

「この調子で晴れてくれりゃあ、横浜からの客人たちにも、富士山をたっぷり見てもらえるずら」

「あんまりきれいなもんで、腰を抜かすかもしんねっちゃ」

「ちげえねって」

漁師に限らず、清水港の住人たちは夕陽を身体に浴びて声を弾ませた。だれもが明日の大鷲神社の例祭を楽しみにしていたし、夕焼けを吉兆だと思っていた。

神酒《みき》所に詰めている四人はしかし、どの顔も仏頂面だった。なかでも年長者の芳朗は、眉間《みけん》に深いしわを刻みつけていた。

「祭りが終わったら、あのとっつあんだけはタダじゃあおかねえ」

芳朗は湯呑みに五合徳利の酒を注いだ。

「あにい……」

健太郎が手を伸ばして、素焼きの徳利をわきにどけた。

「あんまり呑み過ぎると、明日の祭りに障るからよう」

「なんだとう？」

芳朗は粘っこい光を宿した目で、健太郎を睨みつけた。

「おれに四の五の言えたがらか」

湯呑みの酒を呑み干すと、徳利を引き寄せた。さらに一杯を注いでから、健太郎のほうに膝をずらして詰め寄った。

「おれがあのクソ親爺の前で赤っ恥をかいたのも、元はおめえの不始末ずら」

腹立ちまぎれに、芳朗は酒臭い息を健太郎に吐きかけた。健太郎はおとなしく、その息を顔に浴びた。

「ひとの詫びをいびきであしらった礼は、かならずさせてもらうずら」

芳朗は湯呑みの酒を一気に干した。

祭り提灯の、ろうそくの明かりが揺れた。

五

清水港で一番の料亭は、梅蔭禅寺近くの高砂である。八代将軍吉宗の時代、享保八年創業の老舗だった。

女将は代々が春雅を襲名した。当代の女将は、次郎長と同い年である。

大鷲神社の祭りに合わせて、江戸の小芝居團五郎一座が清水港に出張ってきた。次郎長一家が清水湊を仕切っていたころは、十日間の興行をそっくり買い上げることもあった。

一家の看板をおろしたあとも、團五郎一座は義理堅く清水港に出向いてきた。

興行は祭り当日を含めて、わずか三日。それ以上にのぼりを立てても、客の入りはいまひとつだったからだ。

たかだか三日興行のために、江戸から清水港に出向くのは、次郎長への恩返しだと座長は思っていた。

しかし次郎長には、團五郎の興行はもはや重荷だった。

興行前夜には、座長以下のおもだった役者を高砂に招かなければならない。しかも酒肴を振舞うのみならず、祝儀も渡すのだ。

次郎長の暮らしは、相当に詰まっていた。が、名前が大きいだけに、断り切れない付き合いもある。團五郎一座のもてなしも、そのひとつだ。

毎年のことゆえ、十月九日には大きなカネを工面してきた。今年は就航二周年の派手な祭りが重なり、さらに出銭が膨らんだ。次郎長のふところには大きな痛手となった。

しかし九日の夕方に高砂に顔を出した次郎長は、下足番にも仲居にも、いつも通りの祝儀を手渡した。

「いただきます」

下足番は、身体をふたつに折って祝儀袋を受け取った。お蝶の工面のたまものだった。

「毎年のお招き、市川團五郎、こころから御礼申し上げます」

座長が御礼口上を述べると、役者一同が畳にひたいをつけて辞儀をした。

「顔を上げてくれ」

一同のおもてが上がったのを見計らって、酒肴が広間に運ばれてきた。

「今年から加わりました、雪之丞と舎五六《しゃごろく》でございます」

新入りの役者ふたりが、代わる代わる次郎長に酌をした。芸名は大きいが、ふたりとも小芝居の役者である。酌をする手つきは役者というよりは、酌婦に近かった。

次郎長は八時を過ぎたあたりで座を立った。毎年の約束事である。

ひと通りの顔見せに付き合ったあとは、役者だけにして、存分に飲み食いをさせる。

これが次郎長の流儀だった。

次郎長が立ち上がると、役者全員が見送りに出ようと身構えた。

「見送りは無用だ」

次郎長は右手を前に突き出して、役者の動きを制した。

「あとはあんたらだけで、好きなだけやってくれ」

次郎長の言葉に、役者衆は立ったまま深々と辞儀をする……これもまた、毎年のお約束だった。

が、この日はいささか様子が違った。

玄関まで見送る途中で、座長が次郎長に寄ってきた。

「興行がはねましたあと、ぜひともてまえどもの返礼にご来駕《らいか》たまわりますよう」

團五郎の誘いは正味のものだった。

「今年は蒸気船就航の、二周年記念の祭りとうかがいました」

記念祭りの神輿を担いだ若い衆何人かも、ご一緒いただきたいと、團五郎は付け加えた。

「まことの神輿担ぎのいなせぶりを、役者に見せていただきとうございます」

團五郎の申し出を、次郎長は快諾した。

過日の若い漁師四人を、宴席に連れて行こうと考えたからだ。

あの夜は不覚にも、若い者の前で眠りこけた。次郎長はいやなことしか言わぬまま、寄合はお開きとなった。

後味のわるさを感じていた次郎長には、團五郎の申し出は渡りに船だった。

「ありがとうございます」

礼を述べたあと、團五郎は次郎長の耳元に口を寄せた。

「断じて祝儀は持参くださいませぬように。いただいたりしては、御礼ではなくなります」

手ぶらでくることを、團五郎は次郎長に約束させた。次郎長の痩せ我慢を、團五郎は察していたのかもしれない。

十月九日の夕焼けは、夜の九時過ぎには満天の星空をもたらしていた。

「お帰りなさい」

玄関で出迎えたお蝶は、次郎長が座敷に上がったあとで履き物を揃えた。

鹿皮の鼻緒をすげた、次郎長自慢の備後イグサの雪駄である。揃えようとして手に持ったお蝶は、ひと息もおかずに裏返しにした。

底が大きくすり減っており、尻金《しりがね》も木の葉のように薄くなっていた。

履き物は男の見栄。

次郎長が常から口にしている言葉だ。表面のイグサも鹿皮の鼻緒も、傷んで見える部分はなかった。

しかし尻金がこんなに薄くては、摺り足で歩いてもチャリン、チャリンと冴えた音はしない。

だれよりも、履いている当人がそれを分かっているはずだ。が、次郎長はお蝶に、雪駄についてはひとことも言わなかった。

雪駄こそ「男の見栄」を通してきた次郎長のはずだった。履き物を脱いで初めて、雪駄のおもて細工が見える。

羽織の裏地と同じで、隠れたところの細工に凝ることこそ、まことの粋人、大尽のなすこととされていた。

それを身上としてきた男が、すり減った雪駄のツラと底とをさらしていた。

安い客だと、下足番に値踏みされるのを承知で、だ。

次郎長の胸中を思うと、お蝶はつらくて息苦しさを覚えた。

ごめんなさい……

胸の内で詫びたお蝶は、雪駄のおもてを隠すようにして片付けた。そしていまも、大きな次郎長を追った。

次郎長は、脱いだ羽織を衣紋掛《えもんかけ》にかけていた。酒は身体の奥深くにまで入っているのだろうが、羽織は自分の手でかけていた。

次郎長は縁側に座って、月を見上げていた。

お蝶は台所に向かい、酒の支度を始めようとした。

酒はなかった。

「お酒が切れていましたの」

お蝶は焙《ほう》じ茶と茶請けを盆に載せていた。

酒の注文を先延しにしてきたお蝶だった。

「酔い覚めの水、千両という」

次郎長は月を見上げたまま、やさしい口調でお蝶に告げた。

月は満月に向かう途中の育ち盛りである。濡れ縁に降り注ぐ月の光も、まだ蒼みが薄かった。

六

陽が沈んだあとの山道は、闇が深い。

團五郎一座の三日間興行が終わった、十月十二日午後六時過ぎ。興津に向かう山道を、四人の漁師が登っていた。

「ほんとにこの道で、合ってるか？」

先頭を登る健太郎が口を尖らせた。

「合ってるもなんも、道はこれしかねっからよう。もうちっと登ったら、明かりが見えるずら」

鴇平が息を弾ませた。釣り竿を持たせればいつまでも獲物を釣り上げる鴇平だが、山道は大の苦手だった。

「ことによったら……」

健太郎が不意に足を止めて振り返った。

「おれたちをこんな暗い山道に呼び出して、ヤキを入れる気でねっか？」

言いながら、健太郎は周囲の気配に注意を払った。鴇平は真に受けて、腰を低くして身構えた。

「ばか言うなって」

芳朗は強い口調で、健太郎の言い分を弾き返した。

「次郎長は食えねえとっつあんだが」

周りは闇で、ひとの気配はない。芳朗は遠慮のない声で話を続けた。

「闇討ちを仕掛けるような、みっともねえことはしねえだ」

「あにいの言うことは、よく分からねえ」

健太郎の口が、ひょっとこのように尖った。

「なにが分からねえんだ」

「だってよう」

健太郎は芳朗に詰め寄った。

「祭りの前の夜は、あにいがいっちゃん次郎長をわるく言ってたずら」

そうだろう、と鴇平に問いかけた。鴇平は返事をしなかった。健太郎はふてくされたような顔を、芳朗に向けた。

「そんなあにいが、いまは次郎長は闇討ちなんかは仕掛けねって、なんだって言い切るんだ?」

健太郎は、芳朗に自分の顔をくっつけんばかりに詰め寄った。

「このやろうっ」

我慢の切れた芳朗が、殴りかかろうとした。伸助は羽交い締めにして、芳朗をとめた。

「分かった、もうしねえって」

芳朗は口調を元に戻した。

「こんなことやってたら、遅れちまうずら」

芳朗が先頭を取り、ずんずんと山道を登った。が、二十分も時間を無駄にしていた。

團五郎が次郎長と芳朗たち四人を招いたのは、山の中腹にある農家だった。

農家の当主木左衛門《きさえもん》は、團五郎の芝居旦那（パトロン）のひとりである。興行が楽日となった夜は、一座の面々をもてなすのを楽しみにしていた。

今年は次郎長が客だと知った木左衛門は、興津から料理番を招き寄せていた。

「ようこそ、こんな山のなかに足を運んでくださった」

当主は次郎長に深い敬意を示した。

「どうぞ、こちらの座へ」

広間の上座には、金屛風が立てかけられている。木左衛門は次郎長を屛風の前に案内した。当主が酌を始めたところに、漁師四人が慌ただしく入ってきた。

「おめたちは、そっちに座るだ」

次郎長と漁師の扱いは、まるで違っていた。

木左衛門は、ことあるごとに次郎長の武勇伝を声高に称《たた》えた。あたかも自分が武勇伝の主人公のごとくに話した。

咸臨丸の一件を話すときには、藩主に仕える家臣のごとくに振る舞った。

芳朗たちの見ている前で、次郎長は心地よさげに木左衛門の盃を受け続けた。

「なんでえ、あのとっつあんの振舞いはよう」

「おれたちに、いかに大物かを見せつけようとしてるんでねっか」

健太郎と鴇平が、ぼそぼそ声で文句を言い始めた。

芳朗もこのときは、ふたりの口をとめなかった。健太郎たちの言い分通りだと思っていたからだ。

当主は次郎長につきっきりである。團五郎も芝居旦那に調子を合わせて、次郎長をもてなした。

神輿の威勢を見たいと言われていた四人は、祭り半纏に股引・腹掛けの神輿装束を身につけてきた。

が、威勢のいい声を発する出番もなく、ぶつくさ文句を言いながら盃を重ねた。

「存分に呑ませてもらった」

九時過ぎに、次郎長が立ち上がった。すかさず役者衆も立とうとしたが、次郎長はそれを制した。

「あんたらは、ここでゆっくりやっててくれ」

酔いの回っている次郎長は、漁師四人のことはすっかり忘れて声もかけぬまま玄関を出た。

「酔いを醒ましながら、のんびりと山道を下りたい。送りは無用だ」

次郎長の言い分を、木左衛門は受け入れた。

そのあと三十分で、酒宴はお開きとなった。役者衆は全員が農家に泊まるという。

「折りがあったら、またこいや」

木左衛門はぞんざいな言葉をかけただけで、さっさと引っ込んだ。

四人が農家を出たときには、月は分厚い雲の陰に隠れていた。

「ばかにしやがって」

「次郎長の糞おやじい」

怒鳴りながら山道を下っているとき。

「ひとが倒れてるだ」

見つけた鴇平が急ぎ駆け寄った。が、倒れている者に声をかけようとはしなかった。

その代わりに、手招きで三人を呼び寄せた。

「なんだ、鴇平」

「見てみれ」

顔を近づけたのは健太郎である。

「うおうっ」

健太郎が雄叫《おたけ》びをあげた。

深酔いした次郎長が、山道の端で心地よさそうに寝息を立てていた。

「どうする？」

「どうするじゃねえ、お返しをするだ」

芳朗はふところから匕首《あいくち》を取り出した。

喧嘩騒ぎに使う道具ではない。父親から譲り受けた御守だった。

「まさか、あにいは」

健太郎の顔色が変わった。匕首で殺《あや》めるのかと思ったからだ。

「お返しと仕返しは、お早めにだ」

芳朗は慣れた手つきで、次郎長の髷《まげ》を切り落とした。四人が立ち去ったあとも、次郎長はまだ寝息を立てていた。

祭りの鉢洗い（打ち上げ）は、十月二十日にこよりで催された。

「次郎長さんが、酒を断ったそうだ」

「わしも聞いた」

「だったら、酒断ちをしたというわさは本当だったのか」

肝煎が交わす話に、四人の漁師は耳をそばだてていた。

「あの酒好きの次郎長さんが、なんだってまた酒断ちを？」

「深酔いして、ひとには言えない恥をさらしたそうだ」

その恥さらしのおかげで酒断ちができたと、次郎長は本心から喜んでいるという。

「どんな恥をさらしたんかね」

「それはお蝶さんも話してくれなかったが、恥をかかせてくれた恩人が名乗り出てくれりゃあ、礼を言いたいと言ってるそうだ」

肝煎たちは四人に目を向けた。

「そんなこと……」

「怖くて言えねえずら」

芳朗が首をすくめた。

＊参考資料　『侠客寡婦《きょうかくごけ》物語（明治四十二年六月報知新聞静岡版）』

不意峨朗
ふいがろう

一

安政二（一八五五）年六月二日、八ツ（午後二時）下がり。

大坂天保山桟橋は、船着き場も蔵も、蔵の後ろに建ち並んだ旅籠《はたご》も、肌がべたつくような暑気に包まれていた。

「昨日も今日もべた凪やで」

「こんな天気が、あと何日続くんやろなあ」

「月初めやというのに、ほんまかなわんで」

廻漕問屋の手代と荷揚げ人足の仲仕《なかし》たちとが、しかつめ顔を見交わした。

ひとこと話すたびに、ひたいから汗の粒がしたたり落ちる暑さだ。

「風神様にお願いして、東向きの風を思いっきり吹かせてもらわんことには、どもならんで」

「風が吹いてくれるんやったら、西でも東でも北でも南でも、どっち向きでもかまへんわ」

手代の言い分に、仲仕のひとりが大きくうなずいた。その拍子に、ひたいの汗がしたたり落ちた。

天保山桟橋は、大坂と江戸とを結ぶ弁財船《べざいせん》の母湊《ははみなと》だ。南北に半里（約二キロ）も伸びた石造りの岸壁が作事されている。

この岸壁には、一度に十五杯の千石船を接岸することができた。

沖合には湊から二百尋《ひろ》（約三百メートル）まで、投錨《とうびょう》できる浅瀬が続いている。

長い岸壁と浅瀬に恵まれている天保山には、大小三百を超える廻漕問屋が群れ集まっていた。

荷揚げを受け持つ人足は二千人もいたし、商人が泊まる旅籠は五十軒を数えた。

夏場は蔵に納められた産物が、傷みやすい時季である。一刻でも早く船積みしようとして、天保山は夜明けから活気にあふれるのが常だった。

ところが昨日と今日の両日は、湊から活気が大きく失せていた。風がそよとも吹かない、べた凪となっていたからだ。

弁財船は帆船である。三日月を倒したように、弁財船は舳先《へさき》と艫《とも》が大きく反り返っていた。千石船の名の通り、大型の弁財船なら千石に届くほどの積荷を運ぶことができた。

新造の快速弁財船は、大坂と江戸百三十里（約五百十キロ）を、七日で結んだ。弁財船で速さを競い合う『船足俊足比べ』では、大坂から江戸までを、わずか三日で結ぶ豪の船乗りもいた。

しかし、風吹いてこその帆船だ。

頰を撫でる潮風すら止まった凪では、図体が大きい弁財船は、ただの一尋《いちひろ》も進むことができなかった。

「風の吹かん岸壁で、ため息ばっかりついとってもしゃあないで」

大柄な仲仕の言い分に、仲間たちが大きくうなずいた。

「湊座で思い切りわろうて、わしらの笑い声で風を呼び寄せようや」

「そら、ええ思案や」

ひたいの汗を拭った仲仕たちは、湊座に向かって歩き始めた。

旅籠通りの端に設けられた、葦簀《よしず》張りの寄席小屋が湊座である。陽の明かりがある昼間だけの興行だが、天保山桟橋で働く仲仕や車力たちには人気があった。

車力も仲仕も、身体を使う仕事だ。存分に笑い転げることで、過酷な力仕事の滋養とするのだろう。

「いまからやったら、京の茶漬けを聞くことができるやろ」

「そら、ええこっちゃ」

「遅れんように、はよ行こや」

仲仕たちは足を速めた。

湊の沖合を見ていた喜一郎《きいちろう》も、仲仕を追って歩き始めた。なににも増して、喜一郎は寄席好きだった。それに加えて、仲仕が口にした演《だ》し物「京の茶漬け」が気にかかった。

まだ聞いたことがない演し物だったが、京の茶漬けという外題《げだい》に惹かれた。

仲仕に負けない大柄な身体つきの喜一郎である。ゆっくり歩いても、一歩は大きい。

喜一郎の頭上で舞っていたカモメは、湊の沖合へと向きを変えた。


当年三十六歳の喜一郎は、江戸深川の佃町が在所だ。いまから十八年前の天保八（一八三七）年の春に、喜一郎はひとりで京の都に上った。

身寄りが京にいたわけではない。深川の寄席で聞いた落語「祇園会《ぎおんえ》」の一席で、喜一郎はすっかり京に魅せられた。

京の都に上って、祇園会を見たい……。

喜一郎は、思い込んだら一途に突っ走る気性である。仕えていた髪結いの親方俊《しゅん》蔵《ぞう》に、京への口添えを頼み込んだ。

俊蔵は当時の喜一郎と同じ十八の年に、京から江戸に下ってきていた。喜一郎が寄席に「祇園会」を聞きに行ったのも、俊蔵に誘われてのことだった。

「江戸と京では水がまるで違うよって、難儀をするやろが、それでもよろしか?」

何度も念押しをされたが、喜一郎はきっぱりとうなずいた。弟子の気性を呑み込んでいた俊蔵は、半紙五枚の添え状をしたためて京に送り出した。

京で喜一郎が仕えた親方は、祇園の舞妓衆に信頼される髪結い、徳市《とくいち》である。

江戸とは水が異なる。

俊蔵は『水』という言葉に、違いのすべてを込めていた。言葉も食べ物も暮らしぶりも、すべて江戸とは違っていた。

喜一郎がもっともつらく感じたのは、陽気の違いだった。

京の都は盆地で、四方を山に囲まれていた。そして海がなかった。

夏は、座っているだけで首筋を汗が伝い落ちた。

冬は指先がちぎれるかと思うほどに凍えた。

それでも喜一郎が逃げ出さなかったのは、自分から京に上りたいと俊蔵に頼み込んだからだ。

修業はきつかったし、日々の暮らしも気詰まりだった。

俊蔵配下のときは、四畳半に三人の弟子が寝起きをした。徳市の元では八畳間に九人の弟子が詰め込まれた。歳は最年長者でも三十三で、ほとんどが二十代前半である。

息をするのも難儀だった。

「あんた、また屁をこいたんか」

屁をひるにも遠慮のいる暮らしだった。

しかしあれこれと我慢を重ねているうちに、十八年が過ぎた。いまではすっかり水にも慣れたし、喜一郎を名指してくれる舞妓も二十人を超えていた。

それなのに喜一郎は、今年の祇園会の始まりを待たずに江戸に帰ろうとしていた。

今年になってから何度も見た「夢のお告げ」ゆえだ。


二年前の嘉永六（一八五三）年六月に、黒船が襲来した。

「江戸はえらい騒ぎになってるらしいが、おまえは帰らんでもよろしいんか？」

親方に問われても、喜一郎はかぶりを振るばかりだった。

黒船襲来は六月三日。京の町にその騒ぎが伝わってきたのは、六月八日だった。

「今年の祇園会は、何枚のうちわが集まるんやろう」

黒船騒動が伝わってきたのは、髪結い職人たちが舞妓からもらう祝儀うちわの数を競い合っているときだった。

白地の紙に、紅色で舞妓の名を書いた祝儀うちわ。これを多くもらうことが、職人の大きな自慢だった。もらったうちわを、職人はスダレに差して飾った。嘉永五年の祇園会では、喜一郎は十七枚のうちわをスダレに差すことができた。

今年は二十枚を超えますように……。

強く願っていた矢先に、黒船襲来を聞かされたのだ。江戸の様子は心配だったが、祇園会を捨ててまで帰る気にはなれなかった。

「喜一郎の剃刀《かみそり》をあてにしてる舞妓はんが、ぎょうさんいてはるよってなあ……」

江戸には帰らないという喜一郎を、仲間も舞妓も大いに称《たた》えた。

黒船襲来はしかし、江戸だけの騒動にはとどまらなかった。朝廷御所のある京では、うわさには尾ヒレがついて広まった。

が、さすがは長い歴史を誇る京の都というべきか。祇園会は例年以上の盛り上がりのなかで催された。京に留まった喜一郎の評判も大きく上がり、この年のうちわは二十枚を超えた。

「いまではこの五条金屋町《ごじょうかなやちょう》が、喜一郎の在所やなあ」

嘉永六年の祇園会が終わったときには、職人仲間も豆腐屋のおかみさんも、糊屋の婆さんも、喜一郎を五条金屋町の住人として受け入れていた。

「相手に恵まれたら、おれもここで所帯を構えます」

喜一郎自身が、京に棲み着くことを口にしていた。

去年の十一月四日、朝の五ツ半（午前九時）どきに、畿内から江戸にかけての広い地域が地震で大揺れした。

「御所のある京の都は、よそがなんぼ揺れてもびくともしまへんえ」

地震はないというのが、京の住人の自慢だった。その京の町も大揺れしたが、幸いなことに寺社も民家も倒壊せずにすんだ。

「ここはなんともなかったけど、駿河やら江戸やらは、えらい目に遭《お》うたらしい」

喜一郎も町のあちこちで、江戸は地震の被害が大きかったようだとのうわさを耳にした。それを聞いても、京を離れる気にはならなかった。

もともとが孤児《みなしご》の喜一郎である。在所の佃町に戻ったところで、両親兄弟がいるわけではなかった。

師匠の俊蔵は七年前に没しており、弟子のひとりが五条に納骨にきていた。いまの喜一郎には、まさしく五条金屋町が在所も同然だった。

最初に夢のお告げを受けたのは、今年の三月中旬だった。

「今年の祇園会が始まる前に、おまえは江戸に戻ったほうがええ」

これを喜一郎に告げたのは、なんと俊蔵だった。思えば夢を見たその前日に、喜一郎は俊蔵の月命日墓参を為していた。

いきなり師匠の夢を見たことを、喜一郎はこれはお告げだと受け入れた。

こども時分から、喜一郎は神がかりとも言える体験を幾つもしてきた。

前夜に見た夢のお告げに従ったことで、橋の崩落という難を逃れたこともあった。

「先に死んでしまったことが無念でならぬおまえの父母兄弟が、生き残ったおまえにあれこれと力を貸してくれるのじゃろう」

夢の仔細を聞き取った住持は、先祖の強い守りがついていると説いた。

「夢のお告げは、その守りのあらわれだ。構えて、おろそかにするでないぞ」

こども時分に住持に諭されたことを、喜一郎はいまも固く守っていた。

俊蔵の夢から二カ月後の五月中旬、喜一郎はふたたび不思議な夢を見た。

「六月には江戸に戻り、出番に備えよ」

これを喜一郎に告げたのは、夢のお告げの大事さを諭してくれた住持だった。その住持は、喜一郎が京に上った年にはすでに没していた。

俊蔵と住持。ふたりから江戸に帰れと告げられたことで、喜一郎は肚《はら》を決めた。

「おまえが決めることや。わしにできる手伝いやったら、なんでもするで」

徳市は喜一郎の願い出を快諾した。のみならず昵懇《じっこん》の間柄の八卦見《はっけみ》に、もっともよい船出の日を易断してもらった。

「六月一日の船出がよろしい」

八卦見は浪華丸か尾鷲丸という弁財船に乗ればいいと、船名まで名指しをした。

大坂天保山の船出まで、半月しかなかった。しかも今年の祇園会も間近に迫っていた。

喜一郎は翌日から祇園の御茶屋をおとずれ、女将《おかみ》に暇乞《いとまご》いをして回った。

天保山に向かうために、喜一郎は五月二十八日に五条大橋を渡った。

祇園の髪結い職人のなかで、もっとも多い二十七枚のうちわが喜一郎に手渡された。

八卦見の見立ては図星だった。六月一日に江戸に向けて船出する弁財船の名は、浪華丸だった。

「新造船やさかい、乗り心地はよろしいで」

廻漕問屋の手代は、乗り心地の良さを請け合った。船出の日も船名も、八卦見の見立てた通りに運んだ。

しかし凪までは言い当てられなかった。

「明日（三日）には、風もええ按配に吹きよると、うちの空見《そらみ》が言うてますさかい……」

今日一日の辛抱やと言われた喜一郎は、格別の思案もなしに岸壁に立っていた。

「京の茶漬け」とは、どんな一席なんだ？　ことによると、あのことか……。

湊座に向かいながら、喜一郎は思案を巡らせた。

十八で京に上った喜一郎は、茶漬けにはまことに苦い思い出を抱えていた。十八年が過ぎて、五条金屋町が在所だと思えるほどになったいまでも、茶漬けの一件を思い出すと苦いものが込み上げてきた。

べた凪の六月二日。空には鈍色《にびいろ》の雲が、べったりと張りついていた。が、そんな雲をも突き破るほどに、陽光は強いのだろう。往来には、夏ならではの明るい光が降り注いでいた。

喜一郎が歩く前方に、葦簀張りの小屋が見えてきた。時折り、客が発する爆笑が葦簀を突き抜けて往来にまで漏れてきた。

湊座に向かう喜一郎の足取りが速くなった。

地べたに這いつくばっていた犬が、喜一郎の歩みに驚いてわきに逃げた。

二

湊座で「京の茶漬け」を演じたのは、桂團十郎を名乗る噺家《はなしか》だった。

徳市親方に仕えていたときの喜一郎は、毎月の一日と十五日の二度、四条河原町の寄席に出かけた。

京の寄席では、大坂から出張ってくる噺家が上方の滑稽噺や人情噺を口演した。江戸と大坂（京の寄席）では、同じ噺なのに外題が異なるものが何題もあった。

江戸の「ときそば」じゃねえか。

喜一郎は江戸の外題に当てはめながら、上方落語を楽しんだ。

徳市親方に仕えたのは、足掛け十八年である。その間、数え切れないほどに四条河原町の寄席に通った。が、ただの一度も「京の茶漬け」は聞いたことがなかった。

團十郎の一席を聞き始めるなり、やはりあのことだったのかと、喜一郎は膝を打った。

そして、なぜ京の寄席でこの噺を聞いたことがなかったのかにも得心がいった。

「大坂から京の都までは、なんぼの道のりでもおまへんのやが、ひとの暮らし方にはえらい違いがおましてなあ。あちらには、大坂にはない『ごっ馳走《つおう》言葉』という難儀なもんがおますんや」

團十郎が噺の枕を語り始めた。

「なんもおへんのどすけど、ちょっとお茶漬けでも……」

来客が玄関先で履き物を履き始めたのを見計らったかのように、その家の内儀がご馳走言葉を口にすると、團十郎は続けた。

そうだ、そうだ、その通りだ……喜一郎は胸の内で声を張った。

いまでも思い出すたびに苦い思いが込み上げるのも、この「なんもおへんのどすけど、ちょっとお茶漬けでも」が元だった。

遠い昔を思い出している喜一郎の耳には、團十郎の噺が聞こえなくなっていった。

徳市親方に仕えて、まだ一年も過ぎていなかったころの話だ。

当時十九歳だった喜一郎は、親方の使いで丸太町の砥石屋《といしや》に出向いた。

「なんとまあ、鈍《どん》なこって……」

砥石屋の内儀は、まだ若造だった喜一郎にていねいな物言いで詫びた。

「朝からちょっと、いつもの用足しに回ってますよって、あいにく留守にしとりまんのどっせ」

半刻《はんとき》（一時間）もすれば戻ってくると思うと、内儀は見当を口にした。

徳市が砥石屋にあてた書状を、喜一郎は携えていた。返事をもらってこいとは言われなかった。が、留守ならどうしろとも、指図をされてはいなかった。

昼まで半刻ほどの刻限だったが、帰ってくるなら待っていようと喜一郎は決めた。

「半刻のことなら、旦那さんが帰るまで待たせてもらってもいいですか？」

「どうぞ、どうぞ」

内儀は愛想笑いを浮かべて応じた。

「むさ苦しいとこどすけど、どうぞお座布など当てなしておくれやす」

座布団を勧めたあと、内儀は奥に引っ込んだ。そして焙じ茶を喜一郎に供した。

半刻であるじは帰ると内儀は言った。しかし近所の寺が九ツ（正午）の鐘を撞き始めても、一向に帰ってくる気配はなかった。

内儀は茶の替えを運んでくることもせず、奥に引っ込んだままである。

喜一郎が世慣れていたならば、辞去するべきだと察しがついただろう。一杯の茶だけであとは愛想なしという扱いは、出直してくれと言っているも同然だったからだ。

喜一郎はしかし、出直すということに思い至らなかった。九ツの鐘が鳴り終わったあと、さらに半刻も座り続けた。

九ツ半（午後一時）を過ぎたころ、さすがに喜一郎も待つのを諦める気になった。座り続けていたことで、膝から下に強いしびれを覚えていた。正午から半刻も過ぎたことで、腹も減っていた。

「すいませんが……」

大声を発すると、内儀が渋々の足取りで顔を出した。茶の替えでも求められると思ったのかもしれない。

顔には愛想笑いを浮かべていたが、足取りは早く帰れと告げていた。

「いっぺん戻って、出直してきます」

喜一郎は書状を内儀に託し、わらじの紐を結び始めた。

「なんのお構いもでけまへんで、えらいご無礼しましたが」

なんもおへんのどすけど、ちょっとお茶漬けでも……と、内儀は決まり文句を口にした。

空腹のきわみにいた喜一郎は、内儀のご馳走言葉を真に受けた。

「それじゃあ、遠慮なくいただきます」

お茶漬けを食っている間に、旦那さんも戻ってくるかもしれませんねと、喜一郎は能天気な言葉を続けた。

内儀の顔から愛想笑いが消えた。

喜一郎はなんと、三杯も茶漬けをお代わりした。なにを話しかけても、内儀は無愛想な口調で「はあ」「へえ」「さよか」を繰り返すのみだった。

金屋町に戻ったあと、喜一郎は顚末を職人たちに聞かせた。

十九歳の喜一郎は、最年少ではなかった。が、年下の者も含めて、全員が京を在所としていた。都の仕来りに暗いことでは、喜一郎は図抜けていた。

「ほんまに茶漬けを食うとは」

「食うたどこやないで」

「食いも食うたり、三杯や」

喜一郎の武勇伝は、近所の豆腐屋にも糊屋にも、隣町の雑貨屋にも聞こえた。

「そらまた、えらい難儀なことをしてもうたのう」

喜一郎の気性を好んでいた糊屋の婆さんは、京の茶漬けに対する作法を説いた。

「この先なんぼお茶漬けを勧められても、真に受けたらあきまへんえ」

喜一郎は、耳たぶまで真っ赤にしてうなずいた。


團十郎の噺は佳境に入っていた。

「いっつも帰り際に、言葉だけで茶漬けを勧められることを、大坂から出張ってきた客は業腹《ごうはら》におもうとりましてなあ」

その茶漬けを食ってやろうと決めて、わざわざ京まで出向いた。主人が留守であるのを見計らっての来訪である。

散々に待たされたが、当主は帰ってこない。仕方ないという顔で、客が履き物を履き始めたところで、内儀はあのひとことを口にした。

「ほんなら、ご馳走になりますわ」

茶漬けを食べるのが目的の来訪なのだ。客は座敷に上がり直した。

おれと同じことをしている……。

團十郎の噺を聞きながら、喜一郎は噺の成り行きに大いに気をそそられた。

内儀は渋々ながら、茶漬けを用意した。が、一膳だけで、代わりをつける気配がない。

一膳飯とは仏様でもあるまいに、縁起がわるい。客はあれこれと、振舞いで代わりをつけて欲しいと迫った。

内儀はまったく応じようとしない。業を煮やした客は、カラの茶碗を内儀に向けた。

「こらまた、きれいな茶碗でんなあ。藍色の具合がなんとも見事な。清水焼でっしゃろが、どこで買われましたんや」

言うなり、ひと粒の飯も残っていない茶碗の内側を内儀に見せつけた。

内儀は顔色も変えず、おひつのふたを取るとカラの中身を客に見せた。

「このおひつと一緒に、そこの荒物屋で」

サゲを聞くなり、葦簀《よしず》が揺れるほどの大爆笑となった。

こんな噺、京でやれるわけがねえ。

喜一郎は苦笑いを浮かべた。

清水焼を商う店は、金屋町から五町（約五百四十五メートル）も東に歩けば、坂道の両側に軒を連ねていた。

江戸に持ち帰る柳行李《やなぎごうり》には、清水焼の絵皿とぐい呑みが数多く納まっていた。

京みやげのひとつである。

修業の合間に喜一郎は、何度も清水寺に参詣した。その都度山道を下り、清水の舞台を見上げた。

太い丸太の柱を見上げつつ呑んだ湧き水の、なんと甘露であったことか。

湊座から旅籠に向かって歩きながら、喜一郎は五条金屋町で過ごした日々を思い返した。

明日は江戸に向かっての船出だ。あの砥石屋で食った茶漬けは、柴漬けが格別に美味かったなあ……。

あの日を思い出しても、いまはまったく苦い思いを感じなくなっていた。

何の出番に備えるのかは、喜一郎には知る術《すべ》もなかった。夢のお告げで、住持は出番に備えよと言っただけだったからだ。

江戸での用を済ませたら、またすぐに京に戻ろう。

歩きながら、それを思い定めた。寄席で聞いた一席は、京のご馳走言葉をからかっていた。しかし喜一郎は思いもよらず、落語を聞いたことで京への想いを強くかき立てられることになった。

きっと帰ってくる。

つぶやきながら歩く喜一郎の顔に、赤味の強い夕陽が当たっていた。

頬を撫でる潮風がよみがえっている。

明日の船出の上首尾を、潮風と夕焼け空が請け合っていた。

三

安政二年の江戸は、六月に入ってから二度も野分に襲いかかられた。

六月十八日の明け六ツ（午前六時）どき。三度目の野分襲来かと思わせるような暴れ風が、深川佃町に吹き荒れていた。

ゴオーーン……

荒天のなかでも、永代寺は律儀に刻の鐘を撞いている。明け六ツを告げ始めた捨て鐘の音を、吹き荒れる風が手荒に千切っていた。

前夜、どれほど夜更かしをしても、喜一郎は明け六ツの四半刻《しはんとき》（三十分）前には起き出した。京の徳市親方の元で長らく修業を続けたなかで、身体が目覚めどきを覚えていたからだ。

永代寺が本鐘を撞き始めたとき、喜一郎は土間の流し場で砥石に水をくれていた。

喜一郎の一日は、念入りな口すすぎから始まった。まず総楊枝《ふさようじ》に塩をつけて歯磨きをした。口をすすいだあとは、薄荷《はっか》の粉を総楊枝にまぶして、もう一度歯を磨いた。

塩と薄荷を使う歯磨きは、徳市の流儀だ。

「わしらは舞妓はんを相手に、剃刀を使う仕事や。舞妓はんのうなじのねきで、息をすることになる」

息が臭いと、どれほど剃刀の腕がよくても舞妓に嫌われる。塩と薄荷で念入りに歯磨きをするのは、口臭を消す手立てだった。

「きっちり磨いとったら、口が臭くならんだけやのうて、大事な歯が長持ちする。なんぼ京には美味いもんがあるいうても、歯がわるうてはなんにも食えへんやろ」

歯磨きを怠らない徳市は、五十路《いそじ》を過ぎても前歯・奥歯ともに丈夫な歯が残っていた。

徳市の元で、喜一郎は足掛け十八年もの間、親方流儀の歯磨きを続けた。京から運んできた柳行李には、三条大橋たもとで買い求めた総楊枝・塩・薄荷の歯磨き道具が幾つも詰められていた。

京と同じ道具を、江戸で買えるかどうかがわからなかったからだ。

徳市親方にしつけられた歯磨きは、江戸で大きな恩恵を喜一郎にもたらした。

江戸に帰り着いたのは、六月十日の朝五ツ（午前八時）だった。新造船浪華丸は追風に恵まれたこともあり、船出から七日目の朝には品川沖に到着した。

喜一郎はどこにも寄り道をせず、佃町の町役人（肝煎《きもいり》）をたずねた。

十八年ぶりの深川は、新しい橋が架かったり、仲町の辻の火の見やぐらが建て直されたりと、町の眺めが変わっていた。

が、漁師町の佃町は、十八年前のままだった。肝煎は代替わりをしていたが、宿は昔と同じだった。

五条金屋町の徳市親方の人別移しの手配りには、抜かりがなかった。肝煎の善之助《ぜんのすけ》は、遠い昔に俊蔵の下で修業をしていた喜一郎を覚えていた。

「この町に暮らすなら、あんたに打って付けの空き家がある」

肝煎は大横川に面した平屋を喜一郎に勧めた。四畳半二間に、十坪の広い土間がつき、流し場も家の内に設けられていた。

土間の真上には、五寸（約十五センチ）四方の明かり取りがふたつ造作されていた。晴れてさえいれば、たっぷりの陽光が土間を照らす拵《こしら》えである。

髪結い職人を営むつもりの喜一郎には、明るくて広い土間はなによりもありがたかった。

「なんとまあ、舞妓さんの襟足を剃っていたのかい」

京の舞妓の襟足を剃っていた職人……これを聞いた肝煎の女房は、ぜひにも剃ってほしいと頼み込んだ。

「おやすい御用でさ」

格好の空き家が見つかった嬉しさで、喜一郎は気持ちが弾んでいた。砥石と剃刀を取り出すと、手早く刃に研ぎをくれた。

舞妓の襟足は、三本足に剃るのが決まりである。

両端を長く、真ん中を短く。物差しでもあてたかのように真っ直ぐに剃る。十年はかかるという三本足の剃り技を、喜一郎は七年足らずで会得した。

肝煎の女房おそねは、今年で五十三だった。

「この前襟足を剃ってもらったのは、何十年も昔のことだよ」

前歯が一本欠けているおそねは、しゃべると息が漏れた。

乱れに乱れた襟足だったが、舞妓の三本足に比べれば雑作もない仕事である。百を数え終わらぬうちに、おそねの襟足は生き返った。

「さすがは、京の舞妓さんを相手にしていた髪結いさんだよ」

おそねは自分の襟足を見せまくって自慢した。評判は辰巳芸者の検番にも届いた。

喜一郎が佃町で暮らし始めたのは、六月十日の夕方からだ。翌々日の十二日には、はやくも辰巳芸者の検番から髪結いのお座敷がかかった。

上背が五尺八寸（約百七十五センチ）もあり、目方は十六貫（約六十キロ）。身体つきは大柄だが、長らく京で暮らしていただけにすこぶる物腰はやわらかだ。

稼業柄、月代《さかやき》もヒゲも手入れに怠りはない。色白で眉の濃い喜一郎は、月代の青さが男ぶりを際立たせていた。

「喜一郎さんに襟足を剃ってもらうとき、とっても涼しげな薄荷の香りがするのよ」

「歯が真っ黄色でヤニ臭い職人さんとは、月とスッポンほど違うわよねえ」

検番から呼ばれた初日に、喜一郎はすっかり辰巳芸者衆の人気者になった。剃刀の技と一緒に、歯磨きをうるさく仕込んでくれた親方のおかげだ。

床に横たわる前に、喜一郎は毎夜、五条金屋町の方角に手を合わせた。

夢のお告げの出番を果たしたあとは、きっと金屋町に帰ります……声に出して唱えてから、喜一郎は横になった。

そんな暮らしを始めてから八日目の、六月十八日明け六ツ過ぎ。

まだ閉じたままの宿の板戸が、手荒に叩かれた。

ドンドンドン。

叩き方からは、禍々《まがまが》しい悪意が感じられた。が、喜一郎には、ひとから恨まれる覚えはなかった。だれかと揉め事を起こしていたわけではない。

支度を始めたばかりの砥石をそのままにして、板戸を開いた。

いきなり四人の男が土間に乗り込んできた。なかのひとりは荒縄を手にしており、別の男は右手に剃刀を握っていた。

大横川を渡ってきた暴れ風が、町の火消し桶を吹き飛ばしたらしい。乾いた地べたを転がる桶の音が、開かれた戸口から流れ込んだ。

稲光が走り、雷鳴が轟《とどろ》いた。

夜明けから間もない佃町では、風神と雷神が暴れまくっていた。

四

喜一郎は剃刀研ぎのために、杉の腰掛けを土間に出していた。

長身の喜一郎は、流し場を使うときには中腰にならざるを得なかった。水仕事ぐらいなら、中腰でもこなせた。

しかし喜一郎が流し場に立つのは、剃刀を研ぐためがほとんどである。四半刻、ときには半刻以上も中腰を続けると、背中から腰にかけて激しい痛みを覚えた。

腰をとんとんと叩いていたとき、おそねが様子見にたずねてきた。

「砥石研ぎを続けると、腰が痛むもんで」

喜一郎から仔細を聞き取ったおそねは、使い古しの腰掛けを一脚、宿から運んできた。

腰掛けに座って研ぐと、すこぶる按配がいい。

「ありがとうございます」

ていねいに礼を伝えた喜一郎は、毎朝の研ぎに腰掛けを使うようになった。

その好意の腰掛けに、荒縄でぐるぐる巻きにされた喜一郎が座らされていた。

借家裏に広がる原っぱの一隅で。

「おめえが、京の舞妓仕込みだてえ剃刀を使い始めてからはよう、おれっちは、まるっきり仕事にあぶれてるんでえ」

　土間に押し入ってきたのは、四人とも深川の髪結い職人だった。

「おめえがいい気になってる陰で、いってえ何人の髪結いが泣いてるか、かんげえたこともねえだろうがよ」

　抜き身の剃刀を手にした三造《さんぞう》は、剃刀の腹で喜一郎の頬を叩いた。

　稲妻の走り方が激しくなっている。研ぎ澄まされた剃刀の刃が、青白く光った。

「あんたも髪結い職人なら、剃刀こそが命のはずだ」

　喜一郎は静かな口調で三造に話しかけた。

「大事な剃刀を脅しの道具に使ったりしたら、かならず髪結いの神様のバチが当たるぞ」

　喜一郎が三造に話しかけている間も、ひっきりなしに稲妻が走った。

「なにを、えらそうに抜かしてやがんでえ」

　喜一郎が口にしたことが、三造の怒りを煽り立てたようだ。こめかみに血筋を浮かべながら、三造は喜一郎に迫った。

　五尺一寸（約百五十五センチ）の三造だが、喜一郎は腰掛けに座らされている。剃刀を手にして詰め寄る三造は、喜一郎を見下ろした。

「バチが当たるてえなら、いまここで当ててみねえ」

喜一郎の頬を叩く剃刀の腹に、三造は力を込めた。

「三造あにいの言う通りだ」

「髪結いの神様てえのがいるならよう、おれもこの目で拝みてえ」

三人の男たちが、口々に囃《はや》した。

喜一郎は目を閉じた。四人の職人を、憐れに思ったからだ。閉じたまぶたから、なぜか涙がこぼれ出た。

「なんでえ、この野郎は」

喜一郎の間近に立っていた三造は、仲間のほうに振り返った。

「口じゃあ大層なことを抜かしてやがるが、肝っ玉はノミぐれえだぜ」

喜一郎が流した涙を、三造は怯《おび》えゆえだと取り違えていた。


京から深川に戻ってきた喜一郎は、抜きん出た技量と立ち居振舞いのよさ、身だしなみの清潔さで、たちまち辰巳芸者衆を得意先にした。

京の舞妓もそうだが、深川の辰巳芸者も、髪結い職人は自前で呼び寄せていた。お茶屋や検番は、舞妓や芸者がひいきにする職人には、一切の口出しをしないのが仕来りだった。

「たったいまから、あたしは喜一郎さんに剃刀と髪結いをお願いすることにします」

「あたしもそうさせてもらいます」

太郎と弥助が口を揃えた。

辰巳芸者のなかでは、太郎と弥助が源氏名の横綱である。この源氏名を名乗ることが、辰巳芸者の夢だった。

安政二年六月十二日、八ツ下がり。

「なにとぞよろしくお願いします」

太郎と弥助は検番の着替え部屋で、喜一郎に両手をついて明日以降の髪結いを頼んだ。

ふたりが喜一郎をひいきにすると決めたことは、その日のうちに三軒の検番すべてに知れ渡った。

雪崩を打ってのたとえ通りに、辰巳芸者の多くが喜一郎に剃刀と髪結いを頼みたいと言い出した。

「身に余るありがてえ話でやすが、どう踏ん張ったところで、日に十五人を持たせてもらうのが精一杯でやす」

喜一郎が祇園の舞妓衆の剃刀と髪結いをこなしたのも、日に十五人が限りだった。

「なにとぞその人数で、勘弁してくだせえ」

芸者衆に向かって、喜一郎は深々とあたまを下げた。

「喜一郎さんって、詫びの形も様子がいいわねえ」

すっかり喜一郎のわざに惚れ込んだ芸者衆は、検番の垣根を越えて髪結いの順番をくじ引きで決めることにした。

六月十四日の朝から、芸者衆は太郎と弥助のいる洲崎《すざき》検番に集まり、くじ引きに夢中になった。

「太郎姐さんと弥助姐さんは、くじ引きなんぞしなくても別扱いですから」

くじに当たった芸者は、小躍りして喜んだ。外れた者は、翌日のくじ引きを待ち焦がれた。

割を食うことになったのが、喜一郎以外の髪結い職人たちだ。

「新参者のくせに、姐さんたちをかっさらうとは太《ふて》え野郎だ」

「はしゃぎ過ぎねえように、焼きを入れようじゃねえか」

仕置きを言い出したのは、剃刀名人だと自惚《うぬぼ》れていた三造である。今年で四十一になる三造は、通い髪結い職人のなかでは最年長だった。

名人だと自負していただけあって、三造の剃刀は芸者衆も好んでいた。が、喜一郎があらわれたことで、だれもが三造の剃刀を喜ばなくなった。

「早く明日がこないかなあ」

三造に襟足を任せつつも、明け透けな物言いで翌日のくじ引きを待ち焦がれる始末だ。

三造の面子は丸潰れになった。

仲間三人を引き連れた三造は、暴れ風をまともに浴びながら佃町へと向かった。

喜一郎が目を開くまで、三造は大声でコケにし続けた。

「腹じゃあなしに、刃をほっぺたに走らせたら、泣くだけじゃあすまなくなるぜ」

三造は剃刀を握り替えて、刃を喜一郎に向けた。名人と自惚れるだけのことはあり、刃の研ぎ方は見事だった。

「仕事の道具を、よくもそんなわるさに使えるもんだな」

喜一郎は物静かな口調で三造の振舞いをたしなめた。

「なんだと、この野郎」

喜一郎の言葉に逆上した三造は、剃刀を頭上高くに振り上げた。

その振舞いを待ち構えていたかのように、凄まじい稲妻が走った。地上目がけて駆け下りてきた稲光は、三造が握った剃刀に落ちた。

バリバリバリッ。

稲光と同時に、轟音《ごうおん》が轟いた。

カミナリに打たれた三造は、二尺も後ろに弾き飛ばされた。

「そのひとを担いで、なかに入れ」

喜一郎の指図は、雷鳴よりも大声だ。呆けたような顔つきの三人は、急ぎ三造を抱きかかえた。

「おれの縄を切れ」

喜一郎がもう一度怒鳴った。

三造に一撃を食らわしたあと、カミナリは佃町を離れたらしい。稲光も雷鳴も、すっかり遠くなっていた。

五

「おまえは名を不意峨朗《ふいがろう》とあらためよ」

喜一郎が夢でこれを告げられたのは、八月八日の未明だった。

「不意峨朗ですか？」

夢の中にいる喜一郎が、なぞり返した。改名を告げたのは、またしても住持だった。

「変事は常に、不意に生ずる。なにが起きようとも我がこころを朗らかに保っておれば、すぐさまひとの役に立てる。不意峨朗を名乗ることで、その心がけは常におまえとともにある」

住持は不意峨朗の意味を説き、心がけを言い聞かせた。名前に充てる漢字は、不・

意・峨・朗と、一文字ずつ教えた。

「分かりました」

返事をした自分の大声に驚いて、喜一郎は目が覚めた。

「どうかしやしたんで、あにい？」

隣に寝ていた三造も、喜一郎と一緒に飛び起きた。

「こども時分に世話になったご住持から、夢のなかでお告げをされた」

「そうでやしたか」

夜明けには、まだ半刻以上もあった。四畳半の寝間は、夜明け前のもっとも暗い闇に包まれていた。

「明かりをつけてくれ」

「がってんでさ」

土間におりた三造は、へっついの灰のなかから種火を掘り出した。

へっつい脇の棚には、油を染みこませた細紐が何本も垂れている。一本の紐に種火をつけ、加減した息を吹きかけた。

くすぶっていた紐から小さな炎が立った。その炎を、三造は五十匁《もんめ》の大型ろうそくに移した。

「剃刀を使う髪結い職人は、明かりにはつましいことをしたらあかん。ほかの費《つい》えを惜しんででも、明かりにはろうそくを使えや」

徳市にしつけられたことを、喜一郎は佃町の暮らしでも守っていた。

杉板の燭台にろうそくを立てて、三造は四畳半の居間に運び入れた。

佃町の借家には、四畳半が二間あった。ひとつは寝間で、裏の原っぱに面した部屋は居間に使っていた。

明かりを文机《ふづくえ》に置いた喜一郎は、半紙に夢のお告げを書き留めた。仕上がった半紙を、鴨居から垂らした。

「それはいったい、なんのことなんで？」

わけが分からない三造は、半紙に記された文字の読み方と意味を問うた。

「おれの名前は、たったいまから不意峨朗だ」

「ふいがろう？」

三造は語尾をあげて、喜一郎が口にした名前をなぞった。

「なんでまたあにいは、喜一郎てえ立派な名前から、不意峨朗なんて妙なもんに取っ替えるんでさ」

得心のいかない三造は、口を尖らせた。

「おれもそう思うが、お告げには逆らえない」

夢の中で住持から説かれたことを、三造に聞かせた。

不意峨朗……不意峨朗……不意峨朗……。

何度も口にしているうちに、不意峨朗という名に親しみを覚え始めた。

「いまからおれは不意峨朗だ」

「へい……」

答えはしたものの、三造の語尾は下がった。

「おまえは得心してないな？」

不意峨朗に問われた三造は、首を横に振った。

「得心するもしねえも、夜明け前にいきなり聞かされやしたもんで……とにかく、茶でもいれやしょう」

土間におりた三造は、七輪に火を熾《おこ》し始めた。火がおきると、うちわを使う三造の顔が真っ赤に染まった。

カミナリに打たれた三造は、剃刀を握ったまま気絶した。活を入れて息を吹き返させたのは、散々に脅されていた喜一郎だった。

「よかったなあ、あにい」

「死んだかと思いやしたぜ」

三人の仲間は口々に、三造が正気に返ったことを喜んだ。

「ここはどこなんでえ」

「佃町の、あの宿でさ」

三造の問いには、最年少の正次《まさじ》が答えた。

「みっともねえ話でやすが、すっかり喜一郎さんに世話になっちまって」

正次はきまりわるそうな顔で三造を見た。

「これを呑めば、身体があたたまる」

湯呑みに注いだぬる燗の酒を、喜一郎は三造に持たせた。

喜一郎の宿に押しかけてはきたものの、三造たちは四人とも渡世人ではなく、髪結い職人である。

四人の首領格だった三造がカミナリに打たれたあとは、残る者みなが腰砕けになった。

京の徳市親方の宿の隣は、やわら道場だった。黒船が浦賀沖に襲来して以来、京の町にも物騒なうわさが飛び交った。

喜一郎は自分の身を守るために、やわら道場で稽古をつけてもらった。気絶した者に活を入れて蘇生させる技も、やわら道場で教わっていた。

「おれは京の徳市親方から、剃刀の技を教わった。親方はこころの広いお方で、その技を独り占めにしようとはなさらなかった」

おれもその技を独り占めにする気はないと、喜一郎は言い切った。

「ここで技を覚えて、辰巳芸者の姐さん方を喜ばせてあげなせえ」

喜一郎は本気で技を教えようと思っていた。

お告げの「出番」の用を済ませたあとは、京に戻る気でいる喜一郎だ。自分が京に帰ったあとも、徳市から仕込まれた技が深川に残ってくれればなによりだと、心底思っていた。

「みっともねえ了見でやした」

湯呑みの酒を飲み干した三造は、敷布団からおりてあたまを下げた。

残りの三人も、畳にひたいを押しつけて喜一郎に詫びた。

「あっしは喜一郎さんより年上でやすが、ただいま限り、あにいの舎弟にしてくだせえ」

三造が本気だと察した喜一郎は、佃町に住み込まないかと水を向けた。三造は独り者に違いないと感じたからだ。

「ありがてえ話でさ。ぜひにも、そうさせてくだせえ」

三造は喜一郎の目を見詰めて頼み込んだ。

「それにつけても……」

土瓶の湯が沸き立ったところで、三造は不意峨朗に話しかけた。

「あにいの出番てえのは、いってえなんのことでやしょうねえ」

「おれにもまるで見当がつかない」

鴨居から垂れている半紙の字を、不意峨朗は見詰めた。

永代寺が明け六ツの捨て鐘を打ち始めた。

六

安政二年は、三年に一度めぐってくる、富岡八幡宮本祭りの年ではなかった。が、深川は八月十五日の祭りを終えないことには夏は終わらないし、秋もこない。

陰祭《かげまつ》りが三日後に迫った、八月十二日の五ツ（午前八時）どき。

朝飯を終えた不意峨朗たち五人は、裏庭に出た。杉で拵えた腰掛けが、庭に並んでいる。髪結いにきた客が座るものだ。

夏の威勢がたっぷりと残っている朝の光が、まだ五ツだというのに早くも杉の腰掛けを焦がしていた。

不意峨朗は弟子たちに、腰掛けに座れと指図した。

「へいっ」

返事の歯切れはよかったが、四人ともいぶかしげな顔つきで座した。なにが始まるのか、見当もつかなかったからだ。

しかも半刻後の五ツ半（午前九時）には、商い始めを控えていた。

深川の髪結い屋は、いずこも明け六ツ（午前六時）から日没までの商いである。しかし不意峨朗は、五ツ半開店と決めていた。

わけは佃町が漁師町だったからだ。

漁師は夜明けとともに出漁し、早い者でも湊に戻るのは五ツだった。他の町のように明け六ツに開店しても、客はほとんどこない。

それゆえの、五ツ半の商い始めだった。

「今日からのおまえたちは、仕事も稽古も、いままでとは比べものにならないほどにきつくなる」

腕組みをして立っている不意峨朗の顔は、いつになく険しい。しかも五尺八寸の男が、朝の光を背にして仁王立ちしているのだ。

弟子たちの顔が引き締まった。

「弱音を吐くやつを、おれは見たくもない。自信がない者は、いまのうちに店から出て行け」

大声ではないが、不意峨朗の物言いは凄みに満ちている。強い目で見詰められた弟子たちは、尻をもぞもぞと動かした。

「どんなにきつくても、あっしらは弱音なんぞは吐きやせん」

三造の返事に、残りの弟子たちは強くうなずいた。

「それならいい」

目つきをわずかにゆるめてから、不意峨朗は川面《かわも》が見える庭の隅に移った。朝日を浴びたカモメが、白い翼を輝かせている。

「こっちにきてくれ」

不意峨朗は伝助《でんすけ》と佐助《さすけ》を呼び寄せようとした。ふたりは顔を引き締めて、不意峨朗の元に駆け寄った。


髪結い床の職人には、はっきりとした序列があった。

店に入ってきた客は、自分の手で元結《もっとい》を切って順番を待った。元結とは髻《もとどり》を結ぶ細い緒のことだ。

他人とは違う洒落っ気を見せびらかしたい者は、水引元結と称する紙作りのこよりで結わえた。

その元結を自分の手で断ち切り、月代を水で濡らしてから順番を待つのだ。

「お待ちどおさんで」

順番がきた客を、職人は月代から剃り始めた。この月代剃りを受け持つのは職人の下っ端で、下剃《したぞり》と呼ばれた。

不意峨朗に弟子入りしている四人のうち、伝助と佐助が下剃である。

月代を剃り終えたあとは、水場でもう一度あたまを湿してから腰掛けに戻った。

ここから髭を剃り、耳の産毛《うぶげ》まであたり、鼻毛をハサミで手入れする。そして耳の穴まで掃除したところで、髪結いは一段落だ。

顔剃、耳掃除を受け持つ職人は、顔《かお》と呼ばれた。三造が一番顔を、正次は二番顔を務めていた。

耳掃除まで終えたあと、髷《まげ》を結って元結で縛るのが最後の仕上げである。仕上げは、店の親方が受け持つのが定めだった。

伝助も佐助も、不意峨朗に弟子入りするまでは、ともに顔の二番を張っていた。三造に引っ張られて不意峨朗（喜一郎）を襲ったとき、伝助も佐助も尋常ならざる光景を目の当たりにした。

襲撃を企てた三造当人が、真っ先に不意峨朗に弟子入りを願い出た。正次が続いた。

ふたりに引きずられるようにして、伝助と佐助も弟子入りを頼み込んだ。

「下剃から修業をやり直せ」

不意峨朗に命じられたとき、伝助も佐助もひとことの文句も言わずに従った。

伝助は髭はもちろんのこと、身体中に濃い毛の生えている男だ。が、背丈は五尺一寸（約百五十五センチ）どまりなために、クマとは呼ばれずにすんでいた。

佐助は五尺三寸（約百六十センチ）の、四人の弟子のなかでもっとも身軽な男だ。手先が器用だが、剃刀使いでは、どれほど気張っても三造にも正次にも歯が立たなかった。

その代わりに、髪結い稽古に使う道具や細工物の拵えは、佐助が一手に引き受けていた。

「おまえは仲町の山口屋で、五段重ねの一番大きな蒸籠《せいろ》を二組買ってこい」

「がってんでさ」

買い物を言いつけられた佐助は、声をはずませた。不意峨朗から用を言いつけられるのが、嬉しくてたまらなかったのだ。

「あっしは、なにをすればいいんで？」

まだ用を言いつけられていない伝助は、自分から問いかけた。不意峨朗は首に巻いていた手拭いを外して、伝助に渡した。

「それはやぐら下の太物屋で買った手拭いだが、店の屋号は……」

「伊藤屋でやしょう」

伝助が口にした屋号に、不意峨朗はうなずいた。

「伊藤屋で、それと同じ手拭いを一束（百枚）買ってきてくれ」

「へい……」

伝助はいぶかしげな口調で返事をした。一束もの手拭いの使い道に、見当がつかなかったからだ。

「どうかしたか？」

「いえ……なんでもありやせん」

伝助は慌てて口調を変えた。

「蒸籠と手拭いで、新しい髪結いを始める」

不意峨朗が力強い口調で言い切った。離れたところにいた三造と正次も、不意峨朗に近寄ってきた。

「新しい髪結いとは、どんなことを始められやすんで？」

三造が問いかけたとき、一台の荷車が店先に着けられた。

ブヒヒーン。

馬のいななきが、裏庭にまで聞こえた。

不意峨朗は、この朝初めて目元をゆるめた。

七

荷馬車が運んできたのは鉄で拵えたかまどと、鉄の大鍋だった。

差し渡し一尺五寸（直径約四十五センチ）の大鍋には、一度に五升（約九リットル）の水を注ぎ入れることができた。

佐助が買い求めてきた五段重ねの蒸籠は、差し渡し一尺六寸。大鍋より一回り大きく、かぶせるとぴたりと収まった。

「こういう具合に、くるくるっと形よく巻くんだ」

伝助が買ってきた木綿の手拭いを、不意峨朗は小さな巻物のように巻いて見せた。

佐助と伝助は、示された手本通りに、五十枚を巻き上げた。

「手拭い同士がくっつかないように敷き詰めてみろ」

一段の蒸籠に手拭い巻きを十本。五段の蒸籠に五十本の手拭いが按配よく収められた。

かまどでは赤松の薪が威勢よく炎を立てている。五升の水が入った大鍋でも、沸き立つまでにさほどのひまはかからなさそうだ。

「ここに集まってくれ」

四人を呼び集めた不意峨朗は、銘々を杉の腰掛けに座らせた。

「おまえたちに訊《き》きたいことがある」

最初に名指したのは、一番顔を張っている三造だった。三造は立ち上がろうとしたが、不意峨朗に押しとどめられた。

「座ったままで答えてくれればいい」

不意峨朗はかまどに二本の薪を加えてから、三造の前に立った。

「この町で髪結いをやっていて、なにか格別に感ずることはあるか？」

問いかけの声は小声だ。しかし口調には、半端な答えは許さないという厳しさが充ちていた。

腰掛けに座ったまま、三造は背筋をぴしっと伸ばした。

「あっしが感じたままでようがすね？」

「無論だ」

不意峨朗の口調には、いささかのゆるみもない。

「髭をあたるとき、他町でやってたときよりは剃刀の滑りがよくねえように思いやす」

「それはおまえの剃刀の研ぎ方がよくないからだろう」

不意峨朗はにべもない口調で、三造の言い分を弾き返した。が、三造はかぶりを振った。

大鍋の湯が煮え立ってきたらしい。勢いの強い湯気が、蒸籠の端から噴き出していた。

「あっしは研ぎをなによりも大事にしてやす。刃が減らねえように力は加減して研ぎやすが、研ぎがまずいてえことはありやせん」

噴き出す湯気に負けぬほどに、三造の答えには威勢があった。

「ならば三造、どうして剃刀の滑りがわるいと思うんだ」

いささかも口調を変えずに、不意峨朗は問いを重ねた。

三造は答える前に、もう一度背筋を張った。

「ここは漁師町でやすから、ことによると髭にも髪にも潮がかぶさっているんじゃねえかと思いやす」

しっかりと肚をくっているのだろう。三造は揺るぎのない口調で答えた。

「一番の返答を、おまえはどう思うんだ?」

不意峨朗は二番顔の正次ではなく、下剃の伝助に問うた。

「それは……」

まさか自分に問いがくるとは、思ってもいなかったらしい。伝助は口ごもった。

不意峨朗は容赦のない強い目で見詰めている。伝助も三造と同じように背筋を伸ばした。

「ここに弟子入りするまで、あっしは親方も知っての通り、海辺大工町の髪結い床におりやした」

床屋の屋号は海辺床。客の多くは同じ町内に暮らす職人だった。店は繁盛しており、伝助は顔の二番を張るかたわら、職人の手が足りないときは月代を剃ることもあった。

「あっしはほとんど毎日、十五人の客を相手にしてやしたが……」

ひと息ついてから、伝助は返答を続けた。

「一番が言われた通り、海辺床の客に比べると、ここの客の月代は、かてえと思いやす」

剃刀の走りがわるいときは、手にすくった水でピタピタと頭の皮を叩きやすと伝助は付け加えた。

「まさにおまえたちの言う通りだ」

不意峨朗は蒸籠に近寄ってふたを取り除いた。そして一本の手拭いを手にして戻ってきた。

たっぷりの湯気で蒸された手拭いである。不意峨朗は右に左に持ち替えて、熱をさました。

「剃刀を用意しろ」

三造に言いつけてから、不意峨朗は伝助を仰向かせ、蒸し手拭いをその髭にかぶせた。

店に駆け込んだ三造は、自分のびんだらい（道具箱）を手にして戻ってきた。六段の引き出しがついている、三造自慢のびんだらいである。

剃刀は一番上の引き出しに入っていた。

「伝助の髭が濃くてかたいのは、おまえたちも承知の通りだが」

かぶせた手拭いを取り除いた不意峨朗は、三造に伝助の髭を剃ってみろと命じた。

「へいっ」

返事をするのももどかしげに、三造は髭に剃刀をあてた。

「こいつあ……」

剃刀を走らせた三造は、目を丸くして不意峨朗を見た。

「おれが祇園の親方から教わった、髭剃り支度の技だ」

不意峨朗は祇園時代の話を始めた。伝助は髭剃り途中の顔を引き締めた。

祇園のおもな客は舞妓である。が、男衆の髪結いも髭剃りも、もちろんこなした。

「舞妓はんのやわな毛に剃刀も手も慣れとるよってなあ。男はんの髭やら月代やらは、毛がこわいよって難儀や」

親方は蒸籠で蒸した手拭いを、剃刀を走らせる前に男客の月代と髭にかぶせた。

「ええ心地やわ」

客は喜んだ。

職人も剃刀が走りやすいと喜んだ。

潮風を浴び続けている佃町の漁師は、髭も毛髪も潮まみれで硬い。髭ももちろんだが、とりわけ月代を剃るのは難儀だった。

とはいえ漁師は我慢強い。月代剃りがつらくても、弱音を吐くのは恥だと思っているようだ。

「うっ……」

歯を食いしばって月代を剃らせる漁師を見た不意峨朗は、祇園の蒸し手拭いを使うことを思い立ったのだ。

「剃る前に手拭いで蒸して柔らかくしてやれば、髭も髪も剃りやすくなる」

蒸し手拭いの使い方に慣れるように、今日から猛稽古を始めると、四人に向かって宣言した。

「伝助は、うってつけの稽古台だ」

名指しをされた伝助は、さらに顔を引き締めた。三造と正次が一回ずつ剃刀を走らせたあとが、くっきりと際だった。

「おまえはたっぷりと昆布や貝を食って、しっかり髭を伸ばせよ」

濃い髭を生やすことがおまえの役目だと、不意峨朗は真顔で言いつけた。

「がってんで……」

伝助の語尾は消え入りそうだった。

八

八月十四日は、六ツ半（午前七時）には不意峨朗の店先に客が並び始めた。

「ここの蒸し手拭いてえのは、滅法ここちよいてえ話じゃねえか」

「そのことさ」

五人の列の真ん中に並んでいた滝三《たきぞう》は、月代をぴたぴたと叩いた。

「うちの長屋にいる源次てえ大工《でえく》がよう、昨日、ここを通りかかったときにあたまをなにしてもらったてえんだ」

滝三はまたもや月代をぴたぴたと叩いた。

店開きの五ツ半までには、まだ一刻《いっとき》（二時間）近くも間がある。列をこしらえただれもが、滝三の話に聞き入っていた。

「どこの床屋でも、てめえで元結を切ったあと、月代を水で濡らして待ってるだろう？」

そうだ、そうだと周りの客がうなずいた。滝三は胸を張って話を続けた。

「ところがこの店は、下剃さんが熱々の手拭いを月代にかぶせてくれてよう。元結までブチッとハサミで切ってくれるてえんだ」

口から泡を飛ばして話す滝三の顔を、洲崎沖から昇った朝日が照らしている。滝三は毛深い男で、口の周りとあごにびっしりと髭が生えていた。

「それで……手拭いで蒸された月代はどうなったんでえ」

話を聞いていた客のひとりが、先を促した。

「手拭いで蒸されたもんで、毛が柔らかくなっててさ。剃刀の滑りがとっても心地よかったと……源の字の野郎、目をこんなふうに細めやがってさ」

滝三が源次の真似をして目を細めていたとき、いきなり店の雨戸が開いた。

まだ六ツ半を少々回ったぐらいだ。並んでいた連中が、驚き顔で見交わした。

「明日は八幡様の祭りでやすから」

今日はいつもより一刻早く店を開くと、並んでいた客に伝助が伝えた。

店の裏庭には、五人分の腰掛けが朝日を浴びて並んでいる。蒸籠からは威勢のいい湯気が音を立てて噴き出していた。

深川の住人には、陰祭りでも大事な祭りである。八月十五日に三基の宮神輿に肩を入れ、わっしょい、わっしょいの掛け声を発することで、行く夏を送るのだ。

前日は、月代と髭を剃り、きれいに髷を結って祭りを迎えたい。不意峨朗の店は、日暮れまで客で混み合った。

その連中は祭りのさなか、仲間たちに髷の自慢をしまくった。不意峨朗は特製の元

あ

結で髷を結っていた。その元結も、自慢の種だった。

「月代と髭によう、いい按配に蒸された手拭いをかぶせてくれるんだ」

「おれっちの濃い髭でも、産毛を剃るみてえにすううっと剃ってくれるからよう。あの髪結いは、てえした店だぜ」

「仕上げは大柄な親方が、きれいな元結で結わえてくれる。見ねえな、これを」

うわさはわっしょいの掛け声のように、深川中に広まった。

八月十六日からは、連日朝の六ツ半過ぎには店先に客が列を作り始めた。

「お客さんを待たせるわけにはいかない」

不意峨朗の指図で、店の商い始めは一刻も早くなった。

六ツ半から五ツ半までの一刻は、深川に暮らす職人たちが押し寄せた。五ツ半からは、馴染みの漁師たちがその列に加わるのだ。

「昼飯を食うどころか、しょんべんするひまもねえぜ」

四人の弟子は、永代寺が暮れ六ツを撞き終わるなり、裏庭にへたり込んだ。

「親方が言われた猛稽古が始まるてえのは、このことだったのか」

伝助が漏らした言葉に、残りの三人はうなずく気力もなかった。

が、弱音は吐かないと、不意峨朗に約束していた。庭の草むらでひと息ついたあとは、威勢よく立ち上がった。

　空いっぱいを埋め尽くした星の下で、四人は店仕舞いし、そして晩飯の支度を始めた。

　店を開いている間の不意峨朗は、目元をゆるめることはなかった。みずから客の髷を結いながらも、弟子の動きから目を離すことはしない。

「刃の滑りが甘くなってるぞ」

「手拭いの蒸しが足りない」

　客には聞こえない庭の隅にまで連れ出して、不意峨朗は弟子を叱った。どれほど忙しく立ち働いていても、手抜きは見逃してもらえないと、弟子たちは思い知った。

　しかしひとたび店仕舞いをしたあとは、声を荒らげることは皆無だった。

「夏場の鴨川べりには、どの店も床を張り出すんだ」

　大横川を見ながら、不意峨朗は京の思い出を幾つも話して聞かせた。

「鱧《はも》という魚がいる。見た目はいかついが、骨切りをした白身の美味さは格別だ」

　いつの日にか、みんなで京に上って夏場の鱧を食べようじゃないか……不意峨朗の言葉に、伝助は身を乗り出した。

　いまでも髭剃りの稽古台を務めており、日暮れたあとも顔はツルツルしていた。

「見た目はいかついが白身はうめえてえのは、まるで親方みてえな魚でやすね」

　伝助が混ぜ返すと、座がどっと沸いた。

　鱧の話をしたことで、不意に京の五条を思い出した。不意峨朗は立ち上がると、庭の端へと移った。

目の前を流れる大横川の水面《みなも》を、遠い目をして眺めていた。

「親方が常から言ってる出番に備えるてえのは、いったいいつのことでやしょうねえ」

伝助に問いかけられても、三造には分からない。三造は答えぬまま、ぐい飲みを干した。

空のあちこちで星が流れていた。

九

地震は十月二日の四ツ（午後十時）過ぎに、いきなり襲いかかってきた。

不意峨朗たち五人は、茣蓙《ござ》敷きの板の間に雑魚寝をしている。明け六ツ前から日没まで、五人は座る間もなく働きづめだった。

晩飯と一合の晩酌を済ませたあとは、町内の湯屋で仕舞い湯につかり、店に戻るなり、たちまち深い眠りに落ちる。

五ツ半（午後九時）には全員が熟睡している。地震が起きた四ツ過ぎは、眠りがもっとも深いときだった。

安政二年十月二日の地震は、突き上げるような縦揺れから始まった。

「地震だあっ」

最初に飛び起きたのは、人一倍目ざとい佐助だった。隣に寝ている伝助を揺り起こしているとき、激しい横揺れが襲ってきた。

佐助に続いて不意峨朗が起きた。柱が軋《きし》み音を立てて大揺れを始めると、残る三人も搔巻《かいまき》を着たまま飛び起きた。

借家は大揺れはしたものの、倒れたり潰れたりはしなかった。家主がことのほかの地震嫌いで、土台造りから目一杯に手を加えていたからだ。

「佐助は種火を確かめろ。伝助と正次は、外の様子を確かめてこい」

矢継ぎ早に指図を与えた不意峨朗は、三造を伴って薪小屋に向かった。

蒸し手拭いを始めてから、膨大な量の薪を使い始めた。手先の器用な佐助に言いつけて、庭の一角に薪小屋を拵えさせていた。

急ぎ造りだが、佐助の仕事ぶりは確かだ。薪小屋はしっかりと地震をやり過ごしていた。

「大和町が燃えてやす」

三造は真っ赤に染まった空を指さした。富岡八幡宮裏手の色里、大和町の方角である。紅蓮《ぐれん》に染まった空の様子から、とても小さな火事とは思えなかった。

が、奇妙なことに仲町の火の見やぐらは半鐘を打ってはいなかった。

「半端な地震ではなさそうだ」

不意峨朗は顔つきを引き締めた。

「種火はしっかり残ってやす」

へっついの種火を確かめた佐助の返事を聞いて、不意峨朗はふうっと吐息を漏らした。手元に種火さえあれば、闇に閉ざされたなかでも動けるからだ。

「大和町から火が出ているのにどこの半鐘も鳴っていないのは……」

闇に包まれた薪小屋の前で、不意峨朗の目が強い光を帯びた。

「やぐらが倒れたからに違いない」

「えっ」

三造と佐助が同時に言葉を詰まらせた。

仲町の火の見やぐらは、高さが六丈（約十八メートル）もある。江戸で一番の高さだし、野分の暴風に吹きさらされてもビクともしないのが深川っ子の自慢なのだ。

そのやぐらが倒れたとしたら。

ふたりは地震の大きさを思い、言葉を詰まらせたのだ。

「とにかくいまは佃町のひとの無事を確かめるのが先だ」

へっついに火を熾せと佐助に命じた。

「がってんでさ」

短い返事を残して、佐助はへっついの前に戻った。残った三造に手本を示しながら、不意峨朗は赤松の薪でたいまつを拵え始めた。六束のたいまつが仕上がったところに、伝助と正次が戻ってきた。

仲町の辻の火の見やぐらは、高さ三丈のあたりから上部が崩れ落ちていた。

火事はいまのところ大和町だけ。不幸中の幸いというべきか四ツどきの揺れで、ほとんどの商家も民家も火の始末は終えていた。

火を出したのは、四ツ過ぎから賑わいが本番となる遊郭だけだった。

佃町の漁師宿は、一軒の潰れも出ていなかった。暴風雨をまともに受ける漁師宿ゆえに、拵えはしっかりしていた。

それは不意峨朗の借家も同じだった。

佃町の肝煎は大横川と砂浜の様子を確かめたうえで、津波の心配はないと断じていた。

伝助と正次は、わずかの間にこれだけの様子を確かめてきた。

「町が大丈夫なら、すぐにも辰巳検番に手助けに出張ってくれ」

指図を受けた伝助と正次は、自分のびんだらいの引き出しからハサミと剃刀を取り出して、胸元のさらしに挟んだ。

使い慣れたハサミと剃刀があれば、モノを断ち切ることができる。もしも家屋の下敷きになっているひとを見つけたときには、かならず役立つと思われた。

佐助はへっついの火熾しを済ませていた。

夜鍋仕事のために、不意峨朗はかがり火の籠を二基買い求めていた。なかの一基に薪を山盛りにしたあと、佐助に火つけを命じた。

裏庭が一気に明るくなった。

「暗がりを、ひとは一番怖がる。たいまつで照らしてやれば、明るいというだけで気持ちは落ち着くはずだ」

赤松の薪を束ねて拵えたたいまつなら、一本で四半刻は保《も》つ。火を点《とも》したたいまつを、伝助と正次に一本ずつ手渡した。さらに控えの一本を、それぞれの腰に提《さ》げさせた。

たいまつがあれば、種火がなくてもすぐに火は熾せる。

「夜が明けるまで、検番の女将の指図で手伝いを続けろ」

夜が明けたらここに戻ってこいと告げて、ふたりを手伝いに出した。

佃町は漁師町なので、男手は幾らでもある。

「おれとおまえは町の手伝いに出る」

「へいっ」

三造の返事が引き締まっていた。

「おまえはかがり火を絶やさず、ここの番をしてくれ」

「がってんでさ」

佐助も顔つきと返事の両方が引き締まっていた。

「なにを手伝えばいいか、指図は肝煎から受ける」

たいまつを手にした不意峨朗は、歩みを速めた。

「親方の出番とは、この手伝いのことだったのかもしれやせんね」

「そうかもしれない」

不意峨朗は、正面の漁師町を見詰めた。

浜のあちこちで、かがり火が焚かれ始めていた。闇のなかにぽつん、ぽつんと浮かんでいる。

大晦日のおけら詣《まい》りみたいだ……。

まるで場違いな思いだったが、不意峨朗は八坂神社のおけら詣りの火縄を思い浮かべていた。

十

大地震は江戸をぺしゃんこに潰した。高台に上がると、江戸中が真っ平らになっているのが分かった。

そんななかで、佃町は達者に残っていた。

毎年のように襲いかかってくる、野分の暴れ風と雨。これに立ち向かうための工夫が、漁師宿の随所に凝らされていたがゆえだった。

地震のあと、まだ町の片付けも終わっていないうちから、佃町の漁師たちは漁に出た。そして獲った魚を煮付けて、深川の住人への炊き出しに用いた。

「おれたちにも、やれることがある」

幸いなことに蒸し手拭いの道具も、びんだらいも、そっくり無傷で残っていた。

炊き出しの行われているわきで、不意峨朗たちは髪結いを始めた。

「こんなときこそ髭を剃り、月代に剃刀をいれることで、ひとは元気を取り戻せる」

不意峨朗たち五人は客の元結をていねいにほどき、ふたたび結びに使った。手元にある元結は、数が限られていたからだ。

「髭と月代を剃ってもらっただけで、まだまだ達者にやっていけるという気力がわいてきやした」

「深川に暮らしていることを、今日ほどありがたいと思ったことはありません」

髭剃りを終えた者は、だれもがていねいな物言いで礼を言った。もとより、ただである。

「生きていられるだけで、お互いさまです。髪結い賃は、この先の暮らしの費《つい》えの足しにしてください」

髪結い賃二十二文を律儀に払おうとする者には、この言葉を添えて受け取りを断った。

「佃町は、深川の自慢だぜ」

炊き出しの魚を食い、髪結いを済ませた者は、胸を張って生きる元気を取り戻した。

十月二十三日は、朝から雨になった。雨降りでは、青空床屋は休みだ。漁師たちも出漁を見合わせた。

久々の骨休めとなった雨の日。職人たちは板葺き屋根を叩く雨音を聞きながら、いつもは忙し過ぎてできない四方山《よもやま》話を楽しんだ。

「やっぱり親方の出番てえのは、こんたびの、地震のあとの助けに出張ることだったんでやしょうねえ」

壁によりかかって目を閉じている不意峨朗に、三造は同意を求めるような口調で話しかけた。

「そうかもしれない」

不意峨朗は目を閉じたまま、言葉を濁した。

未明の夢に、またもや住持が出てきた。そして不意峨朗に語りかけた。

「出番は近い。備えを怠るな。出番に際しては、いささかも怯《ひる》むでないぞ」

こう告げたあと、住持は明るい光のなかに消えた。あまりの光の眩《まばゆ》さに、不意峨朗は目を覚ましたほどである。

出番はまだ終わっていない……不意峨朗はいつになく、もうあとがないという差し迫った思いに駆られた。

「おれはひと眠りする。用があったら、構わないから起こしてくれ」

三造に言い置いてから、不意峨朗は横になった。

たちまち、深い眠りに落ちた。夢ひとつ見ることなく、三刻（六時間）も眠った。

目覚めたときには、屋根を叩く雨音の調子が変わっていた。まるで野分のときのような、激しい雨になっていた。

「目が覚めやしたか？」

三造ひとりが板壁によりかかっていた。

「ほかの者はどうした？」

茶の支度を始めた三造の背中に声をかけた。

「川の様子が心配だてえんで、三人とも見回りに出て行きやした」

返事と一緒に、三造は焙じ茶を運んできた。いつでも茶の支度ができるように、三造は七輪に土瓶をのせていた。

熱々の焙じ茶をすすったことで、不意峨朗はすっきりと目覚めた。いきなり、ひとつの思いが身体の芯から突き上げてきた。

「三造、この店はおまえに譲る。ひとの役に立つ店として、清い商いを続けてくれ」

どれほど客が増えても、驕《おご》らず、そして髪結い賃の値上げをするなと付け加えた。

「ど、どうしやした、親方」

面食らった三造は、舌の回りがわるかった。「いきなり、暇乞《いとまご》いみてえなことを言わねえでくだせえ」

「いや、まさにこれは暇乞いだ。おれは京の五条に帰る」

「なんですって？」

三造が語尾を目一杯に上げたところに、伝助・佐助・正次の三人が飛び込んできた。

「川木戸がいきなり閉じちまったもんで、水があふれそうになってやす」

正次の顔が引きつっていた。

漁師町ゆえ、佃町には川木戸が構えられていた。大横川の往来を止めるための木戸である。町の大木戸と同じく、川木戸も明け六ツに開き、四ツで閉じる。

川木戸があることで、漁師たちは夜中に漁船を盗まれる心配をせずに済んでいた。

「時季外れの大雨で、そうでなくても水が溢れそうだてえのに、川木戸が閉じちまったもんでやすから、木戸にぶつかったモノが、水の流れを塞いじまってえれえ騒ぎになってやす」

三造たちは顔つきをこわばらせて、正次の話を聞いていた。

佃町の堤防は、高さがまだ一間（約一・八メートル）しかなかった。

町の肝煎五人は、全員が漁師あがりだ。公儀に護岸作事を掛け合うのが苦手だった。

それゆえに高い堤防造りは、対岸の町々に比べて大きく遅れていた。

大横川があふれたら、堤防の低い佃町に川水が襲いかかるのは目に見えている。高さのある堤防作事を早くと、町のだれもが案じていた矢先に、大地震が起きた。

正次が事情を話し終えたとき、不意峨朗はすでに土間におりていた。さらしには使い慣れた剃刀を挟んでいた。

「どうなさるんで、親方は」

尋常ではない顔つきの不意峨朗を見て、正次は声を震わせた。

「出番がきた」

不意峨朗は四人の弟子を順に見た。

「あとは任せたぞ」

三造に言い置いてから、不意峨朗は外に出た。雨具もつけぬまま、まっすぐ川木戸へと向かった。

木戸番小屋が設けられた桟橋では、漁師たちが顔をこわばらせて大横川を見詰めていた。

閉じた川木戸には、濁流が運んできたさまざまなモノがぶつかっている。見ている間にも、ゴミや木っ端が次々と木戸にまとわりついていた。

不意峨朗は迷いのない歩みで、桟橋の端へと向かった。

「よしねえ不意峨朗さん」

「それ以上先に行っちゃあならねえ」

漁師たちが大声で引き止めたが、不意峨朗は構わずに進んだ。水かさを増した川は、桟橋の端をすでに水没させていた。

「これがわたしの出番です」

きれいな江戸弁で言い置いたあと、不意峨朗は大横川に飛び込んだ。右手に握った剃刀は、大粒の雨に打たれても銀色の輝きを失ってはいなかった。

出番に際しては、いささかも怯むでないぞ。

大横川に飛び込んだ不意峨朗のあたまのなかで、住持の言葉が響き渡っていた。住持は叱責ではなく、やさしく心構えを説いているかのような口調だ。

そのおかげで濁流に揉まれていても、怯えを覚えることはなかった。

水は黄土色に濁っていた。しかし不意峨朗の目には、川木戸がはっきりと見えた。

木戸の高さは二間（約三・六メートル）もあり、そのうち五尺（約一・五メートル）が水中という造りだ。

ひとたび暴れ出した川水の勢いは凄まじい。長さが四尺もある丸太が五本も、上下に並んで木戸にぶつかっていた。

丸太はぴたりとくっつき合っており、水の流れる隙間がない。川水があふれそうになっている一番の元は、この五本の丸太だった。

息が続かなくなった不意峨朗は、水面にあたまを出した。その瞬間を狙い澄ましたかのように、五寸径（直径約十五センチ）の丸太が不意峨朗めがけて突進してきた。

「あぶねえっ」

漁師たちが叫んだが、丸太はいきなり向きを変えて不意峨朗のわきをすり抜けた。

息継ぎを終えた不意峨朗は、なにごともなかったかのように水中に戻った。

いまこそが出番だ、不意峨朗。役目を果たして、わしのもとに来なさい。

住持の声に背中を押されて、モノと丸太がまとわりついている川木戸に向かった。

ここを切れとばかりに、川木戸を縛っている麻綱の各所が赤い光を放っていた。

川木戸は、麻綱できつく結わえられている。が、不意峨朗の剃刀は、それらの綱をすべて断ち切った。

川木戸が壊れて、川の流れがよみがえった。

水のなかに沈んでいた桟橋が、姿を見せた。

しかし、不意峨朗の姿は、どこにも見えなかった。

安政二年十月二十三日、七ツ（午後四時）。

不意峨朗は濁流とともに佃町から姿を消した。暴れ雨が上がったあとも、亡骸《なきがら》はあがらぬままだった。


安政三年五月一日に、三造は京の五条金屋町の徳市親方をたずねた。

不意峨朗が京から持ち帰っていたびんだらいを、徳市に差し出した。

「ようこそ届けてくれはりましたなあ」

愛弟子の道具箱を、徳市はいつくしむような手つきで撫でた。老いた頭領がこぼした涙が、道具箱に染み込んだ。

不意峨朗が使っていた道具は、すべて元通り引き出しに収まっていた。

剃刀の収まっていた引き出しを開くと、つかの間、光が四方に飛び散った。

おけら詣りの火縄のような光だった。

藍染めの

一

「いけねえ、今日は寅《とら》の日だったか」

研ぎ道具一式を手にした佐五郎を見て、大工のしょっ平《ぺい》が甲高い声を発した。そんなしょっ平に調子を合わせたわけでもないだろうが、小名木川の真ん中で魚が跳ねた。

天保七（一八三六）年二月一日六ツ半（午前七時）前。まさに今日は甲寅《きのえとら》の日である。

あと五日もすれば、小名木川河岸の桜もつぼみを大きく膨らませるに違いない。そう感じさせるほどに、川から渡ってくる風はぬるかった。

「寅の日がどうかしやしたかい？」

佐五郎は眩しそうに目を細めた。

空を昇る朝日が、小名木川の川面にぶつかっている。川面が揺れると光が動いた。

しょっ平は肩に担いでいた道具箱を地べたにおろした。

「おめえさんが小名木川端で道具を研ぐのは、十二日ごとに回ってくる寅の日と決まってるだろうがよ」

「そうですが」

佐五郎は、まだ得心がいかないのだろう。返事はくぐもり気味だった。

「おれもおめえさんの真似をしてよう、十二日に一度はノミだのカンナだのの刃を、根っこから研ごうと決めてたんだが」

今日が寅の日だとは、うっかり忘れていたと告げて、しょっ平はあたまを掻《か》いた。

「そうだとは、ちっとも知りやせんでした」

得心のいった佐五郎の目には、みるみる親しみの色が浮かんできた。

「研ぐのはこれからだろう？」

「へい」

姿勢よく答えた佐五郎は、彫り道具の詰まった竹籠を持ち上げて見せた。

「だったら、今朝はおれっちも付き合わせてもらうぜ」

しょっ平は地べたの道具箱を肩に担いだ。

「普請場に行くのが遅れはしやせんかい？」

「いまは平野町で仕事をやってるからよう。五ツ（午前八時）までには、まだたっぷりひまがあるさ」

言ったあとで、平野町の名を出したことをしょっ平は気にしたような顔つきになった。

平野町は検校《けんぎょう》と渡世人が、数多く暮らす町だからだ。

「だったら、一緒にやりやしょう」

佐五郎は気にもとめず、先に立って歩き出した。向かうのは、高橋《たかばし》たもとの船着き場だ。

石垣の上から船着き場までは、十五段の石段である。ここの船着き場には、すぐ近くの高橋青物市場に荷を納める青物船が、夜明け前から多数横付けされた。

六ツ半どきのいまは、荷揚げが一段落したのだろう。船着き場には一杯の青物船しか舫《もや》われてはいなかった。

荷揚げが楽に運ぶように、石段の八段目には、土を盛った踊り場が設けられていた。

二月一日の小名木川河畔は、すでに春である。踊り場の野草は春のおとずれを喜び、どの葉も緑色を濃くしていた。

佐五郎と横並びに船着き場にしゃがんだしょっ平は、道具箱から砥石《といし》を出した。相当に使い込んでおり、真ん中がへこんでいた。

佐五郎も砥石を取り出したが、へこみはなく真っ平らである。

「やっぱりおめえさんは、いい腕なんだろうなあ」

平らな砥石を見て、しょっ平が感心した。川の真ん中で、また魚が跳ねた。

佐五郎は木々兵衛《きぎへえ》親方に仕える伊勢型紙彫りの職人である。

江戸小紋などの染めには、伊勢型紙を使った。堅くて丈夫な型紙である。

型紙作りは、腰の強い土佐紙や美濃紙を柿渋で貼り合わせることから始まる。そして充分にくっついたことを確かめたあと、いぶし（燻製《くんせい》）と乾かしを加えて仕上げとした。

呼び名の起こりは、伊勢国白子周辺がこの型紙造りの発祥地だったからだ。

佐五郎の親方木々兵衛は四代目である。木々兵衛の曾祖父（初代）が伊勢白子から江戸に出てきて、高橋で彫り師を始めた。

しかし四代目といっても、つまりは職人だ。老舗商家のように初代の名を襲名することもなかった。が、技はしっかりと伝承され、さらに磨かれていた。

三代目に厳しく技を仕込まれた木々兵衛は、錐《きり》彫りを得手としていた。

「江戸には何十人もの伊勢型紙彫りの名人がいると言われているがねえ。鮫小紋を彫らせたら、高橋の木々兵衛親方に勝てる者は、関八州を見回してもひとりもいない」

江戸でもっとも所帯の大きい悉皆屋《しつかいや》、大島町の吉野屋善兵衛が言い切るほどに、木々兵衛の鮫小紋彫りの腕は抜きん出ていた。

悉皆屋とは、客の注文に即して反物の吟味から染めの段取り、さらには仕立て職人の手配りまでの一切を取り仕切る稼業だ。

悉皆屋のあるじに腕利きだと認められるのは、職人冥利に尽きる誉れだった。

錐彫りは六〜七枚の型紙を重ねて、手に馴染んだ錐で一気に彫る技法だ。

「八枚を重ねられれば名人だと言われるが、木々兵衛は十枚重ねで仕上げるんだ」

木々兵衛の腕がいかに秀でたものであるかを、吉野屋善兵衛は折りにふれて周りの者に自慢をした。

「わずかな彫りの狂いがあっても、鮫小紋にはならないというのに」

善兵衛はいつもここで、ひと息をいれた。あとに続く言葉に、ひときわ大きな意味を持たせるためである。

話に聞き入っている者を順に見回してから、善兵衛は膝に載せた手を強く握った。

「高橋の木々兵衛親方は十枚も重ねた型紙一寸四方のなかに、じつに九百三十六の鮫紋を彫るんだ」

九百三十六という丸くない数が、善兵衛の話にもっともらしさを加えた。

『鮫』『行儀』『角通《かく》し』の三種が、錐彫り小紋の三役だ。そしてこの三役はいずれも、小さな点の集まりで柄を描き出した。

角通しは点が縦横いずれも垂直に彫られている。縦にも横にも筋を通すという意味から名付けられた小紋で、老舗大店《おおだな》の当主に好まれた。

行儀は点の並びが斜めで、その名の通り行儀よく並んでいる。辞儀をすれば、ひとの身体は斜めに曲がる。その形に、行儀小紋の名はちなんでいた。

鮫は徳川家八代将軍吉宗の生家、紀州徳川家が用いた小紋柄だ。扇型の模様を斜めに組み合わせることで、鮫の肌に見立てていた。

鮫は堅い皮で身を守っている。

鮫小紋は鮫の堅固さにちなんだ紋で、厄除《やくよ》けの効能を持つと信じられていた。

木々兵衛が得手とするのは、錐彫りのなかでも仕事がもっともむずかしいとされる鮫小紋である。紋は点の数が多ければ多いほど、遠目には無地に見えた。

「高橋の木々兵衛親方が彫った鮫小紋なら、たかだか一間（約一・八メートル）離れただけで、無地に見えるほどに彫りが細かい」

吉野屋はここ一番の彫り仕事には、迷うことなく木々兵衛とその弟子を選んだ。

佐五郎は今年で二十五になった。十年前に木々兵衛の元に弟子入りできたのは、吉野屋の得意先の口利きがあったからだ。その得意先から強く頼まれて、吉野屋当主は仲介の労をとった。

「手先が器用で、絵心のある若造がいる。一度あんたが吟味してくれないか」

吉野屋から勧められた木々兵衛は、佐五郎の吟味を引き受けた。たまたま、木々兵衛の弟子のひとりが独り立ちした直後という、間のよさもあった。

「絵が得意だと聞いたが、この場でなにか描いてみねえな」

木々兵衛は半紙と筆、墨の一式を弟子に支度させていた。

吉野屋の仲人口通り、佐五郎は巧みな筆遣いを見せた。墨一色で描いた山水画は、その枯れ方が十五歳の筆遣いではなかった。

しかし型紙彫りと絵とは、まったく別物である。

「絵が達者なことは分かったが、うちは絵師じゃねえ」

どういう了見で型紙彫りに弟子入りしたいのかと、木々兵衛は問うた。

「小さな点の寄せ集まりでていねいに描いても、遠目には無地にしか見えません」

そのはかなさに惹かれましたと、佐五郎は臆することなく答えた。

「あんた、歳は幾つだ」

「十五です」

「正味で十五か」

「十五です」

答えた佐五郎は、まっすぐな目で木々兵衛を見詰めた。

煙草盆を引き寄せた木々兵衛は、銀ギセルにほどよく煙草を詰めた。

佐五郎は息を詰めて、木々兵衛の手元へ目を移した。

煙草を詰めるあの手が、一寸角の内に九百三十六の点を彫る……佐五郎の目が語る言葉を、木々兵衛は聞き取ったに違いない。

一服を吸ったあとの吸い殻を灰吹きに叩き落として、木々兵衛は佐五郎に目を当てた。

「おめえさえよけりゃあ、今日から移ってきてもいいぜ」

「ありがとうございます」

佐五郎は板の間に両手をついて辞儀をした。

以来、はや十年が過ぎていた。が、いまだ佐五郎は三人弟子の末席のままだった。

三十七歳の一番弟子真蔵《しんぞう》は、吉野屋下職のなかでも飛び抜けた一番の行儀彫りだ。木々兵衛には遠く及ばないものの、それでも一寸角の内に八百の点を彫ることができた。

二番弟子の田助《でんすけ》は佐五郎より十歳年長の三十五である。田助は角通し彫りで、真蔵同様に八百の点で一寸角を埋めた。

木々兵衛は鮫。

真蔵が行儀で田助は角通しである。

錐彫り三役は、親方と兄弟子ふたりが得意技としていた。佐五郎はすでに十年の稽古を続けていたが、どの紋もまだ八百には届かなかった。

「おめえはいっそのこと、下絵描き職人を目指したらどうでえ」

「あにさんの言う通りだ。おまえほどの腕で、下絵が描ける職人はザラにはいねえ」

真蔵と田助は、真顔で下絵描き職人の道を勧めた。

型紙に錐彫りをなすには、当然ながら型紙の上に据え付ける下絵が入り用である。一寸角を微細な点で埋める下絵描きは、錐で彫るのと同様に難儀な仕事だった。

絵心のあった佐五郎は、そのむずかしい下絵描きを任された。

どれほど木々兵衛の腕が秀でていても、きちんと鮫小紋の描かれた下絵がなければ仕事にはならない。

佐五郎が弟子入りしてくるまでは、木々兵衛当人が下絵を描いていた。

「おまえの筆なら、千の点でも描けるだろう」

下絵描きの技は、木々兵衛も惜しみなく褒めた。しかし親方から褒められるにつけ、佐五郎は胸の内にざらつきを覚えた。

おまえに彫りは向かないと、木々兵衛から断じられたような気がしたからだ。

いまに兄弟子はもちろん、親方も超えてやる。おれには千の点が描ける。

下絵を描きながら、常にこう自分に言い聞かせた。言い聞かせるだけではなく、佐五郎は行いを続けることで決意を固めた。

行いとは、寅の日の道具研ぎである。

彫りに使う錐などの道具の手入れは、もちろん毎日職人が自分の手で行った。

十二支の寅は、一夜にして千里を駆けて、しかも千里を帰るという。その寅の速さの源は、四肢の爪にあった。

常に爪の研ぎを怠らない寅。疾走する寅の言い伝えにあやかろうとして、佐五郎は寅の日に兄弟子の道具を含めて、道具の総研ぎを始めた。

朝の六ツ半からと決めて、小名木川の船着き場で研ぎを行った。

たとえ真冬の寒風に吹きさらされても、野分の暴れ風を身体に浴びても、寅の日の総研ぎは休まなかった。

弟子入りして間もないころ、つらい目に遭うたびに佐五郎は小名木川の水面《みなも》を見詰めた。見詰めているうちに、胸の内に抱えた屈託が消えた。

船着き場まで下りて総研ぎをするのも、小名木川から力を得られる気がしたからだ。

この総研ぎを、佐五郎はすでに四年もの間続けていた。

「寒い吹きっさらしのなかで道具を研ぐとは、見上げた心がけだ」

真冬や荒天どきの研ぎは、傍目《はため》には大変そうに映るのだろう。が、佐五郎にはまるで苦痛ではなかった。

小名木川の水に手をつけると、没して久しい母親の手に包み込まれるような心地よさを覚えた。

研ぎ始めて四半刻《しはんとき》（三十分）が過ぎたころ、しょっ平が立ち上がった。カンナもノミも、大した数ではなかったからだ。

「そいじゃあ、先に行くぜ」

道具箱を担いだしょっ平を、佐五郎はしゃがんだまま見送ろうとした。後ろを振り返ると、石垣の上に立っているさゆりが見えた。

正面から差す朝日を、顔一杯に浴びている。

紅もひいてはいないのに、唇は艶々と光っていた。

石垣を見上げた佐五郎は、気持ちが昂《たか》ぶったのだろう。息遣いが荒く速くなっていた。

二

「四月にお仲間内の江ノ島詣でがあるのは、佐五郎さんも知ってるでしょう？」

つい先ほどまでしょっ平がしゃがんでいた場所に、さゆりがいた。吐く息が、佐五郎の首筋に触れる近さだった。

「もちろん知ってやすが、それがなにか？」

さゆりとの間合いが開かないよう気遣いつつ、佐五郎は答えた。

「今年はその旅に、あたしが行くことにするって決めたの」

「お嬢が泊まりがけで？」

佐五郎の研ぎの手が止まった。

こっくりとうなずいたさゆりは、身体を佐五郎のほうに寄せた。紅もひいておらず化粧もしていないのに、さゆりは白桃のような甘い香りを漂わせていた。

「あたしからもおとっつあんに頼むけど、佐五郎さんがお供をしてくれる？」

甘え口調で語尾を上げた。佐五郎はしゃがんだまま、股間のモノを堅くした。

「親方さえ許してくださりゃあ、あっしは構いやせんが」

「うれしいっ」

さゆりの声が弾みを増した。

「佐五郎さんが一緒だと言えば、おとっつあんもきっと許してくれるから」

ひと息おいてから、さゆりは声の調子を落とした。

「半次郎さんも行けるって言ってるの」

さゆりは船着き場の板に目を落とすと、指でのノ字を書き始めた。

股間の逸物が、いきなり萎《しお》れた。

「こんなときでもなければ」

言葉を切って目を上げたさゆりは、佐五郎を見た。すっかり気落ちした佐五郎は、さゆりを見詰め返す気になれなかった。

さゆりは構わずに話を続けた。

「半次郎さんと一晩一緒に過ごすことなんか、とってもできないでしょう?」

語尾を上げて、さゆりは佐五郎に問いかけた。佐五郎は黙したまま、小名木川に目を転じた。

佐五郎を力づけるかのように、川面はキラキラと光っていた。

「だからお願い……江ノ島に一緒に行けるように、おとっつあんに頼んで」

さゆりは潤んだ目で佐五郎を見詰めた。

冗談じゃないと払いのけるには、潤んだ目は美し過ぎた。

「分かりやした」

佐五郎は身体をさゆりに向けた。

「お嬢はいつ、親方に話をされやすんで?」

「うちからだれが行くかを、明日までに吉野屋さんに返事をすることになってるの」

木々兵衛には朝餉《あさげ》のあとで話をすると言って、さゆりは立ち上がった。

「佐五郎さんも、お昼までにはおとっつあんにそう言って……お願いします」

ぺこりとあたまを下げたさゆりは、下駄を鳴らして石段を駆け上がった。佐五郎がさらに気落ちしたほどに、下駄の音は軽やかに響いた。

ふうっ。

佐五郎から深い吐息が漏れた。錐を研ぐ手元に、朝の光が差している。

研ぐ手を止めた佐五郎は、錐を竹籠に納めてから立ち上がった。気分を変えるかのように、両手を突き上げて身体に伸びをくれた。

青味の濃い空を舞っていたカモメが、白い翼を開いたまま川面に舞い降りた。瞬きする間もないうちに、カモメは小魚を銜《くわ》えて舞い上がった。

あの間抜けな魚は、まるでおれだ。

川面を見詰めたまま、佐五郎は胸の内でつぶやいた。


さゆりは今年で二十三になる木々兵衛のひとり娘である。色白ではないが、はっきりした肌の色は、細くて濃い眉、漆黒の潤んだ瞳と赤味がかった唇のどれをも鮮やかに引き立てていた。

二十歳を過ぎても嫁がなければ、行き遅れだと陰口を叩かれかねない。さゆりはその二十歳を、すでに三つも過ぎていた。

それでいながらただのひとつも陰口を叩かれないのは、さゆりは器量も気立てもすこぶるよかったからだ。

小名木川に架かる高橋南詰一帯は、海辺大工町だ。木々兵衛の宿は高橋南詰のたもとに建っていた。

「あれだけの器量よしだ、できることならいつまでも町内に残っていてほしいもんだ」

今年の初午《はつうま》の寄合で海辺大工町の肝煎《きもいり》は、いい歳をしながら思慮の足りないことを口走った。

が、周りにいた面々は肝煎をいさめるどころか、大きくうなずく始末だった。

それでも木々兵衛の女房おちかは、一刻も早く嫁がせたいと気を揉んでいた。

「親が本気で縁談を心配しなければ、さゆりは本当に行き遅れになります」

出が柳橋の仲居だけに、おちかは歯切れのいい物言いで娘の縁遠さを案じた。

「しんぺえいらねえ」

おちかにせっつかれるたびに、木々兵衛はキセルを煙草盆の灰吹きにぶつけた。

「日陰の豆でも、弾けるときには弾けるてえんだ」

決まり文句を口にされるたびに、おちかは正味で目つきを険しくして木々兵衛を睨んだ。

さゆりの器量と気立てがいいのはおちかに似たからだと、だれもが褒めた。

さゆりが二十歳になるまでは、それを言われたおちかは笑みを返した。

いまは違った。
「そんなことより、娘にご縁のありそうなかたを引き合わせてくださいまし」
職人の女房とも思えない物言いで、おちかは縁談を頼んだ。
「お願いですから、ひとさまの前では日陰の豆がどうのこうのは言わないでくださ
い」
近頃のおちかは、木々兵衛の決まり文句をきつい口調でいさめるようになった。
数多くの女を見てきたおちかには、器量のよさが通用するのはわずかな間だけだと
いうわきまえがある。それだけに、なんとしても今年のうちには縁談をまとめたいと
強く願っていた。
さゆりはしかし、まるで焦ってはいなかった。吉野屋の次男半次郎に、強くこころ
を惹かれていたからだ。
もしも半次郎が跡取りの惣領息子だったなら、さゆりも気持ちを寄せることはしな
かっただろう。
腕のよさを高く買われてはいても、木々兵衛は吉野屋の下職のあるじに過ぎない。
奉公人七十人を抱える悉皆屋の大店に嫁ぐなどは、夢にも考えてはいなかった。
しかし半次郎は、所帯を構えて外に出るのも勝手次第の次男である。それゆえに、
さゆりも強くこころを惹かれていた。

が、その想いは佐五郎のほかにはだれにも打ち明けてはいなかった。

去年の三月から六月にかけて、木々兵衛は吉野屋から大量の型紙彫りの注文を受けた。その商談には、さゆりと佐五郎が出向いた。

木々兵衛はもとより、真蔵も田助も仕事に追われて小便する間も惜しんでいたからだ。

吉野屋は手代頭とともに、半次郎が商談の場に臨んだ。大量注文は久世大和守上屋敷からで、御用承りの一切を半次郎と手代頭が担っていた。

半次郎もさゆりも、互いにひとめ惚れをした。初の商談を終えて高橋に戻る道々、さゆりは下駄を鳴らしっぱなしで歩いた。

その後も五日ごとに、吉野屋の客間で商談が持たれた。さゆりは佐五郎と一緒に、足取りを弾ませて大島町まで出向いた。

胸の内の想いをさゆりが漏らしたのは、江戸が梅雨入りをした四月十九日の帰り道だ。降りしきる雨をついて、永代寺から七ツ（午後四時）の鐘の音が流れていたときである。

「こんなにひとを好きになるなんて、あたし、どうかしているのかなあ」

さゆりが小声でつぶやいた。

いきなり強くなった雨が、バラバラと大きな音を立てて番傘を叩いていた。さらに永代寺の撞《つ》く鐘の音がかぶさり、佐五郎はうまく聞き取れなかった。

「なにかおっしゃいやしたかい？」

「こんなにひとを好きになるなんて、あたし、どうかしているのかなあって言ったの」

さゆりは一語も違えずに、口にしたことをなぞり返した。

ふうっ。

雨のなかで漏らした佐五郎の吐息は、気持ちの弾んでいるさゆりには聞こえなかった。

吐息のわけを問う代わりに、さゆりは佐五郎に頼み事をした。

「おとっつあんにもおっかさんにも、あたしが半次郎さんを好いていることは言わないで」

頼み事は口止めだった。

とりわけ木々兵衛には、絶対に黙っていてとさゆりは念押しをしてきた。

「おとっつあんは自分より上背のあるひとでなければ嫁にやらないって、真顔であたしに言うのよ」

木々兵衛は五尺六寸（約百七十センチ）あったが、半次郎は五尺四寸（約百六十四センチ）だ。どこまで本気で言っていることかは分からないが、さゆりは父親の言い分を真に受けていた。

「いずれ折りを見て、あたしの口で両親《ふたおや》には話すから」

さゆりの口止めを、佐五郎はもちろん受け入れた。が、気持ちは深く沈んだ。

佐五郎が木々兵衛のもとに弟子入りしたとき、さゆりはまだ十三歳だった。

兄弟子はふたりとも大きく歳が離れており、こどもながらさゆりは隔たりを保っていた。しかし新たに弟子入りした佐五郎は、わずか二つしか違わなかった。

「佐五郎から離れるんじゃねえぜ」

木々兵衛は娘の御守り役として、佐五郎を供につけた。

「おにいちゃん、冷や水を呑もうよ」

夏場の縁日では、一杯六文の白玉入り冷や水売りに駆け寄った。早く走ろうとするあまり、さゆりは佐五郎の手を引っ張った。

お茶の水渓谷で汲んだ湧水に、わずかな砂糖を溶かした冷や水。二文加えれば、冷や水売りの親爺は砂糖を足した。

その一杯八文の白玉入り冷や水が、さゆりの大のお気に入りだった。

「おにいちゃん、早く早く」

「こんどはおにいちゃん、金魚屋さんを見ようよ」

さゆりにおにいちゃんと呼びかけられるたびに、佐五郎は気が昂ぶり鼓動を速めた。

あれから十年、さゆりはこどもから娘盛りへと育っていた。

一方の佐五郎は十年が過ぎたいまでも、彫りの腕を木々兵衛にも兄弟子にも認めてもらうことができないでいた。

さゆりはもはやおにいちゃんではなく、佐五郎さんと呼びかけていた。呼び方を変えたことで垣《こしら》を拵えたのだ。

隔たりができたことで、佐五郎はさゆりに抱いてきた秘めた想いを一気に燃え立たせた。かなわぬ想いだと分かっているだけに、余計に大きく燃え上がったのだ。

高橋から大島町への行き帰り、さゆりの前では秘めた想いはおくびにも出さなかった。もしも少しでも悟られたら、二度と一緒に出歩けなくなると分かっていた。

案ずるまでもなく、さゆりはまるで気づいていなかった。気づいていないがゆえに、半次郎への想いを佐五郎に明け透けに打ち明けたのだ。

佐五郎は木のほこらとなり、さゆりの打ち明けを顔つきを動かさずに受け止めるしかなかった。

大量注文の納めは、去年の十月に終わった。しかしそのあともさゆりは、言いわけを思いついては吉野屋をおとずれた。

毎度、佐五郎が供をした。

半次郎への想いを吉野屋の奉公人に悟られぬための、隠れ蓑役である。これは見事に功を奏した。

「木々兵衛親方のお嬢は、佐五郎さんとまことに仲がいいようだ」

「一度でいいから、佐五郎さんの役を受け持ってみたいよ」

奉公人たちが交わすうわさは、佐五郎の耳にも届いた。苦い汁が胃の腑に湧き出した。

桶に汲み入れた川水を、佐五郎は砥石にかけた。極上の砥石は、たちまち水を吸い込んでしまう。

佐五郎は川面に目を移した。

キラキラと輝く水面すれすれのところを、小魚が泳いでいるのが見えた。魚も眩《まばゆ》い陽光を浴びたいのかもしれない。

カモメにさらわれないように気をつけろ。

佐五郎は声に出して魚に話しかけた。

カモメにさらわれると分かっていながら、わざわざ水面近くまで浮かんでいる小魚。その姿に、佐五郎はおのれを重ね見していた。

かなわぬ想いだと分かっていながら。

半次郎との逢瀬のダシに使われると、分かり切っているのに。

さゆりの供で行く江ノ島一泊の旅を、佐五郎は断れない。断れないどころか、一緒にいられる道中を、はや心待ちにしていた。

ふうっ。

この日何度目かの吐息を漏らしたとき。

羽ばたきもせずに舞い降りたカモメが、小魚を銜《くわ》えた。

佐五郎は目を閉じた。

三

吉野屋が幹事役の江ノ島弁財天詣では、四月一日、癸丑《みずのとうし》の日の旅立ちとなった。船旅ゆえに、みずにちなんだこの日を選んでいた。

吉野屋の呼びかけで集まったのは、染め屋と彫り屋、それに家紋描きの上絵師たち十八名である。

吉野屋からは手代頭の吉之助《きちのすけ》と半次郎が加わった。総勢二十名のうち、女はさゆりただひとりだ。

弁財天詣でが大義名分だった。が、旅に加わった者は佐五郎を除く全員が、江ノ島での夜遊びが目的である。江ノ島の遊女とねんごろになるか、漁師相手の賭場で夜通し遊ぶ。

いずれにしても、この旅に女は邪魔でしかなかった。さゆりが加わっていると知った面々は、最初は戸惑い顔を拵えたのだが。

「木々兵衛の娘、さゆりでございます」

吉野屋の土間で、さゆりは旅の連れにあいさつをして回った。

「うわさには聞いていたが、これほどの別嬪《べっぴん》さんだったとは……」

初対面の者は、遠慮を忘れた目でさゆりを見た。戸惑いの色は一瞬の間に消え失せた。

さゆりは菅笠《すげがさ》ではなく、編笠の鳥追いをかぶっていた。色は濃いが、さゆりの顔は小さい。しかも目鼻立ちは際立って整っている。

そんなさゆりがかぶった鳥追いの艶《あで》やかさに、だれもが慎みを忘れて見入っていた。

かぶりものだけではなく、さゆりは長着の色味も鮮やかだった。

着ているのは八丈絹のひとつ、黄八丈だ。さゆりの黄八丈は、ひときわ鮮やかに染められた黄色地に、鳶色《とびいろ》の格子柄が織り込まれた逸品である。

八丈島には、島特有のハチジョウカリヤスが群生している。山地や草原に自生し、細い茎が直立するカリヤスは、高さが三尺（約九十センチ）を超えた。

この茎を乾かして染料とし、絹糸を黄色に染めた織物が黄八丈である。

「木々兵衛親方のお嬢が着るなら、気い入れて染めるべ」

鮫小紋の木々兵衛の名は、流刑地八丈島にまで届いていた。島特産の黄八丈と木々兵衛が型紙彫りをした鮫小紋とが、物々交換でやり取りされたことが何度もあるからだ。

黄八丈は江戸では高値の絹織物だ。しかし木々兵衛の鮫小紋一匹（二反）と、黄八丈三匹（六反）とで交換が成り立っていた。

手甲《てっこう》は藍色だった。遠目には藍色無地の地味な手甲だが、驚いたことに木々兵衛の手による鮫小紋が染められていた。

旅の連れはだれもが同業者も同然である。

「まさに木々兵衛さんの仕事だ」

たかが手甲だが、世にふたつとない仕上がりの藍染め手甲である。

感嘆の声を漏らす旅の面々を見た佐五郎は、いまさらながら木々兵衛の技の凄さを思い知った。

半次郎と吉之助は吉野屋のお仕着せを尻端折《しりはしょ》りにして、白い股引を見せていた。

半次郎はさゆりにいいところを見せたかったに違いない。足に巻いた脚絆《きゃはん》は藍染めだったし、わらじの編み上げ紐には茶の鹿皮を使っていた。

五ツ（午前八時）の鐘を合図に、三十人乗りの大型座敷船が佐賀町桟橋を離れた。

文政年間半ばから、年を追うごとに江戸から江ノ島詣でに向かう客が増え続けた。

江戸と江ノ島の道中に関所はない。わずらわしい道中手形も不要である。朝発ちのあと足を速めて歩けば、夕暮れまでには江ノ島に行き着ける。そして江ノ島に入れば、江戸では味わうことのできない獲り立ての海の幸と、島の情緒を満喫できる。

手軽さと楽しさが大受けして、江ノ島弁財天詣での客が増え続けたのだ。

「江ノ島がいいのは分かるが、なんとかもう少し楽に行けないものかね」

費《つい》えがかさむのは構わないから、なんとか船で行けないか……こんな声に応じて、去年の夏から大型の座敷船が江戸と江ノ島を行き来するようになった。

永代橋東詰の佐賀町桟橋からも、江ノ島行きの座敷船が出ていた。帆柱の高さ三丈（約九メートル）の帆船は、追風《おいて》を受けたときは佐賀町と江ノ島桟橋とを、わずか三刻半（七時間）で結んだ。

三十人乗りの座敷船を、吉野屋は貸切で誂《あつら》えていた。一泊旅行の割前は、ひとり一両だが、宿代・道中の飯代・江ノ島弁財天の参詣料・行き帰りの貸切船代までの一切が含まれていた。

しかし十八人から一両ずつ割前を集めても、十八両にしかならない。貸切で誂えた座敷船には三人の船乗りと、接待を受け持つ仲居ふたりが乗り込んでいた。

神奈川沖に差しかかる昼飯どきには、仲居が仕出し弁当と、船内で拵えた椀を供する段取りである。

　この船の貸切代だけで、十五両二分の費えがかかっていた。吉野屋は割前に加えて、およそ十両を負っていた。それだけの出銭を負担しても、腕利きの下職が大事だったのだ。

　快晴に加えて、船旅には打って付けの追風に恵まれた。まさに昼飯どきに、船は神奈川沖に差しかかった。

「なんとも見事な富士山だ」

　座敷の障子戸を開け放ち、客はこぞって富士山に見とれた。梅雨入りするのは、今月下旬だ。その日までの四月は、一年のなかでも絶好の旅日和が続く月だ。

　富士山の周りは、ひと切れの雲も浮かんではいない。晴天が続くことを、富士山の優美な姿が請け合っていた。

「こんなに大きな富士山を見るのは、生まれて初めて……」

　客の後ろで、さゆりがつぶやいた。

　だれもが富士山の眺めに見入っており、さゆりと半次郎に気を払う者は皆無である。佐五郎ですら帳面を開いており、船からの眺めを矢立の筆で写生していた。

　人目のないことを確かめた半次郎は、さゆりの手を握った。

　さゆりは強く握り返した。想いがぎっしりと詰まった握り返し方だった。

四

「どちらもどっちも、どちらもどっちも」

出方《でかた》が調子をつけて張り上げると、声に従うかのように百目ろうそくの炎が揺れた。

「あんた、今度はどっちに賭けなさる？」

藍染め屋あるじの寸兵衛《すんべえ》が、隣に座った佐五郎の顔をのぞきこんだ。

本所立川で藍染め屋を営む寸兵衛は、今年で五十三。佐五郎の倍以上の年長者だ。

一年の商いは三百両に届くといわれており、住み込み職人も六人を抱えていた。

そんな男がおもねるような口調で、佐五郎の賭け目は丁半どちらかと問うた。

「どちらもどちらも、存分に賭けてくだせえ」

盆を取り仕切る出方が、一段と高い声で客に賭けをうながした。

佐五郎の膝前には、一枚一両の樫板の駒札が三十二枚も積み重ねられている。出方は挑むような目で佐五郎を見た。

出方に限らず、盆の四方に座した賭場の若い者全員が、佐五郎の動きを見詰めていた。見詰めるというよりは、見張っているに近い、油断のない目つきである。

「丁半、まだまだ揃ってはおりやせん。みなさん、盛大に張ってくだせえ」

客の賭けを誘いこむかのような、調子のいい物言いである。盆を取り囲んだ客が、樫札や漆黒塗りの札を盆に置いた。漆黒は一枚十両の駒札である。

目を閉じていた佐五郎が、億劫そうな顔つきで目を開いた。出方と若い衆が、光を帯びた目で佐五郎を見詰めた。

寸兵衛は居心地わるそうに、尻をずらした。

賭け目が定まったのだ。佐五郎は目の前の盆に手を伸ばし、十枚重ね三列と端数二枚の樫札すべてを半に賭けた。

「丁にあと十両足りやせん。丁に十両、丁に十両でやす」

佐五郎が賭けた三十二両で、半のほうが重たくなった。丁半が釣り合わなければサイコロ博打は成り立たない。

出方の誘いで、丁に張る客が何人か出た。

「丁にあと二両、どなたかいないか、丁に残り二両でやす」

出方の声で寸兵衛が動いた。

「そろそろ目が変わるころだ。わるいがあんたの逆目張りをするよ」

樫札二枚を丁に賭けてから、寸兵衛は言いわけがましく佐五郎にささやいた。佐五郎は返事をせず、気のない顔で出方を見ていた。

「丁半揃いやした」

出方は両腕を平らに伸ばした。賭けはここまでの合図である。賭場のざわめきが一気に鎮まった。

「入りやす」

勝負の始まりを告げた壺振りは、両手を高く振り上げた。左手には壺、右手は二個のサイコロを握っている。

賭場を見回したあと、壺振りは胸元までおろした壺に、二個のサイコロを投げ入れた。

カラカラカラッ。

乾いた音が賭場に響いた。

布袋《ほてい》の祐五郎《ゆうごろう》の賭場だった。祐五郎は江戸平野町の貸元鮫鞘《さめさや》の端造《たんぞう》のもとで、長らく代貸を務めていた。祐五郎が三十路《みそじ》を迎えたのは、いまから二十年前の文化十三年である。その年の五月に、江ノ島の貸元が病死した。

端造と江ノ島の貸元は兄弟分だった縁で、跡目を端造一家が継ぐことになった。江ノ島の賭場を守り立てるためにも《も》、江戸の親分が欲しいと泣きつかれたからだ。

「度胸もツキも、この男なら間違いねえ」

端造が後ろ盾を買って出て、祐五郎が江ノ島の貸元に就いた。そして布袋の祐五郎の二つ名を名乗った。

江ノ島は弁財天の島であると同時に、豊かな漁場を抱え持つ漁師町でもあった。大漁を呼び込む布袋神は、なにより縁起がいいと漁師たちが喜んだ。

以来、祐五郎の賭場は地元の漁師や旅籠《はたご》のあるじ、そして江戸からの参詣客で賑わい続けていた。

佐五郎を賭場に誘ったのは、今回の旅で一番の博打好きである本所立川の寸兵衛だった。

「あんたは無口だが、肝の据わっている男だとあたしは見たんだ。今夜はこれを楽しもうじゃないか」

寸兵衛は両手を使い、サイコロを壺に投げ入れる真似をした。

「分かりやした」

佐五郎は気乗りもしないまま、寸兵衛の誘いに乗った。

旅籠の広間で催された宴席は、五ツ（午後八時）でお開きとなった。宴を閉じるにはいささか早かったが、文句をつける者はいなかった。

お目当ての遊郭か賭場に、一刻も早く行きたい者ばかりだったからだ。

半次郎はあらかじめ示し合わせた通り、さゆりと島のあいまい宿へ消えた。

手代頭には一両もの小遣いを握らせて、遊女と遊ぶからと偽りを言い含めての動きである。もとより吉之助は、半次郎とさゆりが好き合っているなどとは考えもしなかった。

「朝飯までには帰ってきてくださいよ」

煙草のヤニで黄色く染まった歯を見せて、半次郎に笑いかけた。

お嬢が半次郎さんと一夜を共にする。

ただひとり、それを知っていたのは佐五郎である。やり場のない苛立ちに背中を押されて賭場に向かった。

「お仲間と飲み食いするときには、恥ずかしくねえように気張ってこい」

木々兵衛は小遣いとして三両のカネを佐五郎に渡していた。一文たりとも遣い残して帰ってくるなと、きつく言い含めた三両だった。

佐五郎はその三両すべてを駒に取り替えた。賭場には一分（四分の一両）の杉札もあったが、佐五郎は三両を樫札三枚と取り替えた。

「まさにあんたは、あたしが見込んだ通りの男だ」

寸兵衛は一両札しか手にしない佐五郎に感心していた。

三両をあっさり負ければ、気持ちがすっきりするに違いない。

稼いだ給金ではなく、木々兵衛から手渡された小遣いである。ちびちび使わず、思いっきり賭場で負ければいいと考えていた。

最初は丁に一両賭けて負けた。

次も丁に一両賭けて、また負けた。

わずか二回の勝負で、佐五郎は月の給金と同額を失った。しかしさゆりを思って息詰まりそうだった気分が、わずかに晴れた。

残った一枚を、また丁に賭けた。

「一一《ぴんぴん》の丁」

三度目で勝ち目が出た。二枚になった樫札を、佐五郎はそのまま丁に張った。

「四六の丁」

二枚が四枚になった。そのあとは思いつくままに丁半の目を変えて張った。勝った駒札は一枚も引っ込めず、そのまま賭けた。

四枚が八枚に。八枚が十六枚に。十六枚が三十二枚に。五回続けて勝ったときには、三十二枚の樫札が積み重ねられていた。

佐五郎は早く負けたいと想いながら、賭けを続けた。目の前にあるのは樫の札で、小判ではない。それゆえ数が増えても、気持ちが昂ぶることはなかった。

勝てば勝つほど、いまさゆりがどうしているかに気持ちが走った。それを思うと、苛立ちで動悸が速くなった。

負ければ気持ちがすっきりする。そのことは、始まりに二回続けて負けたときに味わい済みだった。

早く負けたいがために、駒札を取り置く気など毛頭なかった。増えた駒を、そっくり賭けることを続けた。

出方や若い衆の目つきが鋭くなっているのは感じていた。隣の寸兵衛が粘りつくような目を向けるのにも、げんなりしていた。

目を閉じたら、黄八丈を着たさゆりの姿が浮かんだ。嬉しいことにそのさゆりは、佐五郎に向かって微笑んだ。

この勝負を負けて終わりにできる。

さゆりの微笑みを見て、佐五郎は気持ちが晴れ晴れとした。

負けてケリがつく。

佐五郎は迷わず半に賭けた。なにかがひらめいたわけではない。ただ、奇数の半に賭けたかっただけである。

「五二《ぐに》の半」

出方が出目を告げたとき、四ツ（午後十時）の鐘が賭場に流れ込んできた。

「うおっ」

またもや勝ち目を当てた佐五郎に、賭場の客がうなり声を漏らした。その声と四ツの鐘の音が、盆の周りでもつれあった。

佐五郎の前に賭場の若い者が、六枚の黒札と四枚の樫札を積み重ねた。

「あまりにあんたの勝ちっぷりが見事だから、負けても口惜しさが湧いてこない」

寸兵衛は正味で佐五郎を褒めた。

「四ツでやすんで、四半刻（三十分）の中休みとさせてもらいやす」

夜食の支度ができておりやすからと、若い者が広間へ客を誘い始めた。

「あたしも腹ごしらえをしてこよう」

十三枚の樫札を両手に持ち、寸兵衛は盆の前から立ち上がった。寸兵衛が離れたあと、間をおかずに若い者が佐五郎の耳元に口を寄せた。

「貸元がお呼びでやすんで、あっしについてきてくだせえ」

駒札はそのままでいいと、若い者は付け加えた。佐五郎は言われるままに、若い者について賭場の奥に向かった。

祐五郎は神棚を背にして、長火鉢の前に座っていた。

「いい勝ちっぷりだ」

佐五郎が座るなり、祐五郎のほうから話しかけた。佐五郎は臆することなく、貸元を見ていた。

「いい勝ち方ができているうちに、カネを持ってけえんなせえ。あんたが泊まってる宿まで、うちの若い者に送らせよう」

勝ち逃げこそが、賭場で勝つ唯一の手立てだと祐五郎は言い聞かせた。

「あんたの賭け方を見ていた出方は、勝負に負けたがっているようだと言っている」

祐五郎の目に強い光が宿された。

「あと一番やれば、あんたは望み通り負けるだろうが、それじゃあつまらねえ」

小判六十四枚から賭場の寺銭一割五分を差し引きして、五十四両一分を渡す。そのカネを江戸まで持ち帰れと祐五郎は言い渡した。

「分かりやした」

佐五郎は貸元にあたまを下げた。

負けたがっていることを見破った賭場の眼力に、逆らう気はなかった。

「あんたは堅気の職人さんだ、二度と賭場には近寄るんじゃねえ」

穏やかな物言いだったが、佐五郎はこの夜、初めて賭場で背筋を震わせた。

宿まで送ってきた若い者に、佐五郎は小判三枚もの心付けを渡した。元金として賭場に持ち込んだ金高だった。

大きなカネが動く賭場でも、三両の心付けは桁違いの多額だったらしい。

「二度と会うことはねえでしょうが、お達者で」

若い者は深い辞儀をして賭場へと帰った。

提灯《ちょうちん》が坂道を曲がるまで、佐五郎は見送っていた。

五

「折り入っての話をさせてもらいてえんでやすが……」

佐五郎がしゃべると、口の周りの湯気が白く濁った。それほどに凍えのきつい十一月八日、鞴《ふいご》祭りの明け六ツ（午前六時）どきだった。

話があると言われた木々兵衛は、佐五郎に取り合わず歯磨きを続けた。浅草橋の依田屋で買い求めた総楊枝《ふさようじ》を使う歯磨きだ。

シャキ、シャキ、シャキ。

井戸端に立っている佐五郎は、木々兵衛が歯磨きをやめるのを待っていた。

鞴祭りは鍛冶屋や鋳物師《いもじ》など、仕事に鞴を使う者が行う祭りだ。祭神は金屋子《かなやこ》神か、江戸のどこにでもある稲荷神のいずれかだ。

鞴祭りには装束を調えた鍛冶屋が二階に上がり、町内のこどもにミカンをばらまくのが決まりとされていた。

遠い元禄の昔に紀伊国屋文左衛門は、嵐をついて紀州からミカンを運んだ。それも鞴祭りに間に合わせるためだった。

木々兵衛は高橋の鍛冶屋から、鮫小紋の風呂敷誂えを頼まれた。今年が三十周年の鍛冶屋は、得意先に配る引き出物に風呂敷を誂えようと決めた。

しかし鞴祭りまで二カ月も残っていない、九月中旬のことである。

正月に向けての仕事が重なっていたときだし、木々兵衛は娘にかかわる揉め事を抱えた真っ最中だった。

が、誂え仕事を木々兵衛は引き受けた。

鍛冶屋とは古い馴染みだったし、木々兵衛の腕を見込んでの注文だったからだ。

何日も夜鍋仕事を続けて、なんとか型彫りは仕上げた。真蔵と田助も、鮫小紋彫りを手伝った。

下絵はもちろん、佐五郎が仕上げた。

風呂敷屋から染め上がりが鍛冶屋に届けられたのは、祭りの前日というきわどさだった。

が、ともあれ納めは間に合った。木々兵衛と鍛冶屋の両方から祝儀をもらった真蔵と田助は、昨日の夕刻から泊まりがけの遊びに出ている。木々兵衛が七日から九日まで、三日の休みを与えたからだ。

佐五郎も、休みも祝儀ももらっていた。

が、思うところがあって、そのまま宿《うち》に居残っていた。

明け六ツの歯磨きに、今朝は木々兵衛と佐五郎しか井戸端にいなかった。

もとよりいかつい顔つきの木々兵衛だが、今年の七月以降はただの一度も笑ったことがない。

歯磨きを終えて佐五郎に向けた顔も、仁王のように険しかった。

「なんでえ、折り入っての話てえのは」

佐五郎は答える前に、丹田に力を込めた。

「お嬢と所帯を構えさせてくだせえ」

一気に言葉を吐き出した。白く濁った湯気の塊が、四方に向けて揺れた。

「もういっぺん言ってみろ」

木々兵衛の顔つきがさらに険しくなった。もともと木々兵衛は、佐五郎には愛想のかけらもない物言いをした。今朝はしかし、弟子を脅すような口調だった。

声は低いが、ずいずいに尖っている。木々兵衛の物言いが聞こえたらしく、おちかが井戸端に顔を出した。

佐五郎は目の端におちかを捉えたが、構わずにもう一度同じことを言った。最初のときより口調が力強かったのは、おちかが井戸端にいたからだ。

井戸端に出てきたおちかに、木々兵衛も気づいたらしい。女房に目を向けると、つかの間、ふたりの目がからまり合った。

しかしなにも言葉は交わさぬまま、木々兵衛は佐五郎に目を向けた。

「おめえはまだ顔じゃねえ」

ぶっきらぼうに言い放った木々兵衛は、雪駄の尻金《しりがね》を打ち鳴らして井戸端を離れた。おちかも連れ合いのあとを追って、宿のなかに入った。井戸端を離れる前にちらりと佐五郎を見たが、なにも言わないままだった。

おめえはまだ顔じゃねえ。

木々兵衛が吐き捨てた言葉だけが、井戸端に居座っていた。


江ノ島の旅を終えたあとも、さゆりは月に二度、吉野屋に出向いた。新しい誂えの掛け合いがあるというのが、出向く理由だった。

娘が半次郎といい仲だとは、ひと一倍目利きのおちかですら見抜けてはいなかった。

さゆりの言いわけが嘘にならないように、半次郎もせっせと新たな注文を出した。

天保七年の梅雨は、うっとうしいほどに雨を降らせた。が、五月も十日を過ぎたころからは、梅雨明けが近いと感じさせるような晴れ間も生まれた。

五月十三日も、雨と晴れとが行き違う一日となった。吉野屋に出向いたときは雨降りだったが、七ツ前の帰り道はきれいに晴れ上がっていた。

しかしさゆりの顔つきは、土砂降りに遭ったかのように深く沈んでいた。

帰り道は大川端を万年橋まで歩いた。大きな回り道だったが、さゆりに強く言われたからだ。

真ん中が大きく盛り上がった万年橋を北に渡るなり、さゆりの足が止まった。

強い西日が、川端の柳の小枝を照らしている。立ち止まったさゆりは、柳の葉を摘んだ。

「半次郎さんが、集金したおカネを落としたらしいの」

五月と六月は、節季払いの掛け取りの時季だ。箱崎の大名屋敷から受け取った四十両の大金を、半次郎は落とすか掏摸《すり》取られるかしたという。

「奉公人の手前もあるから、半次郎さんは自分で埋めなければと悩んでいるの」

佐五郎と吉之助が揃って四半刻ほど中座した隙に、半次郎はこの話をさゆりにしていた。

かならず返すから、いっとき用立ててくれないかと、半次郎は泣きついていた。

「どうしたらいいの、佐五郎さん」

木々兵衛に話せば四十両ぐらいなら用立てはできる。しかし木々兵衛にふたりの仲がばれたら、もう使いには出してもらえなくなる。

なにか妙案はないかと、さゆりは潤んだ目で佐五郎を見詰めた。

「おれがわきから融通してもらいやす」

「えっ……」

さゆりは息を呑んだような目になった。まさか佐五郎が四十両ものカネを工面でき

ると は、考えてもいなかったからだ。

「余計なことは訊《き》きっこなしで、おれに任せてくだせえ。明日のいま時分、七ツまでには工面してきやすから」

柳行李の底に隠しておいたカネから四十両を取り出し、翌日の井戸端でさゆりに手渡した。

「利息は無用。四十両がまとまったときに返してもらってくだせえ」

カネに言伝《ことづて》を添えて、さゆりに渡した。さゆりは両目に涙を浮かべて受け取った。

涙はしかし、半次郎を思っての嬉し涙だ。そのことを佐五郎はわきまえつつ、さゆりを見詰めた。

半次郎の話はすべて偽りだった。

不意に持ち上がった縁談を滑らかに運ぶために、親も知らない外の女と切れた。四十両は、その手切れ金だったのだ。

さゆりがまことを知ったのは、カネを渡して一カ月も経たない六月中旬のことだった。

「ごめんなさい、佐五郎さん」

万年橋のたもとで、またもや柳の葉を摘んだ形でさゆりは詫びた。

「なんてえ野郎だ」

怒りが煮えたぎったが、吉野屋は大事な得意先である。正面から怒鳴り込むこともできなかった。

「ゼニはおれがケリをつけやすから」

四十両は忘れて、傷んだこころを治してくだせえとしか、かける言葉がなかった。

これでお嬢は、半次郎と切れる。

四十両は手切れ金でくれてやらあ。

胸の内で佐五郎は半次郎を怒鳴りつけた。

その日の夜、一日も早くさゆりのこころの傷口にかさぶたができるようにと、高橋稲荷に願掛けをした。

しかし願いはうまく届かなかった。

七月初めに、さゆりは石見銀山（殺鼠剤）を服毒した。幸いにもおちかの発見が早く、なんとか一命は取り止められた。

しかし町内でも評判の器量よしだけに、うわさはたちまち広まった。

おちかは仲居時代の朋輩の伝手《つて》を頼み、さゆりを押上村の養生所に移した。

芸者や仲居のなかには、男女のもつれで自らをあやめようとする者が少なくない。

さゆりを移した先は、こころや身体に深手を負った女を立ち直らせる養生所だった。

さゆりがいなくなって、すでに五カ月が過ぎていた。

おめえはまだ顔じゃねえ……木々兵衛の言葉が、あたまのなかを暴れ回っていた。

顔ではないというのは、その資格がないという意味だ。職人にとっては、なにより も手厳しい叱り言葉だ。

そこまで言うことはねえだろうが。

部屋に戻った佐五郎は、兄弟子のいない十畳間に仰向けに寝転んでいた。部屋には 凍えが充ちている。

息を吐くと、部屋のなかでも白く濁った。

佐五郎は仰向けのまま目を閉じた。

六

「どちらもどちらも、存分に賭けてくだせえ」

四月の江ノ島と寸分違わぬセリフを、平野町の出方が張り上げていた。

佐五郎の膝前には、十二枚の樫札が積み重ねられていた。駒札まで江ノ島の賭場と 同じで、樫が一両、漆黒が十両である。

「ほんとうにおめえは、二両ずつ賭ける気なのか？」

兄弟子の田助に問われた佐五郎は、わずかなうなずきで答えた。

ふたりが横並びに座しているのは、平野町の貸元黒鹿《くろしか》の初蔵《はつぞう》の賭場である。連れてきた田助よりも、連れてこられた佐五郎のほうが堂々と背筋を伸ばして座っていた。

鞴祭りの今夜は物日《ものび》だけに賭場の客が多い。長さ二間半（約四・五メートル）の盆の前には、一尺足らずの隔たりで十五人の客が座していた。田助は肩をすぼめていたが、佐五郎は胸も肩と肩とがくっつきそうな狭さである。田助は肩をすぼめていたが、佐五郎は胸も背筋も張っていた。

「まったくおめえが、賭場に慣れていたとは夢にも思わなかったぜ」

田助は三度目の同じつぶやきを漏らしてから、キセルに刻み煙草を詰めた。

百目ろうそくが二十本も灯された賭場は、隅々まで明るい。しかし佐五郎を除いたすべての遊び客が、ひっきりなしに吹かす煙草で、賭場は紗《しゃ》の幕を張ったかのような薄明かりになっていた。

「どちらもどっちも、どちらもどっちも」

出方が賭けを促している。田助は散々に迷った末に、一分の杉札二枚を丁に張った。

出方はその札には目もくれず、さらなる賭けを煽り立てた。

佐五郎は田助と逆目の半に、樫板二枚を張った。田助から大きな吐息が漏れた。

田助が宿《うち》に戻ってきたのは、暮れ六ツの鐘が鳴っているさなかだった。

「やっぱりいたか」

遠州行灯《あんどん》一張りの薄明かりのなかで、佐五郎は炬燵《こたつ》に足を入れてぼんやりしていた。

「どうして出かけねえんだと、うっとうしいことは訊かねえ」

炬燵に足を突っ込んだ田助は、右手で盃をあおる真似をした。

「一杯ひっかけてよう。頃合いになったら、サイコロ博打で遊んでみねえか」

鍛冶屋と木々兵衛から、田助は一両ずつの祝儀をもらっていた。

「その賭場は、一分から遊ばせてくれるからよう。おめえも一両や二両なら、遊びに突っ込めるだろうが」

「行きやしょう」

誘った田助が驚いたほど、佐五郎はあっさりと受けた。

その時佐五郎は、想いを断ち切ろうと決めていた。

養生所でどんな容態なのか、佐五郎には知る手立てがない。ひたすら案ずることしかできなかった。

さゆりが石見銀山を服毒したことは、もはや町内で知らぬ者はいない。たとえ養生所から戻ってきたとしても、縁談を持ちかけてくる先は皆無だろう。

それを思うと、佐五郎はさゆりを不憫で愛しくすら思った。鍛冶屋の急ぎ仕事をこなすために夜鍋仕事を続けていたとき、下絵を描きながらさゆりを思った。

こころが乱れて、二度も下絵描きをしくじった。

風呂敷が鞴祭りの前日に鍛冶屋に納められたとき、木々兵衛は三人の弟子に三日間の休みを許した。

それを聞いた刹那、佐五郎は木々兵衛にさゆりと所帯を構えさせてほしいと願い出ることを決めた。

兄弟子ふたりは、泊まりがけで出かけるに決まっていると判じたからだ。

佐五郎が考えた通りにことは運んだ。そして、これも考えていた通りに、木々兵衛にさゆりと所帯を構えさせてほしいと願い出た。

厳しい言葉で弾き飛ばされた。

あれこれ思い返している途中で目を閉じた。

黄八丈を着て笑っているさゆりが浮かんだ。

その姿を見て、佐五郎はひどく落ち込んだ。

あの長着を着ていたさゆりは、半次郎を喜ばせたい一心だった。四月の陽を浴びてはじけるような笑みを浮かべていたのも、半次郎を想ってのことだった。

脳裏に浮かんだ笑顔がすこぶるきれいだっただけに、佐五郎の落ち込み方も激しかった。

まだ顔じゃねえと、木々兵衛は言った。

あれは、腕がまだ未熟だと叱ったわけではない。さゆりには釣り合わない、さゆりに縁談を申し込める顔ではないと言ったに違いない……佐五郎は、そう察した。おちかも同じ思いだったからこそ、なにも口添えをしてくれなかったのだ……そこに思い当たったあとは、なにをする気も失せた。

ぼんやりと炬燵に足をいれて寝転がっていたら、田助が帰ってきた。そして賭場に誘われた。

柳行李の底には、まだ十両以上のカネが残っている。江ノ島でさゆりの笑顔を思いながら賭けて、大勝ちしたカネの残りだ。

四十両はすでに半次郎に遣った。半次郎というよりは、さゆりのために遣ったカネだ。

残りの十数両も、きれいさっぱり遣い果たそう。そして、さゆりへの未練を断ち切ろう。

このカネを遣い果たせば、さゆりとつながるものは、もうなにも残らない。

いっそのこと木々兵衛の元を離れて、よその親方につこうかとも考えた。

木々兵衛はまだ顔ではないと言う。しかしよそなら彫りの腕を買ってくれるだろう。

きれいさっぱり負けて、後腐れなしに海辺大工町を出よう。

一瞬のうちにそう決めた佐五郎は、田助の誘いを受けた。賭場で十二両を駒札に取り替えたら、田助は目を見開いて驚いた。

しかしカネの出所は、ひとことも問わなかった。田助には兄弟子の見栄があったからだ。

賭場は遊びの場である。遊ぶカネをどう工面したかと問うのは、下司《げす》のきわみだった。

佐五郎は三度続けて負けた。駒札が六枚に減っていた。

常に佐五郎の逆目を張っている田助は、杉板が十枚の山を築いていた。

四度目の勝負にも、佐五郎は樫札二枚を賭けようとした。札に手を伸ばそうとしたら、若い者が耳元でささやいた。

「貸元がお呼びでやす。駒札はそのままにして、ついてきてくだせえ」

江ノ島と同じような展開になった。

尻を浮かせて驚いている田助を残して、佐五郎は帳場を通り抜けた。

貸元の部屋には江の島の祐五郎が座っていた。

七

「あんたが木々兵衛さんの弟子だったというのも、巡り合わせというほかはない」

祐五郎は黒鹿の初蔵に断りを言ってから、八畳の客間に移った。初蔵配下の若い者が、すぐさま酒肴の載った膳ふたつを運んできた。

「おれは三十路《みそじ》に差しかかるまでは、ここの賭場で代貸を務めていた。いまの貸元は、おれと兄弟の盃を交わした男だ」

祐五郎は自分の口で平野町とのかかわりを明かした。賭場を仕切る貸元が、親子兄弟の盃も交わしていない男に素性を明かすなどは、尋常ではあり得ないことだ。

渡世人の世界に通じてはいない佐五郎にも、それは分かった。両手を膝に載せて、祐五郎を見詰めていた。

運ばれてきた酒を手酌で満たした祐五郎は、ぐびっと音を立てて飲み干した。佐五郎にも酒を勧めたが、手酌でやれとここの場の作法を教えた。

「あんたが木々兵衛さんの弟子でなけりゃあ、聞かされたことにうなずいてもいいが、親方があのひとだと分かったいまは、話は別だ」

祐五郎は長着の袖を突き出して見せた。

客間にも百目ろうそくが四隅に灯されている。祐五郎のあわせは渋い鼠色の無地だが、ろうそくの光が当たると艶を見せて光った。

佐五郎の顔つきが変わった。

「親方の鮫小紋でやしょう?」

「誂えて二十五年が過ぎたが、見事な艶はいささかも褪《あ》せていない」

木々兵衛でなければ描けない鮫小紋だと、祐五郎は断じた。佐五郎に異存のあるはずがない。深くうなずいた。

「あんたの親方も、連れ合いのおちかさんも、まさにこの鮫小紋のようなひとたちだ」

祐五郎の言った意味が、佐五郎にはうまく呑み込めなかった。

「遠目には無地だが、近寄れば見事な細工だと分かるのが小紋の値打ちだな？」

「へいっ」

短く、きっぱりと佐五郎は答えた。

「木々兵衛さんもおちかさんも、見た目と正味とはまるで別物だということだ」

遠目に見た木々兵衛は無愛想一本槍で、笑うことすら知らない男に見える。しかし身体の内を流れる血は、うかつに触るとやけどするほどに熱いはずだと祐五郎は判じていた。

「柳橋にいたころのおちかさんは、客の目利きには図抜けた仲居だった。血の熱いことでも抜きん出ていた」

熱い血の者同士がひとつに溶け合って所帯を構えたのだと、祐五郎は話を続けた。

「これから話すことは、あんたの話をもとにして、おれが推し量ったことだが」

祐五郎の両目が強い光を帯びた。

二度と賭場には近寄るなと、江ノ島で諭したときと同じ目の光だった。

「それほど外れてはいないだろう」

盃をもう一度満たし、飲み干してから祐五郎は話を続けた。

「娘が石見銀山を呑んだあとで、木々兵衛さんとおちかさんは、娘から洗いざらい聞き取ったはずだ。そのなかには、あんたが用立てた四十両の話も含まれているはずだ」

佐五郎を伴って出向いた吉野屋の商談が、ふたりの逢瀬の隠れ蓑に使われていたこと。

江ノ島のあいまい宿で一夜を過ごすために、佐五郎をダシに使って旅の供に名指したこと。

そんな目に遭いながらも、佐五郎は堅く口を閉ざしてきたこと。

それらのすべてを木々兵衛とおちかは娘から聞き出していると、祐五郎は読んでいた。

「おちかさんは、あの通りの気性だ。娘があんたをダシに使ったこと、とりわけあんたが娘を好いているその想いを、都合よくつまみ食いして思い通りに従わせた娘の所業を、ひどく恥じているはずだ」

　所帯を構えたいと願い出たとき、木々兵衛は強い言葉で弾き返した。その場に居合わせながら、おちかはひとことも取りなしを言わなかった。

「あんたに済まないと思っているからこそ、なにも取りなしを言わなかったのだろう」

　祐五郎の見立てに得心のいかないない佐五郎は、いぶかしげに思う目の色を隠さなかった。

「娘があんたのことをどう思っているかも、おちかさんはしっかり聞き出しているはずだ。あんたには気の毒だが、まだ娘は半次郎への想いを捨て切れてはいないだろう」

　おちかは、養生所でその毒をすっかり吐き出した娘に佐五郎への気持ちを確かめる気でいる。

　木々兵衛もまったく同じ考えだ。それゆえに所帯を構えたいと願い出たとき、娘の気持ちはどうなんだと問わなかった。それを問うと、佐五郎に恥をかかせることになると案じたからだ。

　さゆりがどう思っているかにはかかわりなく、佐五郎には鮫小紋彫りの腕を磨かせたいと、木々兵衛は思っている。

佐五郎なら、かならずやれると見抜き、そして信じているはずだ。

半次郎の毒が抜けたと分かったときに、おちかはさゆりを連れて帰ってくるだろう。

さゆりへの想いを断ち切るのは、その姿を見てからでもいいだろう……祐五郎は佐五郎を見詰めたまま、盃を干した。

「腕利きの型紙彫り職人が、遠目に見える無地だけを見ていてはしょうがない。木々兵衛さんもおちかさんも近くでみれば、見事な鮫小紋を描いているぞ」

静かな口調で言い終えたところに、若い者が入ってきた。寺銭なしで両替した小判六枚を、半紙を敷いた朱塗りの盆に載せていた。

「心付けを渡すのは、まだあんたの顔じゃない。鮫小紋彫りを任されたら、存分に祝儀を弾んでもらおう」

祐五郎は小判六枚を紙入れに収めさせた。

「兄弟子には、あとで若い者から話を通しておく。木戸が閉まる四ツ（午後十時）には、まだ充分の間がある」

賭場を出て宿に帰れ。

もしもまた賭場に顔を出したら、根こそぎ有り金をむしり取る。

口を閉じた祐五郎の目には、もはや甘さのかけらも見えなかった。

一礼してから佐五郎は賭場を出た。

真冬の空には、無数の星がちりばめられていた。
が、藍色の地に鮫小紋を描いたというには、星の数が少な過ぎた。
いまのおれの腕は、あの程度だぜ。
半纏の襟元を閉じ合わせた佐五郎は、高橋に向けて歩き始めた。
遠からず藍染めの空に、おれの型紙で鮫小紋を描いてみせる。
佐五郎は胸の内で強く言い切った。
星が流れて佐五郎に応えた。

お燈まつり

一

今朝の寒さは半端じゃねえ……。

拭き掃除を始めるなり、光太朗《こうたろう》からつぶやきが漏れた。

桶にたっぷり注がれているのは井戸水だ。この水よりも仕事場の気配のほうが、はるかに凍えているのだろう。

湯を注いだわけでもないのに、桶から弱々しい湯気が立ち昇っていた。

文化四（一八〇七）年十一月十七日、明け六ツ（午前六時）過ぎ。冬至の今朝は、紀州新宮の町に届く朝日もひときわ頼りなかった。

光太朗が江戸から新宮に移って、丸三十日目の朝である。

「新宮のそばには、あったけえ黒潮てえのが流れてるからよう。真冬でも氷が張ることはねえそうだ」

新宮に出向くと決めた日に、光太朗は兄弟子の佐多次《さたじ》からこう教わった。

冬に差しかかろうとする時季の旅立ちを、佐多次なりに案じたのだろう。光太朗が乗る七日船《なのかぶね》の廻漕問屋に出向き、新宮の様子を聞き込んできてくれた。

紀州新宮は、熊野杉の積み出し湊《みなと》である。良質な熊野杉は、江戸でも重宝がられた。

新宮と江戸を、わずか七日で結ぶ材木廻漕船が七日船である。船倉に空きがあれば、七日船は船客も乗せた。

わざわざ廻漕問屋まで出向いたが、佐多次の聞き込みは中途半端なものだったらしい。

「氷が張らねえなどは、とんでもねえ嘘っぱちだわなあ。五寸（約十五センチ）の雪も、冬の間には積もることもあるでよ」

光太朗が江戸で仕込んだ話を、新宮の仕事仲間は嗤《わら》い飛ばした。

十一月に入ると、この町の寒さは本気で牙を剝いた。

二十四節気の大雪《たいせつ》は十一月三日だった。律儀に暦に従ったわけでもないだろうが、大雪の朝に初氷が張った。

その後も朝の凍えは続いている。

傘の図案描きでは、仕事仲間に一歩もひけをとらない光太朗だ。しかし十月中旬に江戸から移ってきた新参者である。朝の仕事場の拭き掃除は、新たな職人が入ってくるまでは光太朗の務めだった。寒さを我慢して、桶に雑巾をつけた。

傘張りの仕事場は湯気を嫌う。ゆえにどれほど凍えていても、拭き掃除に湯は禁物だ。

江戸の仕事場でも、真冬の拭き掃除はこなしてきた。が、朝の拭き掃除から放免されて、すでに三年が過ぎていた。

二十七であらためて始めた、真冬の朝の雑巾がけである。

強く絞ろうとしても、かじかんだ指先はうまく動いてはくれなかった。

新宮にきたのは間違いだったのか？

思わず、自分の胸に問いかけた。

わっしょい、わっしょい。

深川富岡八幡宮の神輿のかけ声が、あたまのなかで響き渡った。

わっしょい、わっしょい。

間違いかと問いかけたことへの、これが答えのようだった。

元禄時代から、蛇の目傘が江戸で大流行を始めた。京から江戸に下ってきた僧侶たちが等しく蛇の目傘を使っていた。

蛇の目は傘の真ん中とヘリに、紺色の土佐紙を張っていた。そしてヘリと真ん中の中間部には、白紙を張った。この作り方が蛇の目傘の特徴だった。

開くと太い輪の蛇の目模様があらわれる。そこから、蛇の目傘の名が生まれた。

京の僧侶たちがこの傘を持ち込んでくるまでは、渋紙を竹の骨に張った番傘が江戸の傘だった。

とはいえ、江戸で拵《こしら》えていたわけではない。

大坂の大黒屋が作り始めた「つんぼ傘」を、江戸では番傘と呼んだ。

エゴマの油を引いた傘の紙は分厚く、竹骨の削りが粗い。いかにも大坂商人の拵えというべきか、安価で実用だけを考えた傘だ。

傘の差し渡しは三尺八寸（直径約一・一五メートル）で、骨の数は五十四本。柄《え》の長さは二尺六寸（約七十九センチ）というのが番傘の定番だった。

粗末な拵えだが、他に替えの品はない。大店《おおだな》の当主といえども、できのいい番傘を使うほかはなかった。

商家の奉公人ももちろん使ったし、いきなり降りだした雨の折りには客に貸し出すこともした。

貸し出し傘の紙には、屋号や番号を描いた。

「おめえも高田屋で借りたのかよ」

「おれのは丑の三番だ、おめえより若えや」

傘に番号が描かれていたのが、番傘と呼ばれる由来となった。

元禄時代に京から江戸に出向いてきた僧侶が、江戸の傘模様を塗り替えた。雨降りの町を、従者を引き連れて行く京の僧侶。手には紺色も鮮やかな蛇の目傘が握られていた。

「見ましたか、あの傘を」

「いやあ、驚きました」

無地の番傘しか持っていなかった大店の当主たちは、ひとしきり蛇の目傘の鮮やかさを語り合った。

日本橋室町の雨具屋吉羽屋は、寛文九（一六六九）年九月に創業した。

元禄以前から京との取引を持っていた吉羽屋は、他の店に先駆けて蛇の目傘作りの職人十人を江戸に招き寄せた。

傘張り職人に加えて、紙と渋の吟味役四人も江戸に呼んだ。

蛇の目傘にはエゴマ油ではなく、柿渋を塗った。これにより雨の弾き方も強くなった。また色染めした紙に柿渋を重ね塗りすることで、傘の色味が豊かになった。

江戸前の蛇の目傘を拵えた吉羽屋は、大店の当主と粋筋の芸妓《げいぎ》衆に狙いを定めて売り込みをかけた。

「てまえどもが拵えます蛇の目傘は、京の品に一歩もひけをとりません」

「深紅の傘は、かならず柳橋でも大きな評判となるはずです」

吉羽屋の狙いは的を射た。

「雨のなかを歩く姿があんまり艶っぽいもんでよう。見とれたおれっちは、どぶにはまっちまったぜ」

小豆色や深紅の傘の鮮やかさに、多くの者が目を剝いて驚いた。

吉羽屋に続けとばかりに、他の雨具屋も京から職人を招き寄せた。が、吉羽屋は常に一歩も二歩も先を行った。

給金を惜しまずに、腕のいい傘張り職人を雇い入れ続けたからだ。

光太朗も、腕を見込まれて吉羽屋に雇われた職人のひとりである。

深川黒江町の裏店《うらだな》で生まれた光太朗は、周りから絵心があると言われて育った。

十五歳の一月、深川大島町の絵師小野田寿齋《じさい》から弟子入りを許された。

寿齋は絵師といっても絵画を描くことはせず、看板などの図案を得手とした。

光太朗は寿齋の元で絵画と図案の両方の稽古をつけられた。

弟子入りして七年目、享和二（一八〇二）年の夏に、吉羽屋への奉公が決まった。

寿齋の強い推挙があってのことである。

二十二歳は、すでにおとなだ。しかし吉羽屋の職人十人のなかでは最年少だった。

元禄時代に京から十人の職人を招き寄せたことにちなみ、吉羽屋の職人は常に十人に限られた。

「吉羽屋十人衆に名を連ねることができれば、傘職人としては一流のなかの一流だ」

その十人衆の末席に、光太郎は座すことを許された。

仕事場は三十畳大の板の間だ。本石町の刻《とき》の鐘が明け六ツを撞《つ》くなり、広い板の間の拭き掃除を始める。

これが職人末席に座る者の務めだった。

奉公を始めて二年後の享和四年二月十一日に、元号が文化と改元された。

「鼈甲問屋の堀塚屋さんが、改元祝いに傘をお配りになるそうだ」

新たな図案を考えるようにと、番頭から職人に指図があった。腕の見せ所とばかりに、職人十人は張り切った。

最年少でも、図案は何点でも番頭に示すことができる。光太郎は三点を思案した。

なかの一点、高価なベンガラを惜しげもなく使った『ベンガラ蛇の目』が、堀塚屋の当主に気に入られた。

吉羽屋が別誂えした蛇の目は、一本銀十二匁（八百文）で客先に納められた。職人たち九人は、だれもが十二匁で儲けの出せる図案を考えた。

光太郎は改元祝いの品ということに目をつけて、納め値は考えにいれなかった。

仕上がったベンガラ蛇の目は、一本あたり二十二匁という高値になった。

堀塚屋は創業百二十年を超える老舗で、江戸でも抜きん出て一番の鼈甲問屋である。

「ベンガラの鮮やかさは、うちの鼈甲のよさを表してくれる」

「世にふたつとない傘は、屋号を描いてなくても、うちのなによりの広目《ひろめ》（宣伝）だ」

大喜びをした堀塚屋当主は、当初予定の倍の本数、四百本の誂え注文を出した。

一本二十二匁で四百本。実に百五十両に届かんばかりの大商いとなった。

この年の七月、職人のひとりが京に上ることになった。入れ替わりに二十三歳の職人が入り、光太朗の席次がひとつ上がった。

図案が採用され席次が上がり、嬉しいことが続いた。八月には、さらに大きな喜びが加わった。

この年は三年に一度の富岡八幡宮本祭りの年だった。享和から文化へと改元された年でもあり、いつもの本祭り以上に大きな盛り上がりとなった。

新造の町内神輿二基が加わり、三基の宮神輿と合わせて十基の神輿が新大橋と永代橋を渡った。

富岡八幡宮本祭りの呼び物、神輿連合渡御である。いつもの年より二基も多い神輿が、大川を東西に行き来するのだ。

しかも橋の真ん中では、どの神輿も高く持ち上げる『差し』の技を披露した。

「十基も差しをやるとは知らずにきたが、なんとも豪勢な祭りじゃないか」

「次の本祭りが、いまから待ち遠しいね」

新大橋と永代橋を埋めた見物客は、豪壮な差しを見て歓声をあげた。

深川生まれの光太朗は、根っからの祭り好き・神輿好きである。

うっかり怪我でもしたら、仕事に障りを生ずる。それを案じて、神輿に肩を入れることはしなかった。が、永代橋の上で豪快な差しに見とれた。

富岡八幡宮の本祭りには『水掛け祭り』の別名がある。神輿に向けて、凄まじい水を浴びせかけるからだ。

水を浴びると神輿の鳳凰が喜び、黄金色の翼を大きく揺らした。永代橋の上といえども、水掛けは容赦がない。下を流れる大川の水を桶で汲み上げ、そのままぶっかけた。

見物客は、水しぶきを巧みによけた。

光太朗もよけるのは慣れていたが、このときは履き物が滑り尻餅をついた。転ぶとき、わきに立っていた娘も巻き込んだ。

ふたり揃って尻から落ちたところに、まともに水がかぶさった。

「ねえさんまでずぶ濡れにさせちまって」

詫びたのが、おみさとの付き合いの始まりとなった。

門前仲町の乾物屋の次女おみさは、当時十七歳。二十四の光太朗とは七つ違いだった。

元々が深川生まれの光太朗である。おみさも神輿が大好きだったこともあり、すこぶるうまがあった。

文化二年、文化三年、文化四年と三年続けて、ふたりは富岡八幡宮に初詣をした。

「今年は本祭りの大事な年だが、おれにとっても大きな節目の年だ」

十二月には通い職人を許してもらえると、光太朗は明かした。

通いを許されれば、外に所帯を構えることができる。もらっている給金は、月極《つきぎめ》で一両二分。一年十八両の実入りがあれば、充分におみさを食わしていけた。

「来年の正月は、ふたりで初日の出を拝もうじゃねえか」

おみさは強くうなずいて光太朗に応えた。

光太朗はいままで以上に仕事に打ち込み、まずは八月のおとずれを指折り数えて待った。

今年が、富岡八幡宮の本祭りだったからだ。

ふたりが出会えるきっかけとなった、永代橋真ん中の差し。

「手をつないで、差しを見ようぜ」

「ずぶ濡れにならないように、ね」

正月に交わした約束のひとつだった。

神輿見物のあと、おみさの宿《うち》をおとずれて両親に所帯を構える許しをもらう……そのことも、ふたりで決めていた。

神輿連合渡御の八月十九日。

この日は朝から強い残暑に見舞われた。水掛け祭りには、願ってもない暑さとなった。

前回の本祭りの評判が行き渡っており、この年の見物客は五割増しに膨らんでいた。間のわるいことに、光太朗は仕事に追われていた。急な図案の注文五点を、日暮れ前までに仕上げなければならなかった。

凄まじい人出となるのは、光太朗もおみさも分かっていた。

「橋の真ん中の、赤い擬宝珠《ぎぼし》の前で落ち合いましょう」

これがふたりの取り決めだった。

赤い擬宝珠の前は橋板が外に膨らんでおり、落ち合うには格好の場所だった。

永代橋を神輿が渡るのは八ツ（午後二時）どきからだ。おみさと落ち合うのも、八ツと決めていた。

思いのほか仕事に手間取り、光太朗が吉羽屋を出たのが八ツの鐘と同時だった。

駆け足でも、永代橋まで四半刻（三十分）はかかる。息を弾ませて、光太朗は駆け続けた。

小網町から対岸の八丁堀に渡るには、渡し船しかない。焦《じ》れながら待っているところに、向こう岸からの船が着いた。

「永代橋が落っこった」

渡し船の船頭の、潮焼けした顔から血の気が引いていた。

おみさは永代橋崩落の巻き添えとなり、命を落とした。


水桶に手をつけた光太朗は、凍えた井戸水をわざと味わった。

おみさは、水が冷たくて死んだわけじゃないよなあ……。

胸の内でつぶやきつつ、手に厳しい凍えを感じさせた。

手の痛みで、胸の痛みを忘れたいと思った。が、うまくはいかなかった。

二

「今日は阿須賀《あすか》湯が、ゆず湯をたてるからよ」

兄弟子の裕策《ゆうさく》から話しかけられた光太朗は、絵筆を持った手をとめた。

「仕事仕舞いのあとで、風呂屋に行こかいの」

「へえ……」

光太朗の生返事を聞いた裕策は、声の調子を強めて誘いの言葉を重ねた。

「ここに移ってきて一カ月になるというのに、おまはんは風呂屋に一回行ったきりやわなあ。そのあとは、内湯ばっかりだがよ」

今夜はゆず湯で、身体の芯から温まるからと裕策は風呂屋行きを迫った。

江戸の湯屋（銭湯）を、この地では風呂屋という。呼び名が違うだけではなく、湯の入り方も大きく違っていた。

江戸の湯屋は、明かり窓のない真っ暗な造りである。身体をぬくもらせたあとは、湯船を出て洗い場に移った。

洗った身体を流すには、洗い場の隅に構えられている上がり湯を使った。

ところが新宮の風呂屋は、湯船の真上に大きな明かり取りが設けられていた。

光太朗が連れて行かれたのは、新宮に到着した十月十七日の夜である。陽が沈んだあとだったが、十七日の月はまだ大きい。

明かり取りから差し込む青い月光を浴びつつ、新宮の湯につかった。

湯船を出たあと、光太朗は洗い場を探した。が、どこにも見当たらなかった。

「新宮の風呂屋は、江戸とは違うからよ」

二年の江戸暮らしを経ていた裕策は、新宮と江戸の作法の違いの伝授を始めた。

「ここでは身体を洗ったあとは、湯船の湯を身体にかけるでよ。上がり湯はないで」

大きな湯船を取り囲んで、みなが身体を洗っていた。どの顔も月明かりを浴びて青白い。

そのさまに驚いた光太朗は、その後は湯屋に行くのを控えていた。

「湯から上がったら、一杯やりに行こ」

江戸からこの地に移ってきた新参者を、なにかと世話をしてくれている兄弟子の誘いである。

「分かりやした」

光太朗は裕策の誘いを受け入れた。

冬至の夜の湯殿は、ゆずの香りが強く漂っていた。

阿須賀湯のあるじは、豪気なひとらしい。湯船が黄色く見えるほどに、ゆずを浮かべていた。

「ここの釜焚きの隆助《りゅうすけ》は、おれとはガキのころからの遊び仲間だからよ」

湯船につかる前に、裕策は湯殿の端に設けられた杉戸を開いた。

「今夜はことさらゆっくりつかるからよ。湯加減をしっかり見ちょいで」

開いた戸の先は釜焚き場だ。裕策は隆助に大声を投げた。

「まかせなーよ」

隆助から威勢のいい返事が返った。

今夜も月は明るい。久々に大きな湯船につかった光太朗は、存分にゆず湯のぬくもりを味わった。

まさにゆず湯は、身体の芯からあたためてくれるようだ。目を閉じてつかっている光太朗は、ひたいに汗の粒を浮かべていた。

「あっという間に一カ月が過ぎたでよー」

裕策は湯を動かして、光太朗の隣に移ってきた。

隆助は湯加減に気を使っているのだろう。ほどよく熱い湯は、身体を動かしてかき混ぜても食いつくことはしなかった。

「新宮に来たことを悔やんでないかえ？」

心底、光太朗を思っている口調である。

兄弟子のほうに身体を向けた光太朗は、強く首を振った。

「それを聞いて、安心したわ」

両手で湯をすくった裕策は、心地よさげに顔に浴びせた。

むら雲が月にかぶさったらしい。湯殿に差し込んでいた青い光が弱くなった。

熊野杉で拵えた湯船に背を預けた光太朗は、ふうっと息を吐き出して目を閉じた。

光太朗が働いているのは、新宮で一番大きい雨具屋神宮屋である。

江戸の吉羽屋と新宮の神宮屋とは、享保五（一七二〇）年以来、深い付き合いを重ねていた。

享保五年の春、当時の神宮屋当主と番頭、それに職人頭の三人が、日本橋室町の吉羽屋をたずねてきた。

「この傘を江戸で売ってくださらんか」

神宮屋の当主が差し出したのは、細竹で拵えた小型の山傘だった。

「熊野の山では、にわか雨がひっきりなしに降りますさけ。杣《そま》も手代も、この傘を帯にさして山に入りますよし」

江戸では見たことのない小型の傘だった。が、いかにも山仕事に使う雨具で、拵えは無骨だった。

「うちで手を加えれば、売れる傘になるやも知れません」

同席した吉羽屋の職人頭は、帯に差す傘という点に大いに気を惹かれた。

その後は吉羽屋で改良を重ねた。柄を短くし、張る紙を薄手の丈夫な土佐紙に替えて仕上げた。

これが享保七（一七二二）年に吉羽屋が売り出した『細傘』である。

「空の様子がいまひとつだからよう。一本、差してきねえ」

「がってんだ」

吉羽屋が売り出すなり、曇り空の日には腰に細傘を差して歩くのが大流行となった。

細傘のもとは神宮屋が持ち込んできた山傘である。

細傘の売り値は一本銀九匁（六百文）である。小さくても高値だったが、一日二十本は売れた。

吉羽屋は細傘一本につき、二十文を神宮屋に支払った。細傘のもととなった思案代としてである。

売り出しから八十五年が過ぎたいまでも、細傘は売れ続けている。神宮屋に支払った思案代も、すでに百二十五両に届いていた。

いまでも吉羽屋と神宮屋は、商いの深い付き合いを続けている。熊野の山から出る極上の竹は、神宮屋を通じて吉羽屋に納められていた。

今年の九月、神宮屋は吉羽屋に職人の世話を頼んだ。

『二年年季で、新宮にきてくれる職人がほしい。図案に長《た》けている者なら、なおさらありがたい』

頼みを受けたものの、十人衆のなかから新宮に差し向ける気は吉羽屋には毛頭なかった。

しかし永代橋崩落以来、光太朗はひどく落ち込んでいた。

「水が変われば、おまえにも元の威勢が戻るかもしれない」

二年年季で紀州に行ってみないか？

職人頭から告げられた光太朗は、十日の間考えた末に受け入れた。

給金は吉羽屋が払っていたのと同額という条件を、神宮屋は受け入れた。が、新宮で月極一両二分という給金は、破格の高値である。

光太朗は知らなかったが、高い給金取りといううわさは町のあちこちで広まっていた。


阿須賀湯を出た裕策と光太朗は、同じ町内にある小料理屋『谷の花』に向かった。ここで出す地酒太平洋が、裕策の好みだった。

谷の花は縄のれんではなく、格子戸の構えである。

裕策が戸を開くと、すこぶる明るい女の声が返ってきた。

「いらっしゃい」

「今夜は新しい客を連れてきたさけ」

裕策に手招きされて、光太朗も格子戸の内に入った。

「いらっしゃい」

女の声が、さらに明るく弾んだ。

光太朗はその場に棒立ちになっていた。

三

光太朗を明るい声で迎え入れたのは、谷の花の切り盛りを任されているかすみだった。

「江戸からきた職人さんが神宮屋さんにいるとは聞いてたけど」

長い卓の内側から手を伸ばして、かすみは光太朗に酌をした。光太朗はかすみを見ようとはせず、盃を見詰めて酌を受けた。

六ツ半（午後七時）を過ぎて間もないころで、谷の花が盛《さか》るにはまだ早い。客は裕策と光太朗のふたりだけだった。

「あなたみたいな若い人がきていたとは思わなかった」

「どうして？」

盃から目を離さずに問いかけた光太朗は、いまだに声を上ずらせていた。その声の調子が、かすみにはおかしく聞こえたらしい。くすっと笑いを漏らし、口元に手をあてた。

盃を見たままでも、かすみの仕草を感じたのだろう。光太朗の手が震えている。盃に注がれた酒の表面が揺れていた。

「どうかしたの？」

かすみは真顔で案じていた。

「なんでもないさ」

一気に酒を干した光太朗はかすみを見ようとはせずに、同じ問いかけをした。なぜ若い職人とは思わなかったのか、と。

答える前に、かすみは裕策を見た。裕策は構わないよと目で示した。

かすみは目を伏せたままの光太朗を見た。

「月極で一両二分もの給金をとるのは、もっと年季の入った職人さんだとばかり思ってたから」

「どうしておれの給金を……」

光太朗は問いかけの途中で裕策を見た。

「わえはそげことは言うてないが」

きっぱり拒んでから、裕策は手酌で盃を満たした。

「わえは言うてないがね。江戸と違ってちっちゃな町さけ、おまんがくる前から給金の話は広まってたがね」

裕策は喉を鳴らして呑み干した。

三人が口を閉じたら、杉の香りが際立った。

谷の花の店一杯に渡された卓は、長さ一間半（約二・七メートル）、厚さ二寸（約六センチ）もある熊野杉の一枚板である。

上辺に汚れが目立ち始めるなり、かすみは大工に頼んでカンナを走らせた。

この杉の卓を据え付けた宮大工である。卓抜した技で薄皮を剝がされた杉は、内に閉じ込めていた香りを放った。

卓はこの日の七ツ前に、カンナをいれたばかりだ。真新しい肌をさらした卓は、熊野杉ならではの神々しい香りを漂わせていた。

「気に障ったのならごめんなさい」

かすみが小声で詫びた。

光太朗は背中に覚えた震えを抑えつけるのに往生していた。

かすみはおみさを思わせた。

よく見れば顔は違うのだが、声も物言いもよく似ていた。

顔を見詰めると、自分に抑えが利かなくなりそうに思えた。ゆえにかすみの顔を見ずに話した。

声だけを聞いていると、おみさといるようだった。見てもいないのに、仕草まで同じだと察せられた。

笑ったとき、おみさは口元を手で隠した。

はしたなく口を開けて笑ったことを、恥じたかのようにである。

かすみも同じことをした。見ていなかっただけに、ことさら同じだと思った。

光太朗と話している途中で、おみさは我知らずに吉羽屋の商いにかかわることを問うことがあった。

いまはどんな仕事をしているのか。

兄弟子とうまく折り合いがついているのか。

仕事はきつくないのか、などなど。

いずれも光太朗を思えばこその問いである。しかし仕事がらみの問いには、光太朗は返事をしなかった。といっても、気に障ったわけではない。

「店の商いにかかわることは、たとえ親兄弟といえども話してはいけない。問いに答えるのもだめだ」

職人頭や番頭からきつく口止めされている事柄に、おみさは触れることもあった。

そのときの光太朗は眉間にしわを寄せた。おみさをいやがったわけではない。答えられないのが、つらかったからだ。

「気に障ったのならごめんなさい」

おみさは小声で詫びた。

光太朗に詫びたかすみは、口にした言葉も声の調子も、おみさとまったく同じだった。

「気に障ったわけじゃねえ」

裏返った声の光太朗は、この夜初めてかすみを真正面から見詰めた。

かすみの大きな瞳は、光太朗を真っ直ぐに見ていた。

言葉を続ける前に、光太朗は息を大きく吸い込み、ゆっくり吐き出した。そうでもしなければ、引っ繰り返った声を元の調子に戻せなかった。

「ねえさんによく似たひとを、江戸で見ていたもんだから」

努めて落ち着いた物言いをした。

「江戸のどこで?」

かすみは心底、知りたかったのだろう。差し迫ったような口調で問いかけた。

「深川だ」

光太朗が答えると、かすみは卓の向こう側から身を乗り出してきた。

「あたし、ここにくるまで深川の蛤町に住んでたの」

「えっ……まさか」

光太朗の声は、またも裏返っていた。

置き去りにされている裕策は、太平洋の燗酒を手酌で盃に注いだ。

四

吉野屋は新宮で一番の材木商である。

山から伐《き》り出したあと、熊野川を使って積み出し湊まで運ぶ。

伐り出しの杣も、いかだ乗りの川並《かわなみ》も、吉野屋は群を抜く人数を抱えていた。

「吉野屋さんは、職人を安に使うことはせんでのう」

「どうせ働くなら、吉野屋さんに雇われてえもんじゃが」

熊野杉と炭が、新宮藩の財政を支えていた。その材木商いの四割を仕切るのが吉野屋である。

藩士といえども吉野屋の当主と頭取番頭には、ぞんざいな口をきくことはなかった。

吉野屋の番頭は、三日にあげず藩の重臣を料亭美濃屋でもてなした。

三百坪の庭は、神倉《かみくら》山を借景とするように造園されている。江戸日本橋の漆器問屋から取り寄せた器は、重臣相手の酒席でも充分に通用した。

かすみは、美濃屋の女将《おかみ》が江戸で見初めた女である。

江戸と新宮を七日で結ぶ熊野杉の廻漕船七日船は、客を乗せることもあった。

「嵐で大揺れしても泣き言は言わないと、一札を入れていただきます」

客は廻漕問屋に一札をいれて七日船に乗る。

男でもきつい船旅なのに、美濃屋の女将雪弥《ゆきや》は何度もこなしてきた。

雪弥が江戸に出向くのは、自分の目で吟味した品々を仕入れるためである。江戸では深川門前仲町の老舗料亭、江戸屋に逗留した。

初めて江戸に出たのは、寛政二（一七九〇）年五月。雪弥二十七歳の夏だった。

先代から女将を任された年で、雪弥はやらなければの気負いに充ちていた。

前年九月に、江戸では札差の貸金棒引きを命ずる棄捐令《きえんれい》が発布された。大金を遣いまくってきた札差が、棄捐令を境に荒い金遣いをぴたりとやめた。

江戸が一気に不景気になり、しわ寄せは新宮にも及んだ。江戸で家屋を新築普請する者が激減したからだ。

女将になったためでたい年に、雪弥は不景気風にさらされることになった。

「江戸に出て、様子を見極めてきます」

こう言って船に乗った雪弥の気負いは、江戸に着いたあとも失せていなかった。

「旅籠に泊まってなどいては、女将が務まりません」

まったく初めての江戸で、雪弥は料亭への逗留を決めた。

江戸で盛っている料亭に逗留すれば、商いの知恵も得られると考えてのことだ。

「名の通った料亭を教えてください」

品川湊に入る直前に、雪弥は七日船の船頭に問いかけた。深川生まれの船頭は、土地のだれもが知っている江戸屋の名を挙げた。

新宮と深川は、材木つながりでもあった。

雪弥は寄り道もせずに江戸屋に出向いた。

「今日から七日の間、こちらに逗留させてください」

新宮行きの船が出るのが、七日あとだった。

応対に出てきた仲居頭は、すぐさま女将の秀弥《ひでや》につないだ。

深川木場は材木商の町である。江戸中を吹き荒れている不景気風を浴びても木場の材木商は踏ん張り、江戸屋を使っていた。

しかし四月には宴席の回数が半減した。

雪弥が江戸屋をたずねたのは、商いが細くなっていたさなかのことだった。

雪弥も新宮の宴席激減には、こころを痛めていた。

互いに胸の内を明かし合った雪弥と秀弥は、初対面から正味で相手を受け入れることができた。

「この先、三年に一度はかならず江戸に出向いて参ります」

「まるで八幡様の本祭りですね」

雪弥より七歳年長だった秀弥は、雪弥を妹のように扱った。雪弥は江戸の姉に目一杯に甘えた。

新宮では見せることのない、雪弥の弱さ、可愛らしさだった。

景気は徐々に回復して、寛政十年ごろには江戸も新宮も商いは大きく膨らんでいた。

享和三年の五月。

「来年からは、毎年江戸に出て参ります」

口にした通り、雪弥は翌年も江戸に出てきた。文化と改元された年の五月で、雪弥は四十一になっていた。

この年の七日船は、御前崎を出たころからひどく揺れ続けた。船旅には慣れていたつもりだったが、雪弥は江戸に着くなり寝込んだ。

このときの世話役がかすみだった。

十八で江戸屋に奉公を始めたかすみは、二十二のこの年五月から仲居を許された。雪弥の看病は、仲居の初仕事だった。

かすみの父親徳次郎は、木場の材木商田原屋の大鋸《おおが》挽き職人である。徳次郎に挽いてもらった熊野杉の輪切りを、かすみは部屋の隅に立てかけた。

効き目は覿面《てきめん》にあらわれた。在所の香りが、雪弥の快復に大きな力を貸したのだ。

すっかり快復した日に、雪弥は秀弥にひとつの申し入れをした。

「かすみさんを譲ってください」

前置きもなしに、雪弥はこう切り出した。

美濃屋は身分のある客しか受け入れなかった。

「うちの職人たちが酒肴を楽しめる店を、美濃屋さんに商ってもらいたいのだが」

吉野屋の番頭から、三年越しにこれを頼まれていた。雪弥はしかし、返事を控えてきた。

請け負うからには、店を切り盛りする女がいる。美濃屋の仲居には無理だと、雪弥は断じていた。

職人たちに喜ばれるには、なににもまして気働きが肝心だ。美濃屋の仲居は、定まった行儀作法には秀でている。が、身体を使う職人のこころをほぐせはしない。

職人用の店を請け負うのは、切り盛りのできる女を見つけたあと……そう決めていた雪弥が、かすみと出会った。

「才覚があれば、何軒でも店を増やしてもらいます。店の沽券状（権利書）は何軒になろうとも、かすみさんと美濃屋とが五分《ぶ》ずつになるように計らいます」

雪弥の人柄は、もちろん秀弥も高く買っていた。

雪弥が江戸に出向いてくるだけではない。秀弥も新宮に出向き、速玉大社はもちろん、那智大社にまで足を伸ばしていた。

美濃屋の身代がどれほどのものかも、自分の目で確かめていた。

「かすみのためには、よいお話です。あとは当人に決めさせましょう」

かすみは両親に相談した。

「おれはできることなら、熊野杉が茂った山の近くで暮らしてみてえと思ってたんだ」

「おとっつあんとおまえがいいなら、あたしは紀州様に移ってもいいよ」

思いもよらない答えを聞いたかすみは、新宮行きを受け入れた。

徳次郎は吉野屋が大鋸挽きとして雇い入れた。徳次郎の腕のよさを、田原屋は添え状にしたためてくれた。

谷の花という屋号は、かすみが考えた。屋号を決めることから、仕事は始まっていた。

かすみの客あしらいのよさが評判となり、吉野屋以外の職人も谷の花に押しかけた。

商い始めは、文化元年の十一月である。開業から三カ月が過ぎた文化二年一月末には、月の商いが七両二分にもなっていた。

雪弥の見込んだ通りだった。

よその職人も多いとはいえ、客の大半は吉野屋の職人である。

商いも暮らしも順風満帆だ。

娘も父親も、吉野屋あればこその暮らしだと身に染みてわきまえていた。

五

十一月十九日の新宮は夜明けどきから分厚い雲が、熊野灘の真上にも、熊野杉が群れをこしらえた山の上にもかぶさっていた。

季節は確かな足取りで冬に向かっている。朝の冷え込みも、冬至の日以上にきつくなっていた。

水を使う雑巾がけは、手がかじかんできついはずだ。なのに光太朗の顔つきは、ひと足先に春を迎えたかのように明るかった。

雨こそ降らなかったが、この日は終日曇り空だった。仕事場隅の火鉢には、絶えず炭が継ぎ足された。

炭は高価な備長炭である。火付きはわるいが、ひとたび熾《お》きれば火力は強い。火が長持ちするし、なにより火の粉が飛ばないのだ。

油紙を使う仕事場に、火の粉は厳禁だ。高値であっても、神宮屋の仕事は備長炭を使っていた。

光太朗は何度も指先を暖めながら、周りの者が思わず見とれるような図案を仕上げた。

仕事仕舞いは暮れ六ツ（午後六時）である。

新宮の町に刻を報《しら》せるのは、神倉山近くの尼寺妙心寺《みょうしんじ》が撞く鐘だ。熊野比丘尼《びくに》（諸国を遊行する比丘尼）の根拠地でもある妙心寺は、尼寺ながら刻の鐘も撞いた。

ゴオオーーン……。

比丘尼の撞く鐘は、長い韻を引いて新宮の隅々に響き流れる。昨日も今日も暮れ六ツの鐘が鳴り出すと、光太朗はさっさと絵筆を洗い始めた。

いそいそと片付けを進める光太朗に、仲間の職人たちはいぶかしげな目を向けた。

この仕事場で働き始めた十月十八日から、一昨日の冬至の日まで、光太朗が筆洗を使うのは、仲間が筆を片付け終えてからだった。

冬至の十七日までは、こんなことはなかった。光太朗の突然の変わりぶりに、他の職人は驚いていたに違いない。

「今夜もぜひ、ご一緒を願いやす」

手際よく仕事道具の片付けを終えた光太朗は、裕策に小声で話しかけた。

「ええでえ」

応じた裕策も、筆をきれいに洗い終わっていた。

おみさとかすみは、縁続きでもなんでもない。同じ深川生まれでも、町は離れている。だがそんなかすみとのひとときが、光太朗の気持ちを大きくほぐしてくれていた。

十九日の夜も吉野屋の川並頭好助《こうすけ》は、五ツ（午後八時）の鐘が鳴り終わる前に谷の花に顔を出した。

今夜もひとりではなく、三人の配下を引き連れていた。

「いらっしゃあああい」

語尾を引っ張って迎えたのはかすみではなく、手伝いのおみつだった。今度の正月で十八になるおみつは、新宮で生まれ育った娘である。

七脚ある腰掛けは、奥から五つがあいていた。先客は光太朗と裕策のふたりである。

好助は上背が五尺八寸（約百七十五センチ）あった。引き連れてきた川並三人も、五尺六寸と大柄である。

大男が四人も入ってきたことで、谷の花はひとの気配が濃くなった。

「いらっしゃい」

卓の内から、かすみが声をかけた。小鉢作りを進めているかすみは、好助に笑みを見せた。

谷の花の一番奥が、好助の決まり席だ。

酒を呑むとき、大きな背筋を張っているのは楽ではない。一番端の腰掛けに座るなり、好助は上体を壁に寄りかからせた。

仲間三人が、好助の隣に並んだ。

「いらっしゃいまし」

四人が座ったところで、手をとめたかすみは好助の前に出てあいさつをした。

「今夜はてち、冷やいねえ」

かすみは土地の言葉で話しかけた。

文化元年に店を始めてから、すでに丸三年が過ぎていた。好助は開店当初からの馴染み客である。かすみの砕けた物言いには、親しみが込められていた。

「熱いのを」

ほぼ毎晩通っていても、好助はいつものをなどとは言わなかった。律儀な口調で、熱いのをと注文した。

かすみはこくりとうなずき、好助の連れに注文を聞いた。

「かしらとおないのを」

「わえもそれがええ」

四人全員が熱燗を注文した。

「熱燗四本、お願いね」

おみつに燗酒を言いつけたかすみは、小鉢の支度に戻った。

一間半の長い杉の卓に、男の客六人が並んでいた。

一番奥が好助で、とっつきには光太朗が座っている。三晩続けて光太朗と好助は、谷の花の卓の両端を占めていた。が、話を交わすことはしなかった。ふたりを顔つなぎする者がいなかったからだ。

裕策は土地で生まれ育った男だが、谷の花に通い始めてからの日は浅い。好助とは何度もこの店で行き合っていたが、いまだ話をしたことはなかった。

かすみが調えていた小鉢は、先客の光太朗たちに出された。

「江戸の味付けを思い出しながら拵えたんだけど、うまくいったかなあ」

光太朗と裕策には、青菜の味噌あえの小鉢が供されていた。

「うめえっ」

光太朗は味噌あえを褒めた。

「うわあ、嬉しい」

かすみは弾んだ声で応じた。

店の奥の腰掛けが、ガタンッと乱暴な音を立てた。大柄な好助が、尻を動かしたからだ。

熱燗づけに、おみつは手間取っているらしい。光太朗と裕策が小鉢を賞味しているのに、好助たちには、まだ猪口も出されてはいなかった。

かすみにはないことだが、そのことに気が回ってはいなかった。光太朗に供した小鉢に、すっかり気を取られていたらしい。

「光太朗さん、仲町の大野屋さんを知ってるかしら?」

「味噌屋の大野屋なら知ってるぜ」

「その大野屋さんよ」

かすみはさらに声を弾ませた。

「あそこの白味噌って、甘くて大好きだったの。あのお味噌がここで使えたら、もっとおいしくできたと思うんだけど……」

「これだって、充分にうめえさ」

光太朗は隣の裕策を見た。

「わえは青菜は好きじゃないけんど、この味噌あえならお代わりしとうなるて」

裕策も味噌あえを褒めちぎった。

奥の腰掛けが、またガタッと鳴った。

六

いつもの好助なら、布団をかぶれば十を数える前に眠りに落ちた。ところが十九日の夜は、妙心寺が四ツ(午後十時)を撞き終えたあとも目が冴えて眠れなかった。

明日は二十日。月に一度の大きないかだを組む大事な日だ。寝不足では、いかだを組むにも障りが出る。

はよ眠れ、ばかたれ。

おのれに毒づき、舌打ちをした。が、一向に眠気は生まれてくれない。吐息を漏らしたら、闇のなかでも口の周りが白く濁るのが見えた。四ツを過ぎて、凍えはさらにきつさを増していた。

なんだ、あの若造は。たった三日きただけで、馴染み客づらをしてよ。谷の花で見た光太朗の振舞いを思い出すにつけ、怒りが募る。好助から眠気を奪っているのは、光太朗への腹立ちだった。

開店以来、好助はほぼ毎日谷の花に通っている。が、ただの一度も馴染み客のように振る舞ったことはない。自分だけではなく、配下の者にもきつく言い渡していた。

「店で常連顔をするのは、客の恥だでよ。おまんらも間違っても、そんな野暮な真似はするんでないど」

呑み屋で常連客ぶるのは野暮。

好助がこれを学んだのは、五年前の江戸見物のときだった。

天明二（一七八二）年の正月、十二歳になった好助は川並の見習い小僧として雇われた。

毎年一月六日に催される神倉神社の『お燈《とう》まつり』の列にも、この年に初めて加わった。

女人禁制の祭りで、一月六日の日暮れどきから男だけが神倉山に登る。手に松明《たいまつ》を持った白装束の男たちは「上《のぼ》り子」と呼ばれた。

急な石段が山上の神倉神社まで、五百三十八段も続いている。檜《ひのき》で拵えた松明を片手に持ち、その石段をひたすら登るのだ。

山上の神倉神社では大松明の火をもらい、五ツ（午後八時）の鐘を合図に一斉に駆け下りる。

降りるというよりは、飛ぶに近い。

「お燈まつりで飛ぶことができたら、一人前の男の仲間入りじゃ」

古来、新宮ではこう言い伝えられてきた。

新宮生まれの好助である。おとながお燈まつりで男をあげる姿を、眩しく、そして不思議な思いで見ながら育った。

いつもは肩をすぼめて往来の端しか歩かない、同じ町内に住む名も知らない親爺《おやじ》。その貧相な親爺がお燈まつりの一日だけは背筋を張り、松明を持って道の真ん中を闊歩した。

山から飛び降りてきたときは、松明はまだ半分以上も燃え残っていた。誇らしげな顔で松明を持つその親爺を、好助は眩《まぶゆ》く見上げた。

親爺の背丈が一尺も二尺も大きく見えた。

吉野屋に奉公が決まった年に、好助はこのお燈まつりに加わることができた。その年の上り子の最年少が好助だった。

飛ぶ途中で二度も転び、右腕をくじいた。見習い小僧を始めたばかりで怪我をしてしまい、好助は川並頭の前でしょげ返った。

「しょげることはない。大したもんじゃ」

川並頭は、松明を消さずに持ち帰った好助を大いに褒めた。

「怖がって上り子にようならんおとなが、なんぼでもおる。おまんなら祭りもいかだも、どっちも大丈夫じゃよ」

頭の褒め言葉が、好助の生き方を決めた。

享和二（一八〇二）年正月。川並二十年の節目の年に、好助はお燈まつりで十番目に駆け下りた。

毎年、一番から十番までの上り子の名は、七日船で新宮藩江戸上屋敷に伝えられる。その誉れを好助は、自分の足で勝ち取った。

「今年から、おまえが川並頭じゃ」

吉野屋は好助を川並頭に取り立てた。技量に秀でた好助の頭就任には、年上の川並たちもこうべを垂れて従った。

川並頭就任祝いとして、吉野屋は一カ月の江戸見物という褒美を与えた。

好助は深川の旅籠《はたご》に逗留して、江戸の名所見物を楽しんだ。

深川木場は、川並が角乗り（水に浮かべた角材に乗り、足で転がして操る技）を生み出した土地である。

新宮にはない技に、三十二歳の好助は毎日のように見入った。夜は角乗りの川並が酒をやり取りする縄のれんに通った。

逗留を始めて十日が過ぎた夜、毎夜通っていた縄のれんで、揉め事が起きた。

唐桟《とうざん》の前をはだけた年若い男が、腰掛けに座るなり店の女を呼んだ。呼びつける口調が横柄で、女は愛想笑いを見せなかった。

「いつものを一合頼むぜ」

男はさも馴染み客だという口調だ。

「いつものって、なんですか」

女はぞんざいな物言いで応じた。周りがいきなり静まった。

「なんでえ、その言い草は」

男は声を荒らげた。

「三日も続けてここに通ってるんだ、客の好みぐらい覚えとけ」

「おあいにくさま」

女はあごを突き出した。

「うちにはひと晩に何十人もお客さんがくるんだもの、三日ぐらいじゃあ顔も好みも覚えられません」

「なんだとう、このあま」

やり込められた男は、こぶしに握った右腕を振り上げた。その腕を摑んだのは、七分丈の半纏を羽織った火消し人足だった。男よりも火消しのほうが、四寸は上背が高かった。

「呑み屋で野暮はよしなせえ」

火消しは穏やかな口調で男をたしなめた。

「いつものてえのは、客が言うことじゃねえ。店のほうから、いつものにしやすかと問いかけるもんだ」

他の客に迷惑をかけないのが、馴染み客のたしなみだ。自分から常連客ぶるのは、野暮のきわみでやすぜ……火消しが腕をほどくと、周りから喝采が湧き上がった。

唐桟の男は、肩を怒らせて店から出た。

おれもそうしよう……胸に刻みつけた好助は、様子のいい火消しに見とれていた。

あんな若造が、おれより給金が高いのか。

寝返りを打った好助から、また吐息がこぼれ出た。

好助の給金は月極銀六十匁（一両相当）である。吉野屋の奉公人のなかでも、杣頭に次ぐ高い給金だった。

「わえも早よう、月に六十匁をもらえる身分になりたいが」

好助の高い給金は、あとに続く者の憧れである。月極の給金が高ければ高いほど、仲間内では幅が利いた。

ところが光太朗がもらう一両二分は、好助を上回っていた。これも腹立ちのわけのひとつだった。

寝返りを繰り返しながら、好助が断じて認めようとはしなかったこと。

かすみが気を動かしている光太朗をうらやむ気持。

胸の内の深い深い底では、認めたくもない嫉妬の炎がチロチロと燃えていた。

認めたくないばかりに、眠くても眠りの誘いを受け入れることができなかった。

ふうっ。

口の周りが、また白く濁っていた。

七

文化五年、新宮は厳寒の元日を迎えた。

凍《い》てついてはいても、雲のかけらもない元旦となった。が、力強い初日でも、町に居座った凍えを追い払うことはできなかった。

「元日だというのに、こげな寒さかね」

町を行き交う年賀客の多くは、羽織ではなく分厚い綿入れを着ていた。形にこだわってはいられないほどに、新宮は凍えていた。

「一日も早くお燈まつりを過ごして、春を連れてきてもらいたいのし」

「ほんまにそうやの」

一月六日夜のお燈まつりは、新宮に春を連れてくる祭りと呼ばれていた。

暑さ寒さも彼岸まで。

この言い伝えは諸国に行き渡っている。

お燈まつりを過ぎれば春が来る。

新宮ではこちらのほうが、ひとの暮らしに深く染みこんでいた。

元日のみならず、三が日すべての朝に氷が張った。しかも氷は、日を重ねるごとに厚みを増した。

「こんな調子で寒さが続いたら、お燈まつりそのものが大変じゃろうに」

五日になると、一向にゆるむ気配をみせない凍えを、あちこちの町で取り沙汰した。

上り子は白装束しか身につけることができない。寒さが厳し過ぎると、薄着で山を登る上り子の身が案ぜられるからだ。

お燈まつりに加わる上り子は、暮れ六ツ（午後六時）から神倉山ふもとの太鼓橋を渡り始める。橋の向こうの鳥居から先が、神倉神社の境内である。

五百三十八段の石段は、神倉神社への参道なのだ。

手に松明を持ってはいても、それは暖をとる道具ではない。神様から授かった火を、家の神棚に持ち帰る大事な神具である。

元日以来、昼間でも新宮は凍えていた。

陽が落ちたあとのお燈まつりが、今年はどれほどきつい寒さになるやら……案ずる言葉があいさつ代わりになっていた。

一月五日の五ツ（午後八時）過ぎ。阿須賀湯の釜の前にいる裕策と隆助は、ふたりともひたいに深いしわを刻んでいた。

翌日に控えたお燈まつりを、いかに無事に乗り切るか。それを案ずるあまりだ。

阿須賀湯は五ツで仕舞い湯となる。釜はまだ燃えているが、湯を沸かすためではない。

思案を重ねている隆助と裕策の、火鉢代わりに燃えていた。

「石段を見せに光太朗さんを連れてかなかったんは、ほんまにあれでよかったんじゃろうか」

「いまさら、言うことやないが」

隆助に答える裕策の口調が尖り気味である。夜になって厳しさを増した凍えに、やり場のない苛立ちを覚えていたからだろう。

「そんなことより隆助、身支度は全部済んどるんか？」

「とっくにできとる」

釜の前から立ち上がった隆助は、薪を積み重ねた奥の部屋に入った。隆助は釜場奥の小部屋で寝起きをしていた。

戻ってきたときは、両手に祭りの装束一式を抱え持っていた。

裕策は太巻きになった荒縄を隆助から受け取った。

「これを五重《ごえ》に巻いてよ。男結びにした両端をおめとおれが握っとれば、光太朗さんも平気だわ」

裕策も隆助も、当人のいないところでも年下の光太朗をさんづけで呼んだ。光太朗の純な人柄と、図案描きの技量の両方を深く敬っていたからだ。

「それにしてもよう……」

裕策が握っている荒縄が燃え立つ釜火の光を浴びて、赤く染まって見えた。

「いよいよ祭りは明日じゃ」

「ほんまや」

隆助も白装束一式を抱え持ったまま、裕策の隣にしゃがみ込んだ。杉が燃え立つ色に白装束が染まっていた。

好助が光太朗をこころよく思っていないことを、配下の者は敏感に察した。

「あの江戸もんをけったかして（成敗して）、かしらにすっきりしてもらおうや」

「それはええけんど、かしらはあの気性じゃ。ばれんようにやらないかんが」

好助が男を売っているのを、配下の面々は熟知している。光太朗に闇討ちを仕掛けるような真似を、好助が許すはずもなかった。

さまざまに悪知恵を巡らせていたとき、ひとりが妙案を思いついた。

「江戸もんをおだてて、お燈まつりに引き摺りこもうや」

「そいつあいい」

だれもが膝を叩いた。

命がけで山を下る上り子は、だれもが気が立っている。ささいな行き違いがきっかけで、大喧嘩が起きるのは毎年のことだ。

新宮にきて日の浅い光太朗は、お燈まつりのなんたるかを知らない。言葉巧みに誘い、上り子に仕立て上げる。

初めての者は白装束の支度もできないだろうし、祭りの作法も知らないはずだ。

神倉神社から下るときは、土地の者でも怪我と隣り合わせの怖さを抱えている。

光太朗を上り子にさえ仕立て上げれば、格別手出しをしなくてもやわな江戸もんはただでは済まない……川並たちの光太朗成敗の企みは、これで定まった。

川並連中が待っていた誘い込みの折りは、存外に早くおとずれた。

十一月二十五日の夜、好助は吉野屋の番頭との寄合で谷の花に顔を出せなかった。

光太朗と裕策は、いつも通り酒を楽しんでいた。かすみも時折りは話に加わった。

五ツを四半刻ほど過ぎたとき、隆助が裕策を外に連れ出した。遊郭に出向く相談だったのは、あとで分かった。

好助も裕策もいないのは、願ってもない折りである。

「江戸の祭りはえらい賑やかやろが？」

ことさら訛りの強い男が、光太朗に話しかけた。光太朗は相手の言うことがよく分からず、生返事を繰り返した。

「祭り好きなら、ここのお燈まつりをうっちゃる法はないが。来年一月の祭りは、町を挙げての大事な催しだでよ」

川並四人は、入れ替わり立ち替わり話しかけて、祭りに加わると光太朗に言わせた。

酒が進んでいた光太朗は、話を早く打ち切りたかったのだ。

間の悪さは重なるものだ。かすみは両親の容態が心配で、わずかの間、おみつに任せて住まいに戻っていた。

きつい冷え込みが続いたことで、両親ともに風邪をひいて寝込んでいた。

店の二階が住まいである。用があればすぐに戻るからと、おみつに言い置いていた。

裕策かかすみがその場にいれば、光太朗を止めただろう。川並たちの悪巧みに嵌《はま》った光太朗は、なにも知らぬまま上り子になると約束した。

次第を知った裕策は、翌日夜に川並に断る気でいた。ところが連中はすでに、光太朗が上り子になると町中に言いふらしていた。

うわさを聞いた職人頭は、止めるどころか光太朗の尻を引っ叩いた。

「怪我のことは案ずるには及ばんでの。神宮屋の恥にならんよう、しっかりと松明を持ち帰ってこいよし」

もはや取りやめは無理だと判じた裕策は、隆助とともに光太朗の守り役を買って出た。

「おまんたちがついとれば安心じゃ」

職人頭は、裕策の申し出を受け入れた。

「江戸から招いた職人がお燈まつりに加われば、神宮屋の誉れだ」

番頭は大いに喜んだ。いまひとつ土地に馴染んだ様子のなかった光太朗が言い出したことだ。上り子支度一切の費《つい》えは、神宮屋が負うことになった。

「裕さんとわえが身体を張って、光太朗さんを守るしかないがよ」

隆助は松明を手に持っていた。明日の山上で御神火《ごしんか》を授かる五角錐の松明である。

裕策も一本を手に取り、隆助の松明に軽くぶつけた。

檜と檜がぶつかり、バチンッという鈍い音が立った。

「たのむで」

お互いに声をかけあった。

祭りはすでに始まっていた。

八

一月六日、八ツ（午後二時）。光太朗のお燈まつりは、王子が浜のみそぎから始まった。

玉砂利の浜で、波は穏やかである。空には今日も、ひと切れの雲もなかった。

八ツの陽差しが、存分に浜に降り注いでいる。が、熊野灘を渡る強い海風が、陽のぬくもりを吹き飛ばしていた。

「いくでえ」

気合声を発した裕策が、最初にふんどし一本になった。隆助と光太朗も、長着を脱いた。

たちまち鳥肌が立った。強い凍えをはらんだ海風が、光太朗の身体に食らいついたのだ。

余りの寒さに棒立ちになった光太朗を、裕策が大声で呼んだ。

身体を震わせながら、光太朗は波打ち際まで進んだ。

「黒潮はぬくいど」

海水につかったほうが寒くない。

裕策に強く言われた光太朗は、肚《はら》を決めて海につかった。

肌に食らいついていた風の凍えが消えた。湯につかったような温かさはないが、風が失せて肌は喜んだ。

「みそぎとは、寒さ逃れの先達の知恵かもしれん」

寒風を逃れられた三人は、黒潮打ち寄せる浜で存分に身体を清めた。

神宮屋に戻ったあとは、白装束に着替え始めた。みそぎを終えた上り子は、神倉神社から松明の火を持ち帰るまで、色のついたものからは隔たりを保つのだ。

真新しい白木綿のふんどしを締めたあと、肌にさらしを巻くことになった。

もちろん純白である。

「右回りに動きながら寄ってこいや」

裕策の指図に従い、光太朗は身体を右回りにしながら近寄った。乳の下からふんどしの真上まで、さらしがきれいに巻き上がった。

「夜の山は凍えてるでよ。肌着を重ね着するでよ」

神宮屋は高値をいとわず、絹布の肌着を二枚も用意していた。艶のある白で、見た目にも美しい肌着である。

番頭は守り役の裕策と隆助にも、同じ肌着を用意していた。

「光太朗さんのおかげやが」

声を弾ませて、裕策は肌着に袖を通した。

「こらまた、えらいぬくいやないか」

「さすがは絹やのう」

裕策と隆助は、絹布の温《ぬく》さにうっとり顔を拵《こしら》えた。

白木綿の股引を重ね着し、白足袋をはいたところで、とりあえずの身支度が済んだ。

「ごはんができてますよし」

神宮屋の板の間には、白い食べ物がずらりと並んでいた。

炊き立てのごはん。白い皿に盛られたしらすと、かまぼこ。小鉢に盛られた豆腐。

魚皿にはイカの刺身が盛られていた。イカが敷いているのは、千切りにされただいこんである。

「今日の晩飯は、この神饌《しんせん》じゃ」

裕策はイカに箸を伸ばした。醤油ではなく、塩につけて口に運んだ。色ものは一切、膳に載ってはいなかった。

白い神饌を摂り終えたあとで、松明作りが始まった。五角錐の五面全部に、願い事を筆で記すのだ。

商売繁盛。家内安全。長寿長命。

三つまで、光太朗は迷わずに書いた。が、あとが出てこなくなった。

「むずかしいことは書かんほうがええで」

裕策は自分の松明を見せた。

神宮屋繁盛。谷の花繁盛。美濃屋繁盛。吉野屋繁盛。絹布一番。

よほどに肌着が嬉しかったらしい。分かりやすい裕策の願い事を見て、光太朗の肩から余計な力が抜けた。

神宮屋繁盛。吉羽屋繁盛。

書き終えたときは、晴れ晴れとしていた。

「次は賽銭をこよりで結ぶんじゃ」

十枚の一文銭にこよりを通し、松明に結びつけた。

神倉神社に上る前に、阿須賀神社・速玉大社・妙心寺の順に三社参りをするという。

松明に結びつけた一文銭は、三社参りの賽銭だった。

　松明の準備ができたあとは、いよいよ身体に荒縄を巻くことになった。用いるのは差し渡し一寸（直径約三センチ）もある、特製の荒縄である。

「神事は奇数やきに五重か七重やが、光太朗さんなら五重がええやろ」

　うなずき合った裕策と隆助は、隙間《すきま》なくきつく荒縄を光太朗の上半身に巻き付けた。ほどけにくい男結びに結わえて、光太朗の身支度が調った。

　白足袋の足には、編み上げの特製わらじが用意されていた。ふくらはぎを長い紐で締め付けるわらじは、きつい登りを続けてもゆるむことがない。

　紐をきつく縛り上げて、上り子装束がすべて仕上がった。

　神宮屋の外に出たところに、七ツ（午後四時）の鐘が流れてきた。

「しっかり松明を持ち帰ってきてくだされ」

　番頭に声をかけられた光太朗は、強くうなずいた。手に持った松明に差し込まれたはないながが揺れた。

　檜を薄く削ったはなは、山上で大松明に火をともす折りの大事なたきつけとなる。

「行ってきます」

　裕策が声を発し、隆助と光太朗は松明を掲げ持った。

　凍えた風を浴びて、はなが横になびいた。

九

神宮屋を出た三人は町内の阿須賀神社にお参りをした。

「最初のお賽銭じゃ」

こよりで結んでいた一文銭三枚を、裕策は引き千切った。プチッと軽い音がした。

光太朗も三枚を賽銭箱に投じた。

すでに何百人もの上り子が、参詣を済ませたのだろう。こよりで結ばれた数多くの一文銭が、賽銭箱のふちに引っかかっていた。

次の参詣は速玉大社である。七ツを過ぎて陽が西空の彼方に沈み始めると、寒風は収まってきた。

速玉大社に向かう裕策たちと、阿須賀神社に向かう上り子が通りですれ違った。

「たのむで」

檜と檜がぶつかり合い、バチンッと音が立つ。通りのあちらこちらで、鈍い音が響いていた。

知らぬ者同士が行き交うとき、互いの檜が発する祭の音だ。威勢くらべでもあった。

速玉大社に向かって、ゆるい上り坂が始まった。

「丁度ええ按配の足慣らしになるが」

裕策は足取りを速めた。あとには神倉山への石段登りが控えている。それを考えた裕策は、少しでも光太朗の身体を登りに馴染ませておきたかったのだろう。

ふっ、ふっ、ふっ、ふっ。

同じ調子で裕策はずんずんと歩いた。

新宮に暮らし始めて以来、格別に身体を動かすことを光太朗はしてこなかった。わずかな上り坂でも、足を速めると息遣いが変わってしまう。

はあっ、はあっ……。

裕策と光太朗は、明らかに息遣いが違っていた。

上り坂が平らに戻ったところで、裕策は足取りを戻した。多くの上り子が、通りの角の二階家前に群れていた。

「太平洋の蔵元じゃ。わしらも一杯、景気づけをもらおうや」

立ち止まったのは地酒太平洋の蔵元、尾崎屋の前だった。店先に四八《しはち》（長さ八尺、奥行き四尺）の杉台を出し、百のぐい呑みを用意していた。

杉板には白布がかぶせてあり、ぐい呑みは純白。たっぷり注がれた太平洋は透き通っており、ぐい呑みの地肌が透けて見えている。

尾崎屋の店先も、白一色に染まっていた。

ぐい呑みの御神酒《おみき》をあおって店先を離れる上り子は、新たに立ち寄る上り子と松明を打ち合わせた。

「たのむで」

バチッと鳴った松明と、威勢のよい上り子の声が、尾崎屋の店先に響き渡った。

二社めの速玉大社を終えて通りに戻ったとき、裕策が足をとめた。その意味を察した隆助は、光太朗に並びかけた。

陽は西空に深く沈もうとしていた。残り陽が、低い空からあかね色の光を放っている。

夕陽に向かって歩いてくる大男の白装束が、赤く染まっている。裕策たちのほうに向かってくるのは、吉野屋の川並だとひと目で察しがついた。

「松明をしっかり握れや」

言われたことの意味が分からず、光太朗は戸惑いの目で隆助を見た。

「叩かれたら、思いっきり叩き返したれ」

隆助が言い終わらぬうちに、川並たちは目の前に迫ってきた。大男の大股歩きは、桁違いに早かった。

「たのむで」

先頭の好助は、裕策の松明を打った。

あとに続いている川並のひとりは、隆助の松明を叩いた。隆助が応じている隙に、三人の川並が光太朗めがけて松明を打ちつけた。

　強く握っていた光太朗は、ひとりの松明をなんとか受け止めた。が、同時に二発、三発が打ち込まれていた。

　それら二発は、松明で受け止められなかった。なかの一発が、光太朗のひたいをしたたかに打《ぶ》った。

　川並が狙い澄まして打ち込んだ一撃である。ひたいの端が裂けて、血潮が飛び散った。

　光太朗の白装束が、柄物に変わった。

「この野郎」

　隆助は怒鳴り声を発して振り返った。

　大股歩きの群れは、暮れなずむ町に後ろ姿を溶け込ませていた。

　松明のぶつけあいで、日頃のうっぷん晴らしをする者は少なくなかった。

「わしらがついとりながら、済まんことをしてしもた」

　裕策が詫びたのは、光太朗に鉢巻きを巻かせるのを忘れていたからだ。三人分の鉢巻きは、隆助がふところに仕舞っていた。

　分厚い白木綿の鉢巻きである。

「胸元の柄はもう消しようもないが、ひたいの傷はこれで隠せる」

傷口から、まだ血が滲み出していた。隆助は手拭いで拭いたあと、持参の軟膏を傷口に塗った。

傷口を即座にふさぐ頓服軟膏だが、強い痛みを伴う。光太朗は顔を歪めて声を漏らした。

が、効き目は確かだ。まさに即座に傷口はふさがり、血が止まった。

冬の日暮れは駆け足である。往来の端で三人が白鉢巻きを巻き終えたときには、陽はすでに沈みきっていた。

ゴオーーン……。

妙心寺が暮れ六ツの捨て鐘を撞き始めた。

「急ぐで」

歩き始めた裕策は、足の運びが速くなっている。掲げ持った松明のはなが、後ろに流れていた。

十

神倉神社参道の石段。

段とは名ばかりで、壁をよじ登るがごとく真上に向かって連なっていた。

「つま先に力をこめて、ひょいっと次の足を上げればいい」

光太朗の右に立った裕策が、上り方のコツを口で伝授した。が、あたまでは分かっても、身体が呑み込めないのだ。

一歩を踏み出すたびに、光太朗の身体はよろけた。その都度、両脇に立った裕策と隆助が光太朗の荒縄を摑んで支えた。

男結びの結び目は、強く摑んでもびくともゆるみはしなかった。

石段は鎌倉積みと呼ばれ、自然石を積み重ねただけである。上るというよりは、四つん這いで這い上がるに近い。

上りでこれなら、下りはどうなるんだ……。

暗闇のなかで光太朗は案じた。顔は見えなくても、気配で察したらしい。

「二百段上れば中の地蔵だでよ。そこから先は平らな道だ。下りもわしらが支えるでよう」

裕策に励まされた光太朗は、先取りして案ずることをやめた。

参道を上り慣れた者には、中の地蔵のあとは平らなのかもしれない。が、光太朗には湯島天神の男坂以上の急坂に思えた。

参道に明かりは皆無である。息を切らしながら、闇の急坂を上り続けた。ひときわきつい石段を登り切ったら、いきなり歩みがゆるくなった。

目の前に大きな鳥居と、柵でできた門が見えた。鳥居の先端は闇に溶け込んでいた。

上り子のほとんどは、門の近くから動こうとしない。その門の前では、小さな火が燃やされていた。

あとに続く者の邪魔じゃないか……光太朗はいぶかしみながら、門の周りに群れている上り子を見た。

群れのなかに好助の顔があった。境内まで上ってきた光太朗を見て、好助は心底驚いたらしい。

立ち上がると、大股で寄ってきた。

「ほんとうに上ったのけ」

声からは驚きと感嘆の両方が感じられた。

「上ったからには、しっかりと飛べや」

それだけ言い置き、元の場に戻った。

「わしらは奥に行くど」

裕策の先導で、三人は御神体の岩の真下まで進んだ。神倉神社の御神体は、巨大な岩なのだ。

境内の地べたは岩が剝き出しで、どこにも平らな場所はない。三人は御神体下の岩肌に寄りかかった。

うわあっ。

光太朗から、こどものような歓声が漏れた。

目の前に新宮の町の夜景が広がっていた。お燈まつりの今夜は、どの商家も遅くまで灯火を灯しているのだろう。

凍てついた夜ゆえに、灯火の瞬きが際立って見えた。

闇の急坂を、ときには這いつくばりながら上ってきた。灯火の夜景は、その難行への褒美のように美しかった。

六ツ半（午後七時）を四半刻ほど過ぎたころ、介釈人の先導で神官が御神体真下にあらわれた。手には神殿内で採火した種火を持っていた。

上り子たちが御神体下に集まり、松明に差したはなを岩の穴に投げ入れた。何百人分ものはなである。八尺はあろうかという、はなの山が築かれた。

神官の種火がはなに移った。

ぶおうっ。

神々しい音を放ち、はなが燃え上がった。

集まった上り子たちの歓声が音のかたまりとなり、神倉山を駆け下りた。

歓声は、ふもとの太鼓橋にまで届いた。

はなの炎は介釈人の手で大松明に移された。この松明はひとたび中の地蔵まで下り、そこからもう一度境内に戻ってくるのだ。

「さっきの川並たちの仕業は、頭の差し金ではなかったかもしれん」

光太朗に対する好助の振舞いを見て、裕策も隆助も考えを変えていた。

町のうわさにはうとい光太朗は、川並の企みに気づいてはいなかった。

「頭の差し金とは、なんのことですか?」

裕策は問いには答えず、別の話を始めた。

「門の周りに群れているのは、飛び比べに加わる上り子じゃ。吉野屋の頭も川並衆も、五ツの鐘を合図に命がけで飛ぶで」

命がけというのは、決して大げさではなかった。

中の地蔵から戻ってきた大松明の御神火は、もう一度境内のはなに移された。その火を銘々が手持ちの松明に授かった直後に、妙心寺が五ツの鐘を撞き始めた。

捨て鐘の一打が鳴ると同時に、柵の門が開かれた。

ウオオッ。

雄叫《おたけ》びとともに、門の周りに群れていた上り子たちが駆けだした。見ている間に、松明の光が神倉山を下って行く。

鐘と同時に飛び出した一群は、まさに闇の山道を飛んで下りた。

「あの石段を、あんな速さで……」

闇を切り裂いて飛ぶ松明を見て、光太朗は息を呑んだ。

「わえらは一列に連なってゆるゆる下りるが、ふもとから見る分にはわえらの松明のほうがきれいらしいで」

裕策は左手で松明を高く掲げた。右手は光太朗の荒縄をがっしりと摑んでいる。上り以上に、下りは支えが入り用だった。

隆助も左手で荒縄を鷲づかみにしている。

光太朗は何度も足を滑らせたが、その都度ふたりに助けられた。

飛びの一群のあとには、一歩ずつ岩を踏みしめながら下る上り子の群れが長々と続いていた。

ふもとから見ると、松明の列は燃え立つ龍が山を下っているかに見えた。

四半刻かけて、光太朗は五百三十八段の石段を下り終えた。

檜の松明は、まだ充分に残っていた。

鳥居をくぐった先には、太鼓橋が見えていた。鳥居の根元から橋のたもとまで、両側には人垣ができていた。

女人禁制の祭りである。上り子の無事な下山を願う家人やわけありたちが、何重もの人垣を拵えていた。

太鼓橋を渡りきった先の辻で、裕策と隆助は光太朗の荒縄から手を外した。

「弱音も吐かんと、よう上られましたのし」

「裕策さんと隆助さんの助けがあったからこそです」

光太朗は松明を手に持ったまま、深々と辞儀をした。

顔を上げたときには、ふたりの背後に好助が立っていた。

「今度谷の花で行き合ったら、一献やろうじゃねえか」

きれいな江戸弁を残して、好助はその場を離れた。

「お願いします」

光太朗は後ろ姿に言葉をかけた。

「かしら」

呼ばれた好助は振り返った。

「飛びの首尾はどうでやした？」

好助は答える前にひと息おいた。

「今年の干支《えと》とおんなじだ」

答えるなり、また背を向けて歩き始めた。

今年は卯年。子丑寅卯……なんと四番だ。

「おめでとうごぜえやす」

光太朗は声を弾ませた。

好助は松明を振って答えた。

太鼓橋たもとの暗闇に立つかすみは、ふたりのやり取りを見守っていた。
新宮に春が来た。

銀子《ぎんす》三枚

一

手焙《てあぶ》りの炭火を継ぎ足したことで、多少は部屋のぬくもりが増した。

ふうっ。

嶋《しま》瑣《よ》介《すけ》が鼻から漏らした吐息は、たちまち白く濁った。

元日の夜はいつにも増して凍えていた。

周りに人の気配はない。それを見極めたうえで漏らした吐息である。

「たとえ屋敷内のおのれの居室といえども、軽々しく吐息を漏らしてはならぬ。おまえは秦《はた》の血を受け継ぐ嫡男であることを、常に忘れるな」

亡父嶋五郎左衛門《ごろうざえもん》の戒めは、瑣介の身の内にしっかりと刻みつけられていた。が、それでもいまは、つい我知らぬ間に吐息を漏らした。

凍えがいつになく厳しいことも、吐息のわけのひとつだった。

書き物を進める指先を暖めるには、手焙りの炭火よりも、吐く息に含まれたぬくもりのほうが優しい。

したためている文字の区切りで、瑛介は指先を口から吐き出す息で暖めた。

吐息を漏らし続けているわけは、いまひとつあった。

土佐藩の重役五藤《ごとう》安左《やすざ》右衛門《えもん》に提出を命じられた『差し出し』（身上調書）が、幾たび書き直しても巧くはかどらない。その難儀さゆえの吐息だった。

書き方次第で、嶋家の命運を左右しかねない文書である。熟慮を重ねて一行を書き進めては、読み返すために筆をおいた。

手元にいささかの暗がりもできぬように、百目ろうそくの燭台を四基も文机《ふづくえ》の周りに立てている。

ろうそくの大きな炎は、文机に舞い落ちたホコリまでも照らし出していた。

部屋のふすまは閉じてある。外の風が流れ込むことはないはずだが、大きな炎は時折り揺れた。

こころの乱れは炎の揺れにあらわれる。

書の稽古をつけながら、五郎左衛門は瑛介にこれを言い続けた。が、五郎左衛門が没した万治四（一六六一）年は、はや二十七年の彼方である。

貞享五（一六八八）年元日、底冷えの厳しい夜の五ツ（午後八時）どき。

瑣介はその亡父のことを、藩への差し出しとしてしたためようと努めていた。書き始めてかれこれ一刻（二時間）を経ていたが、百目ろうそくの炎は一向に揺れるのをやめない。

瑣介は筆を元に戻し、両手を膝にのせると背筋を張って目を閉じた。深く息を吸い込み、一度それを溜めたのちに静かに吐き出す。

これも父から教わった、気持ちを落ち着けるための息遣いである。

薄い座布団を突き抜けて、板の間の凍えが身体にしみ込んできた。気を抜くと、凍えにからめとられそうになる。

目を閉じたまま、静かに鼻から息を吐き出した。何度も繰り返しているうちに、次第に寒さを感じなくなった。

目を閉じたままの瑣介の口元が、わずかにゆるんだ。

気力を集めて寒さを追い払うことができれば、父の姿が脳裏に浮かぶのも間もなくだと察せられたからだ。

ゆるんだ口を元通りにきつく閉じ合わせ、鼻から深く息を吸い込んだ。

ふうう……。

音を立てずに鼻から出した。

五郎左衛門の像が、脳裏に結べた。

万治四年の正月に、瑛介の元服を祝ったときの五郎左衛門の姿である。この年が父の没年になろうなどとは、考えもせずに烏帽子《えぼし》をいただいたのだが……。

瑛介はさらに深く息を吸い込んだ。

背筋を伸ばした姿勢の胸が大きく膨らんだ。

吐き出さなければ、やがて胸が苦しくなる。

分かってはいるが、瑛介は吐き出すのをためらった。

うかつに息を吐き出したら、結んだ父親の像が失せるかもしれないと案じたからだ。

手焙りにいけてあった炭が、バチバチッと音を立てて爆《は》ぜた。

爆ぜる音がきっかけとなり、わずかに息を吐き出した。

「大事ない。わしはそなたの内におる」

五郎左衛門の声が脳裏に響いた。

安堵した瑛介は、溜まっていた息をゆっくり吐き出した。

言葉通り、脳裏の像はそのままである。

藩に差し出す書状作成にあたり、五郎左衛門に問いたきことが山ほどあった。

「それらを教えてくれんがために、姿を見せてくださったのですね」

瑛介は声に出して問うた。

五郎左衛門は無言のまま、うなずいた。

生前の五郎左衛門の所作そのままである。

深く安堵した璵介は、かじかんだ手を手焙りにかざした。炭火の熱が、指先から身体の芯に伝わってきた。

身体が暖かくなっても、五郎左衛門は居続けてくれていた……。

二

璵介の父嶋五郎左衛門は、文禄三（一五九四）年三月に長宗我部《ちょうそかべ》元親《もとちか》の側室が出産した。

元親の命により、側室は山深き庵で五郎左衛門を産んだ。

五郎左衛門の誕生の子細を定かに知っている者は、元親四男の盛親《もりちか》のみである。

産みの母親である側室。

出産に立ち会った産婆。

乳飲み子の世話をした乳母。

これら五郎左衛門誕生を知る者全員が、土佐の西端足摺岬に移された。生涯の安泰を約する大枚を、元親から下されてのことだ。

「ひとことでも誕生のことを他言すれば、直ちに全員の首を刎《は》ねる。黙している限り、余生は安泰ぞ」

きつく言い渡すと、警護（見張り）の者をつけて送り出した。元親居城の浦戸《うらど》からの、いわば島流しだった。

五郎左衛門誕生の文禄三年、元親は五十六歳。元親の後嗣《こうし》と決められた盛親は二十歳だった。

なにゆえあって、親仁《おやじ》様は側室の子誕生をここまで隠そうとなさるのか……。

盛親が胸の内に抱いた疑問は、その年の八月十五夜に解けることになった。

「今宵は桂浜まで出張るぞ」

文禄三年八月十五日の昼に、元親は十五夜の月見を盛親に言い渡した。

「供は無用だ。わしとおまえで月を愛でながら、話しておくことがある」

「御意のままに」

下がったのち、盛親はあれこれと思案を巡らせた。

八年前の天正十四（一五八六）年に、元親は嫡男信親《のぶちか》を伴い九州に出陣した。豊臣秀吉に参戦を強要されての出陣だった。

知恵にも腕力にも信親は恵まれていた。

「ご案じめされるな、親仁様。わしの身体には、秦一族の血が流れております」

案ずる元親に言い置き、信親は豊後戸次川《へつぎがわ》の戦場へと馳せた。

「あれほどまでに勇猛果敢に立ち向かってきた者とは、いまだ見《まみ》えたことがない」

敵方の島津側武将が感嘆のうなりを漏らしたほどに、信親は奮戦した。が、惜しいかな、その戦《いくさ》で討ち死にした。

嫡男を失った元親に、秀吉はあれこれと手を差し伸べてきた。

「持てる限りの大判が、そなたの物だ」

秀吉自慢の天正大判を、何百枚も恩賞として元親に下した。

天正十八（一五九〇）年には、秀吉は小田原攻めにも元親を伴った。その軍功を称《たた》えて、羽柴姓を元親に下した。

「羽柴土佐侍従を名乗るがよい」

秀吉は従四位下少将に元親を任じ、破格の厚遇を示した。

小田原攻めの翌年、天正十九年には浦戸城への入城を果たした。もちろん秀吉の許しを得てのことである。

文禄三年のいま、秀吉との間柄はすこぶる良好である。

信親戦死ののちは、後嗣指名をめぐって長宗我部一族の間でもめ事が生じた。が、盛親に決まったのちは、もめ事もきれいに収まった。

いま盛親の目には、案ずることは無に等しいとしか映らなかった。

さらにいえば、元親は五十六のいまになって男児を授かった。側室に産ませたとはいえ、元親が授かった男児だ。

男児誕生は祝賀こそすれ、案ずることではない。にもかかわらず、元親は男児誕生の秘匿を図っていた。

それもただの秘匿ではない。

誕生にかかわった者全員を、地の果て足摺岬に追いやったのだ。

時期がくれば、足摺岬に流した全員を抹殺するに違いない……元親の気性を呑み込んでいる盛親は、そう考えていた。

なにゆえあって、親仁様は男児誕生を隠すのか。

ふたりだけの月見で、そのわけが聞けると盛親は察した。

「供は無用だ。わしとおまえで月を愛でながら、話しておくことがある」

元親が口にしたことを、盛親は何度も何度も思い返した。

三

桂浜の五色石が満月の蒼い光を浴びて、昼間とは異なる色味を見せていた。

元親の命により、浜は人払いがなされていた。潮騒打ち寄せる玉砂利の浜にいるのは、元親と盛親のふたりだけである。

「まずはわしの一献を受けよ」

元親が差し出したのは、城から運んできた元親気に入りの五合徳利である。

「ありがたく」

盛親は朱塗りの盃で受けた。二合が注げる酒杯もまた、元親自慢の逸品だ。

「まことに見事な月です」

盛親は父の酒を受けた盃を月に向けた。

月明かりを愛でんがために、父子の周囲にかがり火はない。それだけに、満月の蒼い光の美しさを存分に味わえた。

「いただきます」

断りを告げた盛親は、月光を浴びた盃を一気に干した。

「城からこれらの酒器を、運びおろした甲斐があろうというものです」

「うむ」

鷹揚にうなずいた元親は、息子の手から盃を受け取った。

盛親は父親が注いだと同じ量の酒で、酒杯を満たした。

今し方、元親から注がれた酒杯を盛親は月に向けた。輝く満月を盃で受け止めたかったからだ。

しかしそれは果たせなかった。どれほど向きを変えようとも、月を受けることはかなわなかった。

元親が手にした酒杯の真ん中には、満月が映り込んでいた。

ぐびりとも音をさせず、元親は満月入りの二合を呑み干した。

まだまだ父は遠い。

二十歳の盛親は、父の大きさを思い知った。

「今宵、おまえに話すことは幾つもある」

元親は盃を差し出した。

すでに四合の酒が注がれており、五合徳利の残りでは酒杯は満たされない。

玉砂利にあぐらを組んだまま、盛親は背後を振り返った。

浜の奥は潮風避けの松林だ。ふたりの警護役は、林に詰めている。

月光を浴びた盛親の動きを見て、家臣は五色石を踏みならして駆け寄ってきた。

盛親配下の者は、だれもが察しがいい。駆け寄る両手には、それぞれ五合徳利を提《さ》げていた。

徳利を受け取った盛親は、松林の上を見た。

高台に築かれた浦戸城は、三層の天守閣を構えている。それぞれの層では、浜に座した元親・盛親父子を見守るかのように、盛大なかがり火が焚かれていた。

家臣の下がるを待って、盛親は新たな五合徳利の酒で父の酒杯を満たした。

満月は逃げずに盃の真ん中にいた。

ふたたび二合の酒を一気に干した元親は、酒杯を五色石の上に置いた。

「豊臣の栄華は、もはや燃え尽きようとしておる」

元親はわずかな手の動きで、盛親に間合いを詰めさせた。

「これより話すことを、一言余さずあたまに刻みつけよ」

「御意の通りに」

あぐらの両膝に腕を突っ張り、盛親は小声で応じた。

「太閤様には、もはや昔日の威勢がない。わしに羽柴姓を下され、羽柴侍従を名乗らせるなどは、老い衰えのきわみだ」

秀吉の行く末には見切りをつけたと、元親は言い切った。

「太閤様がおかくれになったのち、恐れるべきは徳川家康ただひとりだ」

家康ひとりといえども、周りを固める武将はいずれも知恵者ぞろいだと元親は続けた。

「太閤様はわしを生かすという、このうえなき過ちをおかされた」

家康には、その甘さはない……元親が断じたことを、若き盛親は呑み込めなかった。

まだ得心してはおらぬと、月明かりの下でも元親には察しがついた。しかしいままさに、この大事を得心させるための月見なのだ。

「一滴の辛みで、うまき酒は台無しとなる」

元親は塩ひとつまみを盃に落とした。月が揺れ、賞味するまでもなく、酒の変質は息子にも呑み込めた。

「戦を交えた相手を生き残らせるのは、断じて優しさではない。ときにそれは、無能のあらわれとなる」

元親はみずから討ち果たした波川《はがわ》一族の話を始めた。


土佐西部を流れる仁淀川《によどがわ》。その流域一帯を治める武将のひとりに波川玄蕃《げんば》がいた。

玄蕃の戦闘能力と知恵を高く買った元親は、妹養甫《ようほ》を嫁がせた。

玄蕃はさらなる恭順の意を示し、忠勤に励んだ。

玄蕃と養甫はすこぶる仲睦まじく、三人の男児を授かった。

「まことにお手柄だの」

三人目の男児を授かった折りには、わざわざ元親当人が玄蕃の元をおとずれて祝った。

にもかかわらず、元親は玄蕃を討った。

「波川玄蕃に謀反の動きあり」

天正八（一五八〇）年五月に、元親にもたらされた注進を受けての討伐だった。

謀反の疑いの真偽のほどは定かではない。玄蕃の大きさ、力のほどが、四国平定を推し進めていた元親には邪魔だった。

謀反の動きうんぬんの注進は、元親に格好の口実を与えた。

父玄蕃に理不尽な切腹を迫った元親に、遺児三人が牙を剥いた。とはいえ嫡男ですら、まだ十五歳の若さだった。

元親は軍を派遣し、波川一族の殲滅《せんめつ》を図った。実の妹の連れ合いと、その息子を元親は討ち果たした。

波川一族に限らず、四国の武将たちを次々と潰した。手強い相手であればあるほど、容赦なき殲滅を断行した。

その元親を屈服させた秀吉は、土佐一国を与えて生きながらえさせた。

のみならず元親に、従四位下少将の官位まで授けた。

祖は秦の始皇帝なり。

これが長宗我部一族の誇りである。

羽柴ごときの姓など、授けられても迷惑なだけだった。


「わしの先読みに誤りがなければ、かならずや徳川家康が世を統《す》べることになろう」

甘さがないだけに、徳川の世は長く続く怖さを秘めていると元親は推察した。

「ひとはひとを知るという。家康は我が長宗我部一族を、断じて軽んじてはおらぬ」

元親はあぐらのまま、背筋を張った。

盛親も父に倣《なら》い、背を伸ばした。

「いずれ豊臣・徳川の争いとなる。わしが生きておればそのときに迷うこともなかろうが、もはや五十六、太閤様とて五十八だ。人生五十年をとうに過ぎておる」

豊臣・徳川の戦となったとき、もしも元親が没していたなら、どちらにつくかは熟慮しろと盛親に諭した。

豊臣陣営として参戦しろとは、元親は言わなかった。

秀吉の甘さを元親は嘆じた。

その秀吉亡きあとの豊臣方に、望みをつなぐ気にはなれなかったのだろう。

さらに言えば、元親は徳川家康の大きさを恐れていた。

「この歳になって男児を授かったのは、まさに御先祖のお力であろう」

このたびの男児には、選《え》りすぐりの配下をつけて嶋家を興させよと元親は命じた。

「長宗我部家臣ではあっても、血縁ありとは断じて悟られてはならぬ」

元親の小声が、盛親の胸に突き刺さった。

徳川家康が天下を取ったのちに、いかなる統治を始めるかは定かには判じられない。

されども、家康が恐れを抱いた武将の血筋を、根絶やしにかかるのは間違いない。

長宗我部一族もその憂き目に遭うのは必定だと、元親は判じていた。

「嶋家は、我が秦一族の血を保つための、大事な仕組みだ。嶋家が残れば血は残る」

いつの日にか、嶋家がふたたび長宗我部を名乗ることができるように、おまえの命にかけても嶋家を守れ。

元親の両目は、月光のなかでも燃え立っているのが分かった。

口には出さぬが、後嗣に「先はなし」と言っているも同然である。

父とその息子に、蒼き光が降り注いでいた。

「徳川に悟られぬよう、このたび授かった嶋家嫡男は、長じたのちには五郎左衛門と名付けよ」

およそ高貴な血の流れが感じられない名。

元親は五十六で授かった男児に、秘密を保つために俗な名をつけよと命じた。

「御意のままに」

盛親は、あぐらのまま深い辞儀をした。

潮騒の彼方の海原が、蒼き光を浴びて輝き光っていた。

四

家人が拵えた夜食の雑煮が、箱膳のうえで強い湯気を立ち上らせていた。

土佐国特産の鰹節でダシをとった雑煮だ。

キツネ色の焦げ目がつけられた長方形の切り餅が、黒塗り椀に張った鰹ダシのつゆに納まっていた。

百目ろうそく四基が照らす板の間は、凍えは厳しいがすこぶる明るい。

夕餉《ゆうげ》をほとんど摂らなかった璵介を案じて、家人が仕立てた雑煮である。

椀を手に持ったとき、璵介はまた亡父を思い浮かべた。

あれは……。

椀を持ったまま、璵介は暗算を進めた。

はや二十七年も昔のことかと、璵介は声に出した。万治四年元日の夜五ツ過ぎだったと、期日も時刻もはっきりと覚えていた。

亡父五郎左衛門ただひとりで、璵介の元服を祝ってくれた元日の夜。璵介には、さまざまな意味で忘れられない夜となった。


「おまえは土佐の雑煮の餅が、なぜ細長い切り餅であるか考えたことがあるか？」

「餅の形に、格別の意味があるのですか？」

璵介は答えではなく、問いで応じた。

「土佐以外の讃岐《さぬき》も伊予も阿波も、雑煮の餅は丸餅だ」

かつては土佐もそうだったと、五郎左衛門は息子に教えた。

「今夜は夜を通して、おまえに多くの話をいたさねばならぬが」

五郎左衛門は、箱膳に置かれた黒塗りの椀を手で示した。

「この切り餅のことから、話を始めよう」

五郎左衛門は元服を迎えた嫡男に、雑煮を食せと勧めた。

烏帽子親も同席していない、父と息子だけの奇妙な元服の儀式は、雑煮に箸をつけることから始まった。

板の間のぬくもりは、二つの小さな手焙りだけである。手に伝わってくる椀の暖かさが、瑛介には心地よかった。

「山内家が移封されてくるまでの土佐は、我が先祖、秦一族が治めておった。その時代の雑煮は、切り餅ではなく丸餅だった」

山内家は土佐入国の折りに、遠江《とおとうみ》掛川の切り餅まで土佐に持ち込んだ。

「いまとなっては、もはや雑煮に丸餅を使う家は土佐には皆無だ」

言い終えてから、五郎左衛門も雑煮の椀を手に持った。

「わしがいまだ覚えておる正月は、慶長二（一五九七）年のことでの。盛親様が当時のわが屋敷までお見えになり、四歳だったわしと一緒に雑煮を祝ってくれた」

あのとき食した雑煮は丸餅だったと、五郎左衛門は記憶をたどった。

「あのときの盛親様は二十三歳の武将での。御尊父元親様同様、五尺六寸（約百七十センチ）の偉丈夫であられた」

五郎左衛門が遠い目になったとき、�介は父親を見詰めた。五郎左衛門もやはり、五尺六寸の上背があった。

息子の視線に気づいた五郎左衛門は、その通りだとばかりにうなずいた。

父上が大柄であるのは、一族の血なのですねと、瑛介が目で問いかけていたからだ。

「いままでおまえに話してはおらぬことを、これより聞かせる」

五郎左衛門の目が強く光った。板の間の明かりは、二十匁ろうそく一灯のみだ。五郎左衛門が、わざわざ部屋の明かりを暗くしたからだ。

その暗がりにあっても、五郎左衛門の目の光は瑛介にはっきりと分かった。

「わしもこの元日で六十八になった」

「父上の長命は、多くの方の喜びです」

瑛介はすかさず答えた。世辞ではなかった。

五郎左衛門の俸給は微禄だ。役目の徒士《かち》も、きわめて低い身分だった。

遠江国掛川から土佐に移封された山内家は、ことさら身分にうるさい藩だ。

掛川から連れてきた藩士以外は、一切の主要な役目には就けない。出自が長宗我部家臣であるとされる嶋家は、徒士に取り立てられるのが精一杯だった。

当然俸給は少なかったが、薄給は五郎左衛門に限ったことではなかった。

土佐藩初代山内一豊は、関ヶ原合戦の軍功を称えられて六万石から二十万石へと四倍近い加増を得た。

しかし山内家は外様大名だ。初代一豊が没したのちは、公儀から凄まじい課役責めに遭わされた。

藩はそれでも家臣全員を抱え続けた。が、米びつは底を突いており、藩は家臣に徹底した倹約生活を強《し》いた。

五郎左衛門のような外様藩士に対しては、減俸の沙汰を下した。

屋敷こそ百坪の敷地を有していたが、嶋家の暮らしは困窮をきわめた。それでも土佐人ならではの気風を備えた五郎左衛門を慕って、日々、多くの藩士が屋敷を訪れた。

五郎左衛門の長寿を多くの者が祝っている。

十五歳の璵介の目には、来客の多きは父の人望の賜《たまもの》だと映っていた。

ふたりだけの元服儀式ののち、五郎左衛門は多くの秘密を嫡男に語り始めた。

暮らし困窮にありながら、来客多きは人望あるがゆえに限ったことではない……その秘密にも、この夜の五郎左衛門は言い及ぶことになった。

「わしは慶長十九（一六一四）年の冬にも、京の都にて盛親様とふたりで、このようにして雑煮を食ろうた」

五郎左衛門は膳に置いた雑煮の椀を示した。

「京で共に雑煮を食したのが、盛親様との今生《こんじょう》の別れとなった」

言い終えた五郎左衛門は、口にたまった唾を呑み込んだ。

「父上は盛親様とともに、大坂冬の陣に向かわれたのではなかったのですか?」

�介はつい、咎めるような口調で問うた。

五郎左衛門は左足を傷めていた。歩くも思うにまかせぬほどの傷め方は、若き日に大坂冬の陣で盛親について負った傷だと聞かされていた。

土佐藩も、そう思っていたのだが……。

「おまえが元服を果たした日にすべてを明かすと、盛親様と……」

いや、盛親様御尊父様と約したことだと、五郎左衛門は告げた。

手焙りの炭火が爆ぜた。

五

元親は慶長四（一五九九）年に享年六十一で没した。後嗣と定められていた盛親は、二十五歳で家督相続を果たした。

六歳になっていた五郎左衛門は、ひらがな書きの祝いの文を盛親に送った。

土佐で高名な書家に、五郎左衛門は四歳から書の稽古をつけられていた。当時の嶋家は高名な書家が出稽古に行く家柄だった。

「わしは明日朝、戦に出向く。しばしの別れになるが、わしを案ずることはない」

慶長五（一六〇〇）年七月初旬の朝、盛親は嶋家をひとりでおとずれ、五郎左衛門と朝餉を共にした。

元親没するを待っていたかのように、世には不穏な気配が充ち始めた。

この年九月に関ヶ原の役が勃発した。

精鋭軍を率いた二十六歳の盛親は、東軍・徳川方への参陣を考えて土佐を発った。

しかし途中の近江国水口において、西軍に属する長束《なつか》軍に進路を阻まれた。

やむなく西軍に与《くみ》することになったが、長宗我部家は元々が豊臣方である。

ひとたび西軍に属したのちは、主力部隊となって関ヶ原を目指した。

ところが関ヶ原においては、西軍にいながら徳川方に内応していた吉川《きっかわ》軍が盛親の前に居座った。

「戦場にありながら、わが兵は戦に加わらぬままか」

盛親は歯ぎしりをして悔しがったが、参戦は果たせぬまま西軍の敗北を見せつけられた。

盛親は土佐へと敗走した。自軍が戦に敗れたわけではないが、帰る道は果てしなく長かった。

「おまえが気を許してはならぬのは、徳川家康ただひとりだ」

生前の父の戒めを土佐への帰途、盛親は噛みしめ続けることになった。

家康をあなどってはならぬ。

元親の戒めが身にしみた盛親は、家康への謝罪を考えた。

長宗我部家を残すためなら、一時膝を屈することなど、苦ではなかった。

しかしうかつにも家臣の讒言《ざんげん》を真に受けて、盛親は兄に手を出した。その暴挙が家康の逆鱗にふれて、盛親には改易の沙汰が下された。

家康は改易の機会を待ち構えていたのだ。

すべての領地を召し上げられた長宗我部氏に代わり、遠江掛川藩主だった山内一豊が土佐に移封されてきた。

徳川家康は甘い男ではない。短慮に走り、兵を犬死にさせてはならぬ。

元親の先読みの正しさを嚙みしめつつ、盛親は浦戸城の無血開城に応じた。勝ち目のない戦で、長宗我部元親を慕ってついてきた一領具足《いちりょうぐそく》（精鋭部隊）を無駄死にさせることはできなかったからだ。

土佐藩初代藩主一豊は、移封から五年後の慶長十（一六〇五）年に没した。

たちまち、公儀の苛烈きわまりない土佐藩課役責めが始まった。

土佐藩が悶え苦しんでいた、慶長十三（一六〇八）年元日の夜。盛親は五郎左衛門の元服をひとりで祝った。

「まこと親仁様は、慧眼《けいがん》至極であられた」

この夜初めて、盛親は五郎左衛門にすべての秘密を打ち明けた。

徳川家康を恐れた元親は、長宗我部の血筋を絶やさぬ仕組みを編み出した。

「おまえの誕生が、親仁様が仕組みを思いつかれるきっかけとなった」

わしに後嗣はおらぬ……盛親が言葉を吐くと、ろうそくの明かりが揺れて従った。

かならず滅ぶを承知で、いまと、先の見えぬ明日を生きねばならぬ盛親。

ろうそくの揺れは、兄者の底なしに深き苦悩のあらわれだと、五郎左衛門は察した。

元服とは「察するを体得する」儀式でもあった。

さらには、石を膝に抱かされようとも、秘密を口外せぬとの契りを結ぶ日でもあった。

兄者はいままでも、これからも、きつい縛りを背負われて生きていかれよう。

長宗我部の血を受け継ぐ者が、しかと受け止めねばならぬ元服儀式の重きこと。

五郎左衛門は揺れる炎のなか、丹田に力を込めて噛み締めた。

「おまえは秦一族の血を先へとつなぐ、ただひとりの男になろう。家康は長宗我部の血の根絶やしを、かならず断行する。わしはそうされるに足る家柄だと自負しておる」

盛親の哀しい自負に、五郎左衛門は深くうなずいた。

「親仁様は徳川家康を心底、恐れておられたが、ようやくわしにもそれが分かった」

徳川の治世は、かつてないほどに長く続くと、盛親は私見を明かした。

「江戸に開府する二年も前の慶長六年に、家康はすでに金貨銀貨の鋳造を始めておる。こんなことをした武将は、かつてひとりもいなかった」

金貨銀貨に加えて、いまはまだ唐土《もろこし》から買い求めている銅銭も、やがては鋳造を始めるに違いないと、盛親は先読みを続けた。

「金貨銀貨はあまりに値打ちが高すぎて、ひとの暮らしの隅々にまで行き渡るのは無理だ。銅銭があればこそ、カネが天下に通用するようになる」

貨幣を暮らしに根付かせるために、家康は銅銭鋳造を始める……いまの盛親は、元親以上に家康の大きさを感じていた。

「わしは京に出る」

おまえの元服を待っていたぞ……盛親は、五郎左衛門元服の烏帽子親を果たしてから、京に出ようと決めていた。

「おまえに難儀がふりかかることがあろうとも、わしが京に上ったあと、もはや高知に我が一族にかかわりある者はおらぬ」

厳しさを告げつつも、盛親の語調に変わりはなかった。

「いかなる苦難に直面しようとも、おまえが背負うべき責めは、ただひとつ」

盛親はここで初めて、語気を強くした。

「いかなる手立てを講じようとも構わぬ」

盛親は弟の目を見詰めて申し渡した。

「かならず生き延びよ」

「御意のままに」

背筋を張った五郎左衛門は、きっぱりと答えた。


慶長十九年の秋に、五郎左衛門は京に上った。盛親に呼び寄せられたのだ。

「秀頼様から、強い誘いをいただいたでのう。わしは近々、大坂城に入る」

徳川と豊臣との間の緊張は、日増しに高まっていた。すでに諸国の外様大名には、大坂出兵の触れが二代目将軍秀忠の名で出されていた。

「なんとしてもおまえとは、今生の名残を酌み交わしたかったでのう」

不惑を迎えた盛親は、あごひげの見事な武将面となっていた。

土佐を出たあと、京では寺子屋の師匠も引き受けていたという。しかしひげ面は精《せい》悍《かん》でこそあれ、日々の辛苦の跡などは微塵も感じられなかった。

立って並ぶと、ともに五尺六寸の偉丈夫だ。

「秦一族の命運は、おまえの双肩にかかっておる」

頼んだぞと盛親。

御意の通りにと五郎左衛門。

短い言葉のやり取りに、ふたりはすべての想いを込めた。

仕上げは盛親手作りの雑煮となった。

「京はいまの土佐とは違い、わしには懐かしい丸餅だ」

盛親は三条河原に並んだ屋台の市場から、土佐の鰹節を買い求めていた。

盛親の手になる雑煮のつゆを、五郎左衛門はひとしずくも残さずに賞味した。

「これから起こるであろう大坂の陣は、徳川方の勝ち戦となるは必定だ。おまえは土佐に帰ったのちは戦の趨勢を見極めたうえで、召喚される前に出頭いたせ」

藩に恭順の意を示せば、多少の咎めは受けても命に障ることにはならない。

出頭せずに捕らえられたら、長宗我部家臣残党として、厳しく処断されるに違いない。

盛親は顔を引き締めて先行きを推し量った。

「おまえには生き恥をさらすという苦労をかけるが、秦一族のためだ。許せ」

「ありがたきお言葉です」

五郎左衛門は、深くあたまを下げた。

おのれの命は尽きたと、盛親は覚悟を決めている。それには一言も触れぬ盛親に、
五郎左衛門は深い辞儀で答えるのみだった。

京から土佐までの帰途、五郎左衛門は陸路をとった。

船には難破がつきものだ。速くて楽な海路だが、五郎左衛門は一顧だにしなかった。

土佐藩の赦免を得たのちは、一日も早く妻《めと》を娶り、秦一族の血を残すことがわしに課せられた使命。

その他のことは、すべておまけだ。

京で流行っていたおまけという語を、五郎左衛門は戒めとして用いた。

土佐に帰り着いたのちは、息を潜めて大坂の陣の成り行きを見守った。

負けと分かったあと、五郎左衛門は山に入った。そして自ら崖を転がり落ちて、足の骨を折った。

大坂の陣で負った傷を拵えた。


大坂の陣は慶長十九年の冬と、翌年夏の二度にわたった。

籠城戦となった冬の陣では、盛親にはほとんど出番はなかった。

翌年夏の陣では精鋭部隊を指揮し、激戦『八尾・若江の戦』に加わった。そして猛将盛親の勇姿を徳川方に見せつけた。

が、豊臣方は敗れた。所詮、豊臣は知恵者徳川家康の敵ではなかった。

長宗我部本流の血を残そうとして、盛親は町を知り尽くしている京の郊外に逃げ込んだ。しかし葦の原に隠れているところを、蜂須賀家家臣に捕らえられた。

六条河原での斬首は、多分に見せしめの意味を含んでいた。享年四十一。

家康が処刑の場に居合わせたわけではない。が、河原で斬首刑に処したのは、それだけ長宗我部を恐れていたことのあかしだった。

まことの天下人徳川家康なればこそ、あの長宗我部盛親を斬首できたと、高らかに知らしめたかったのだろう。

六

四ツ（午後十時）を過ぎると、さらに冷え込みがきつくなった。璵介は手焙りに、大きめの炭を継ぎ足した。

暮らしが赤貧であるのは五郎左衛門が徒士でいたときも、御留守居組に編入されることになったいまも、大して変わらない。

十五石四人扶持《ぶち》の俸給で使える炭は、一俵百二十文の楢《なら》炭である。火付きはすこぶるいいが、柔らかくてすぐ灰になる。

火の粉が飛び散るのも半端ではなかった。

いまは、藩に差し出す大事な文書をしたためているさなかだ。火の粉が飛び散るたびに、璵介は右手で追い払った。

そんな暴れ者の炭も、ようやく落ち着いたようだ。

気持ちを平らにして、璵介は硯に墨を押しあてた。

シャッ、シャッ。

かすれ音を立てて墨が走った。

手焙りに使う炭は安物にとどめても、明かりとなるろうそくと、墨・筆・紙には費《つい》えを惜しまなかった。

瑛介が差し出しをしたためようとしている伊野紙。この紙は長宗我部ゆかりの養甫が、紙作りの元を興した。

紙には費えを惜しんではならぬ。筆を走らせるたびに、先祖養甫様にこうべを垂れよ。

元服祝いの夜、五郎左衛門は伊野紙作りの由緒も瑛介に教えていた。

墨を走らせながら、瑛介はなにをしたためるか、その思案をまとめにかかった。

最初に考えたのは、なにゆえいまになって藩が差し出しを求めてきたのか、である。

父と藩とは、すこぶる良好な間柄を保っていた。みずから藩に出頭した父のいさぎよさを、藩は評価した。とりわけ二代目藩主忠義は父を高く買っていた。

遺品のなかには、藩主忠義からの書状があったほどだ。

隠居に際しては、藩は銀子《ぎんす》三枚の報奨を父に下された。

五郎左衛門は嶋一族の血を絶やさぬために、自我を封じて藩に仕えた。

藩から下されたのは、一枚十匁のなまこ銀だった。三枚合わせても三十匁、小判一両の半分の値打ちしかない。

五十路を過ぎたあとも、子を授かることに励んだことを、藩士の血を後世へとつなぐ忠勤であると藩は解釈した。

まさに父の願った通りの成り行きとなったのだ。

五郎左衛門の真意を理解できたと思えたことで、瑱介はなまこ銀三枚を文鎮にして差し出しを書こうとしていた。

瑱介は五郎左衛門よりは上位の御留守居組に、今年の正月四日から編入されることになった。

この人事からも、藩は嶋家を疎んじてはいないことが察せられた。

ならば、なぜ差し出しを求めてきたのか。

考え得る答えは、藩ではなく公儀大目付が提出を求めているということだった。

昨年春から、公儀は外様大名への監視を強めていた。なかでも外様藩士の由緒吟味は、厳重をきわめていた。

嶋五郎左衛門が元は長宗我部家臣であり、山内家に背いて大坂の陣にも加わっていたことは藩も承知のことだ。

しかし藩は受け入れても、公儀は別である。

公儀のきつい吟味にさらされても、微塵も瑕疵《かし》が浮かび上がらぬこと。差し出しをしたためるにおいては、この一点に留意すべし……それならば細工を弄せず、ありのままをしたためればいい。

瑛介の顔が、ようやく晴れた。


嶋五郎左衛門は大坂夏の陣決着を待って、高知城追手門詰所に出頭した。元和元（一六一五）年九月のことだ。

土佐藩は公儀の命で前年の冬の陣にも、この年の夏の陣にも、出兵を余儀なくされていた。

土佐から大坂に出兵する戦費は膨大で、藩の米びつをカラにした。しかも公儀はこの出兵だけでなく、江戸城修繕の手伝いだの、材木供出だのと、次々に出費を強いていた。

正味のところ、土佐藩は公儀に対して存念を抱え持っていた。そんなときに五郎左衛門は出頭したのだ。

「隠れ住めば咎めも受けぬものを」

出頭した五郎左衛門に、藩は好感をもった。

とはいえ、公儀に盾突いた長宗我部の残党である。江戸上屋敷留守居役は、公儀に沙汰を問うた。

「公儀および藩に対して意趣なければ、四年留置ののち赦免いたせ」

藩は公儀の沙汰に従った。入牢中の五郎左衛門の毅然とした所作を、藩重役は評価した。

出獄ののちは、藩に召し抱えられた。

五郎左衛門はすぐにも妻を娶《めと》りたかった。生きながらえるのは、血筋を絶やさぬためだとわきまえていたからだ。

しかしあまりの薄給ゆえに、妻帯はままならなかった。

五十路を迎えて、ようやく五郎左衛門は妻を得た。娶るまでの二十四年、五郎左衛門はひたすら養生に励んだ。大切な子種を漏らさぬよう、女断ちを続けた。

五十路での妻帯は、五郎左衛門の品行方正を高く買った上司の世話で実った。

嫡男は祝言から四年を経て授かった。

馬にも乗れぬ低い身分に、五郎左衛門は四十三年もの長きにわたり甘んじた。

六十八の人生終幕にあって、五郎左衛門は璵介を見詰めた。

「まかせたぞ」

「うけたまわりました」

瑛介の返事を聞くなり、五郎左衛門は目を閉じた。

成し遂げた男ならではの、莞爾《かんじ》とした笑みを浮かべて逝った。


差し出しは、一気に仕上げることができた。

この差し出しは、かならず公儀大目付の目にとまると、瑛介は確信していた。

もしも誤字や脱字があると、家名の恥では済まなくなる。差し出しに難癖をつける口実を、公儀に与えかねないからだ。

息遣いを整えて、瑛介は冒頭から読み返しを始めた。

すべて自分で書いた文書である。

一気に書き上げたときには、父の山内家への忠誠心を誤りなく書き尽すことに気を集めていた。

ここにしたためた事柄に、偽りはない。しかし、差し出しでは一言も書き及んでいないことがある。

後世に血を残すという、生まれながらに課せられていた、厳秘の使命についてである。

父は生涯すべてを、長宗我部の血を絶やさぬよう計らうことに費やした。

書かなかったことの重きを、その心情を、改めて汲みとることができた。

父は一番の大事を、ひとに明かすことができなかった。

わたしの元服で、父は抱えてきた重荷をようやくおろすことができた。

まかせたぞ。

嫡男にこれを言わんがために、父は生きてきたのだ……読み返し終えて、あらためてこれに気づいた。

盛親様は、父が生きながらえていると信じたればこそ、従容と土壇場に臨まれたに違いない。

この先は、わたしが荷を担ぐのだ。

いまさらながら璵介は担ぐ荷の重きを思い知った。

そのかたわら、尊き使命を与えられたことへの気の昂ぶりも感じた。

そうだったのか。

璵介は、さらに気づいた。

この使命感があればこそ、四年の牢屋暮らしでも父は痛む足も我慢して、背筋を伸ばしていられた。

隠居祝い金がわずか銀子三枚であっても、なんら不満を覚えなかったのだ、と。

ふうう。

璵介はいま、だれはばかることなく吐息を漏らした。

差し出しを無事に書き上げたこと。

常に背筋を張って生きてきた父の姿。

このふたつを思っての吐息だった。

紙の下端が、吐息を浴びてめくれた。

上部は、銀子三枚がしっかりと止めていた。

ほかげ橋夕景

一

天保十四（一八四三）年九月一日、暮れ六ツ（午後六時）前。九月のおとずれを待ち構えていたかのように、風が冷たくなった。

とりわけ陽が沈み始めたころからの川風は、身震いを覚える肌寒さをはらんでいた。つい今し方まで、一匹の三毛猫が堀の水面を見詰めていた。水辺の小石に近寄ろうとする小魚が気になっていたのだ。

が、陽は急ぎ足で西に沈んでいた。

堀端に迫り来る暗がりと、川風の冷たさに嫌気がさしたらしい。猫は四つ足を急がせて堀から離れた。

深川山本町の堀に架かった五ノ橋西詰には、高さ一間半（約二・七メートル）の常夜灯が設《しつら》えられている。首筋を撫でて川風が走り抜けたとき、常夜灯のわきに立っていたおすみはぶるるっと身体を震わせた。

おすみの身なりは、紺地の紬《つむぎ》に紅色の井桁《いげた》柄が染められたあわせである。帯は無地の赤銅色で、下駄の鼻緒も朱色だ。

父親傳次郎《でんじろう》好みの取り合わせを着て、おすみは火影橋《ほかげばし》の西詰に立っていた。高橋《たかばし》の普請場から暮れ六ツ過ぎに戻ってくる傳次郎を出迎えるために、だ。

橋の名は正しくは五ノ橋だ。が、おすみと傳次郎は火影橋と呼んでいた。

亡くなってすでに久しい母親おきちが、五ノ橋を火影橋と名付けた。父と娘の胸には、おきちのつけた名が深く刻みつけられていた。

橋のたもとの常夜灯には、まだ明かりは入っていない。灯されるのは、暮れ六ツの鐘が鳴り終わったあとだ。

おすみは背伸びをするようにして橋の彼方を見た。こどもの頃からのくせである。真ん中が高く盛り上がっている火影橋は、向こう岸が見えない。

背伸びをしたのは、橋を登って戻ってくる傳次郎を早く見たかったからだ。

橋のどこにも人影はない。おすみは気落ちしたかのように、背伸びの足を戻した。

季節はすっかり秋である。日を重ねるごとに、昼と夜の長さが入れ替わって行く。

七月二日だったら、いま時分はまだ西日が路地を照らしていたのに……。

おすみの身体には、陽が長かった真夏のころの感じがとどまっていた。

夜明けが力強くて、日に何度も井戸端で洗濯ができた七月。

ぬか床をかき回して、母親ゆずりのウリの糠漬《ぬかづけ》を毎日漬けた七月。

そして、自分の祝言話がまとまった、昼が長かった二カ月前のあの日。

おすみは常夜灯に寄りかかってあの日を思い返した。


「傳次郎さんと同じ棟梁に仕える大工さんだしさあ。おすみちゃんには、またとない良縁だよねえ」

念押しをするような目で、おちかは亭主の長助《ちょうすけ》を見た。

七月二日の七ツ半（午後五時）どき。

キイキイと甲高い声で啼《な》きながら、長屋の路地をコウモリが飛び交っていた。

「あれやこれや、佳き日はいつだと思い巡らせてみたんだが」

裏店《うらだな》差配の長助は、おちかのいれた麦湯の湯呑みを手に持った。

料理の腕はいまひとつだが、夏場の麦湯はおちかの自慢である。井戸水で冷やす前に、砂糖を一つまみおごった麦湯には、口にしただれもが心底感心した。

「九月三日なら大安だし、まだ川床を出している但馬屋にも空きがあるというんだ」

おすみと浩太郎《こうたろう》の祝言は、九月三日がいいんじゃないか……長助の勧めを、傳次郎は小さなうなずきで受け入れた。

「九月三日は、こっちも願ったりだ」

棟梁の松之助は、膝を叩いた。

「前の日の九月二日は、浩太郎が初めて親柱をなにする家の棟上げでね」

二日続きのおめでたごとは願ってもねえことだと、松之助は声を弾ませた。

「そうだろうよ、浩太郎」

棟梁に脇腹を突っつかれた浩太郎は、あいまいな笑みを浮かべた。

キイキイキイ……。

ひときわ高いコウモリの啼き声が、差配宅の八畳間に流れ込んできた。


あのときのおとっつあんは。

祝言の日取りを決める場で、顔を伏せたまま麦湯を呑んでいた傳次郎の顔を、おすみはいまでもはっきりと覚えていた。

おとっつあんはあのときから、この祝言が気に入らなかったのね……常夜灯に寄りかかったおすみから、吐息が漏れた。

今年の七月は、いつもの年以上に暑い晴れの日が続いた。

「暑さはきついけどさあ。上天気続きで表の仕事ははかどるって、うちのひとは威勢がいいんだけど、傳次郎さんはどうだい？」

石工の女房おせいに問われたおすみは、笑みを浮かべてうちも、そうです、と答えた。

「こんなに晴れが続くのも、お天道さまがおすみちゃんの祝言を祝ってくれてるからなんだよねえ」

おせいは正味でそう思っている。

それが分かったおすみは、さらに顔を崩して喜んだ。

が、土間に入るなり、目元を曇らせた。

傳次郎は結納を済ませてからは、ほとんど家で晩飯を食わなくなった。

「川べりの一膳飯屋のほうが、涼味があって飯も酒も進む」

おれの晩飯はいらねえ……傳次郎の外食は、八月に入っても続いた。

おとっつあんは、あたしと晩ごはんを食べるのをいやがっている……何度も傳次郎に確かめたいと思った。が、返事を聞くのが怖くて、問わず仕舞いになっていた。

風は、犬の遠吠えまで運んできた。

二

おすみの母親おきちと傳次郎が出会ったのは、二十二年前の文政四（一八二一）年三月である。

当時のおきちは両国橋西詰の料亭折り鶴で仲居をつとめていた。

傳次郎は親方松之助の指図で、折り鶴に修繕普請に出向いたことで、おきちと出会った。

大川の東側一の棟梁として名が通っていた松之助は、腕のいい大工を二十人も抱えていた。二十八の傳次郎でも、まだ若手だったゆえんである。

しかしカンナと鑿《のみ》の扱いに抜きんでていた傳次郎は、若手ながらも大事な普請場を任される男だった。

折り鶴の母屋は総檜造りの二階家だ。修繕に費《つい》えを惜しまない折り鶴を、松之助はことさら大事にした。

「あっしが腕を見込んでいる職人を差し向けやす。二十八でまだ独りモンでやすが、うちでも飛び切りの男なんでさ」

松之助が腕を見込んだ、独り者の大工。

折り鶴の仲居たちは、傳次郎が出向いてくるのを待ち焦がれた。

傳次郎は三月四日から折り鶴で仕事を始めた。

前日のひな祭りは、蔵前の札差が柳橋の芸者を総揚げにして折り鶴で豪遊した。傳次郎が職人を引き連れて勝手口をくぐったとき、仲居たちは前日の後片付けのさなかだった。

三月三日は桃の節句だ。しかしこの年は陽気がよくて、庭の桜も二分咲きとなっていた。

　傳次郎は桃と桜が咲いている庭で修繕普請を始めた。

「上背もすっきりと高いし、あたし、様子のよさにのぼせそう」

「なにいってんのよ、あんたの間夫《まぶ》に言いつけるわよ」

　仲居たちは傳次郎を肴にして、黄色い声を交わした。

　四ツ（午前十時）と八ツ（午後二時）の茶菓をだれが運ぶか、仲居たちは真顔で言い争った。

　傳次郎は腕のいい職人にありがちな、口べただった。

「職人に達者な口はいらねえ」

　これを地でいく男である。仲居が飛び切り美味い生菓子を供しても、黙ってあたまを下げるだけだった。

　昼の茶はおきちが運んだ。傳次郎はこのときも無言であたまだけ下げた。

　おきちは寡黙で愛想のない傳次郎に強く惹かれた。

　器量の良さでも気働きのよさでも、おきちは折り鶴一と言われていた。陰ひなたなく客に接する働きぶりは、女将《おかみ》も高く買っていた。

「費えはどうでもいいから、あの仲居を囲わせてくれ」

　札差や日本橋の旦那衆の何人もが、女将に強く迫った。が、おきちはまるで取り合わなかった。

それほどに身持ちの堅かったおきちが、傳次郎にこころを動かした。

「おきちさんがその気なら……」

朋輩はもとより、板場の料理人までがおきちの後押しを始めた。

「板前さんが、どうぞと言ってますので」

「仲居頭のおねえさんからです」

昼飯どきに汁だの香の物だのを、おきちは日替わりでひとの名をかたって傳次郎に供した。

気性のはっきりしているおきちに、傳次郎も強く惹かれていた。が、生来の不器用者で、どう応じていいかが分からなかった。

「傳の字よう、おきちさんからいただくばかりじゃあ男がすたるぜ」

棟梁は傳次郎の尻を叩いた。棟梁や仲居頭の仲立ちもあり、ふたりは出会った年の暮れに祝言を挙げた。

夫婦仲はすこぶる睦まじかったが、子宝には恵まれぬまま歳月が過ぎた。

所帯を構えて四年目におすみを授かった。

長女の誕生をきっかけに、傳次郎一家はいまも暮らしている長助店に移った。うまい具合に角部屋の二間続きに、空き店が出ていたからだ。

「おめえの技があれば、職人を使って棟梁を張ることができる」

松之助はのれん分けをしてもいいと告げた。ところが傳次郎は断った。

「あっしは、ひとを使えるガラじゃありやせん。お施主さんに上手も言えやせん」

このまま通い大工でいさせてほしいと、傳次郎は正味で頼み込んだ。

傳次郎の気性を呑み込んでいる松之助は、それも仕方がないと受け入れた。

明け六ツに起き、おきちの拵えた朝飯を食い、六ツ半（午前七時）に出かける。

そして季節が移ろっても、傳次郎は女房と娘が待つ深川の裏店に暮れ六ツ過ぎには戻ってきた。

おすみは毎夕、常夜灯の灯された五ノ橋たもとで父親の帰りを待っていた。

大きく盛り上がった橋のてっぺんに父親の姿を見ると、おすみは駒下駄を鳴らして駆け上がった。

傳次郎は道具箱を橋板に置き、娘を両腕で抱き上げた。

「橋の近くから見る常夜灯って、とってもきれいね」

おすみと一緒に、初めて傳次郎を迎えた夏の宵。おきちは柔らかな明かりを見てつぶやきを漏らした。

「五ノ橋では味気ないから、火影橋って呼ぶのはどうかしら」

「すっごくきれい」

「いい名だぜ」

おすみと傳次郎は、その場で火影橋の名を受け入れた。

「まったく、おきっつあんところの仲のよさには、羨ましくてため息が出ちまうよ」

「旦那は様子がよくて腕も稼ぎもいいしさ。おきっつあんの気立てと器量のよさは、まだ五つのおすみちゃんがしっかり受け継いでいるしで、文句のつけようがないよ」

長助店の女房連中は心底、傳次郎一家を褒めた。口調にやっかみはかけらもなかった。

傳次郎のもとに到来する旬の水菓子やら鮮魚やらを、おきちはほどよく近所に振舞っていたからだ。

「うちのひとがお出入り先でいただいたんですけど、親子三人では食べ切れないんです。人助けだと思って、どうか一緒に食べてくださいな」

食べきれないから助けてと言い添えて、相手に負い目を感じさせない。老舗料亭の仲居時代に培った気遣いである。

長助店に暮らすだれもが好意を寄せていたおきちだったが、天保三（一八三二）年の夏に心ノ臓に発作を起こして急逝した。

享年三十四。

おすみはまだ九歳だった。

三回忌の過ぎるのを待って、周りは傳次郎に後添えを勧めた。

「あんたは厄年前だ。おすみちゃんだってまだ十一だし、母親がほしいだろう」

傳次郎は不器用にあたまを下げるだけで、持ち込まれた話を断った。

その後も話は幾つも持ち込まれた。が、七回忌を過ぎたあたりからは、もはや勧めるひともいなくなった。

傳次郎とおすみは、ともに後妻を望んではいないと分かったからだ。

天保十一（一八四〇）年の正月で、おすみは十七になった。娘盛りを迎えたおすみは、亡母の器量よしをそっくり引き継いでいるのがだれの目にも分かった。

面長で、眉は細くて濃い。瞳は大きく、ほどよく厚い唇は紅をひかずとも艶《あで》やかな朱色に見えた。

おきちが遺した着物は、直さなくても裄丈《ゆきたけ》ともにおすみにぴたりである。

紺地の紬に紅色の井桁柄が染められたあわせは、傳次郎とおきちが祝言の段取りを話し合ったときに着ていた一着である。

おすみは十七歳の元日、そのあわせに袖を通した。あわせには、これもおきちが使っていた紅色のたすきがかけられていた。

「いつまでも一緒に正月を迎えて、あたしにおとっつあんの世話をさせてください」

おすみは三つ指をついて、父親に頼んだ。

傳次郎は戸惑いを顔に浮かべて、娘の口上を受け止めた。

その元日から三年が過ぎた今年の正月二日に、傳次郎はひとりの年始客を宿に迎えた。

同じ棟梁の下で働いている、大工の浩太郎だった。

太い眉をぴくぴく動かしつつ、浩太郎は上ずった声でおすみに年始のあいさつをした。

路地の奥で犬が吠えた。

三

正月二日に来客があることは二十八日、傳次郎の仕事納めの日に聞かされた。

「おれと一緒に働いてるやつが、正月はてえへんだとこぼしていた」

暮れから正月の三が日にかけては、行きつけのうどん屋と一膳飯屋が、どちらも閉まってしまうらしい。

魚河岸も青物市場も、二十八日が仕事納めだ。年始は五日が初商いである。

仕入れができないがゆえに、年の瀬から年始にかけてはほとんどの一膳飯屋は商いを休んだ。

うどん屋とて同じである。

「暮れはともかく、新年早々からあったけえものを口にできねえのは、いくらなんでも可哀想だからよ」

二日でよけりゃあうちにこいと、傳次郎はその男に声をかけていた。

「新年二日に客を迎えたりしたらおめえも大変だろうが、人助けだと思ってくれ」

娘を得心させようとして、傳次郎はいつになく細々《こまごま》と客のあらましを話した。

「稼ぎはほどほどにいい男だ。朝は近所のうどん屋で、かけうどんと生卵をぶっかけた飯を食うのが決まりだそうだ」

「毎朝玉子ごはんなんて、随分豪気な職人さんね」

おすみは父親の話を感心しながら聞いた。メシ代と飲み代を惜しまないのが、職人の見栄である。

「費えに高いのなんのは言わねえ。生卵をぶっかけた熱々メシが食えるように段取りしてくんねえ」

いつも以上に細々と聞かされたものの、これしか言われていなかった。

父親の口数が少ないのは、もとより承知である。言葉が足りないところは、おすみがあれこれ思いをめぐらせて足し算した。

ひとり暮らしの、おとっつあんと同じ年格好の職人さん。

正月になっても在所には帰らない。帰らないのには、それなりのわけがあるのだろう。

お酒は好きだが料理はしない。暮れの内に食材を買い置きしておいて、ひとりで支度をするひとではない。

裏店暮らしなのだろうが、長屋のひとたちとの付き合いは薄い。だからお店が閉まる年末年始になっても、近所からお裾分けをしてはもらえない。

どこか偏屈で、人付き合いの苦手な職人さん。きっとおとっつあん以上に口べたなひとに違いない。

正月二日にたずねてくる客は、酒好きの五十年配の大工だとおすみは思い込んでいた。

おきちが達者だったころは、傳次郎はよく仲間の職人を連れて帰ってきた。そしておきちが調えた酒肴でもてなした。

とはいえ傳次郎が無口であるのは、客が一緒でも変わらない。

「うちのひとはこんな調子の無愛想者ですから、一緒に仕事をするのはさぞかし気骨がおれるでしょう」

亭主の無口を、おきちのもてなしが補った。

傳次郎が無愛想でも、客は絶えなかった。

おきちが没したあとは、ぱたりと客の足は途絶えた。母親から一通りのことは仕込まれてはいたが、おすみはまだこどもだった。

正月二日の客は、思えばおすみがきちんともてなす初めての客だった。

天保十三年十二月は小の月で、二十九日が大晦《おおつごもり》となった。

お正月二日にお迎えする職人さんは二十九日も元日も、炊きたてごはんが食べられないでいる……。

雑煮の支度ももちろんするが、炊きたてごはんを食べてもらおうと、おすみは決めた。

新年早々の客は、本音を言えば迷惑である。しかしおきち譲りのもてなし好きの血が大いに騒いだのだ。

おせちの残りだけではなく、酒の肴にもなる干物も用意しておこう。冬場なら、脂がのっている旬の干物が幾つもある。

炊きたてごはんに合う、おいしいお味噌汁も作ってあげよう。おっかさんから教わった油揚げと豆腐の味噌汁。

雑煮に使う三つ葉もお味噌汁にあしらえば、味が引き立つに違いない……。

おすみは大晦の日に、仲町であれこれと買い物をした。父親と同年配の客に、喜んでもらいたい一心で。

客は四ツ半（午前十一時）過ぎにあらわれた。傳次郎と酌み交わしたくて、一升入りの通い徳利を提げていた。

出迎えたおすみは、息を呑んで言葉が出なくなった。

客はまだ二十代の、おすみとさほどに歳が変わらない若い職人だったからだ。

四

「こんな美味い雑煮を食ったのは、生まれて初めてでさ」

浩太郎はアジだしの雑煮をお代わりした。

こんがりと焦げ目のついた切り餅が、ふたつ入った雑煮だ。一杯食べれば、おとなでも満足できる中身である。

それを浩太郎は、立て続けに二杯も口にした。おすみは切り餅焼きに追われた。

「白い餅のへえった雑煮を食いてえと、ガキの時分には何度思ったことか……」

浩太郎は雑煮椀の餅を、慈しむようにして味わった。

押上村の農家が浩太郎の里だった。

農家といっても米作りの水田はない。野菜と雑穀を収穫する小作人である。

貧農のきわみだったが、それでも新年には雑煮で祝った。

「餅米を搗《つ》いた白い餅はとっても食えやせん。黄色い粟餅で、つゆはクズ野菜をごった煮にした青臭い味でやした」

一度も美味いと感じたことはなかったと、浩太郎は昔を振り返った。そんな雑煮で育ったがゆえに、焦げ目のついた切り餅とアジだしのつゆの雑煮は、舌が飛び跳ねるほどに美味かったのだろう。

炊きたてごはんも、硬めの水加減が浩太郎の好み通りだった。

「雑煮にも増して、このおまんまは飛び切りの美味さだ」

酒の肴にと考えて支度していた、アジの干物とイワシの味醂《みりん》干し。これをごはんのおかずにして、茶碗に三膳もお代わりした。

雑煮を二杯も平らげた、そのあとで。

浩太郎の「美味い美味い」には、かけらの世辞も含まれてはいなかった。食べっぷりから、それはおすみにも伝わった。

「正月早々、こんないい思いができるとは考えてもみやせんでした」

満腹のあとで酒になった。

「浩太郎さんは熱燗がお好みだと、おとっつあんから聞きましたから」

おすみは袴を履かせた徳利を浩太郎の膳に置いた。

「いただきやす」

浩太郎は一段と声を弾ませた。しかし二十四歳の若さとはいえ、たらふく餅とメシを食ったあとの酒である。

威勢のいい言葉とは裏腹に、猪口の運びはのろかった。

「押上村が在所なら、正月は里にけえりゃあいいだろうによ」

傳次郎の言い分を、おすみはもっともだと思って聞いた。

年の瀬は一膳飯屋がどこも閉じていて、メシを食う場所に往生している……傳次郎から聞かされたとき、おすみはその職人の在所は江戸から遠く離れた遠国だと思った。

ところが浩太郎の在所は、向島からわずかな先でしかなかった。

「里は妹が婿をとって、両親《ふたおや》とも仲良くやってやす」

正月も里には帰らずに、稼ぎの四分一を仕送りすることが一番の親孝行でさ……言い切った浩太郎は、猪口を呑み干した。

酒をあおった手つきから、浩太郎の胸の内を察したのだろう。

「深川の八幡様には、江戸中から初詣客が押し寄せてくるんだ」

背筋を伸ばした傳次郎は、富岡八幡宮の初詣に話を変えた。が、そのすぐあとに、不意に話を打ちきろうとした。

「酒がへえった身体が、横になりたがってるからよう。八幡様の初詣にはおめえたちで行ってきねえ」

言うなり傳次郎は、搔巻《かいまき》をまとって横になった。

おすみは手早く片付けを済ませてから、浩太郎と連れ立って富岡八幡宮の初詣に出た。

歳が若いだけに、この日が初顔合わせでも出かけるのをふたりともためらわなかった。

おすみは二十歳で浩太郎は二十四。

流行り物のことやら、役者の好みやら、話すタネに限りはない。ふたりは仲町の甘味屋で、一刻半（三時間）も話を続けた。

浩太郎はなんと、ここでも汁粉を三杯も平らげた。

五

「折り入って、傳次郎さんに聞いてもらいてえ話がありやすんで」

節分の豆まきを翌日に控えた、二月二日の七ツ半（午後五時）過ぎ。顔つきを引き締めた浩太郎は、佐賀町の普請場で傳次郎に小声で話しかけた。

「構わねえが、話を聞くのは五ノ橋の屋台でいいか？」

問われた浩太郎は、強くうなずいた。

「火影橋の彦八とっつあんの酒なら。願ってもねえことでさ」

張り詰めていた浩太郎の顔がゆるんだ。

浩太郎から離れたところで、傳次郎は吐息を漏らした。

五ノ橋を火影橋と呼ぶのは、親子三人だけだった。その大事を、おすみは浩太郎に話していたと知ったからだ。

火影橋の西詰には暮れ六ツから四ツ（午後十時）までの二刻（四時間）、燗酒を飲ませる屋台が出た。

酒飲み屋台なのに、商い始めが暮れ六ツと早い。親爺の彦八が、五ノ橋たもとの常夜灯の火の番を受け持っているからだ。

傳次郎より七歳年上の彦八とは、二十年を超える付き合いだ。おすみの誕生も、おきちの急逝も彦八は目の当たりにしてきた。

正月以来、傳次郎は何度も浩太郎と屋台で酒を酌み交わしていた。彦八は余計な口は挟まず、黙ってふたりに酒を供していた。

傳次郎は浩太郎以上に熱燗好みである。彦八は屋台にはめずらしく、徳利の袴を傳次郎のために備えていた。

浩太郎が顔を出すようになってから、袴がひとつ増えていた。

二月二日の普請場は、暮れ六ツの鐘で仕事仕舞いとなった。真っ直ぐに彦八の屋台に向かった傳次郎と浩太郎がこの夜の口開けの客となった。

「先にやっててくれ」

相客のいない屋台に浩太郎を残して、傳次郎は長助店に戻った。この日は朝の出がけに、帰りが遅くなるとは告げていなかった。

「彦八の屋台で呑んでるからよ」

おすみに伝えた傳次郎は、さほど待たせることなく屋台に戻った。

浩太郎はなにも口をつけずに待っていた。

「せっかくの酒が、ぬるくなっちまっただろうによ」

彦八が熱燗のつけ直しをした徳利を、傳次郎が浩太郎に酌をしてこの夜のやり取りが始まった。

「いただきやす」

おのれに威勢をくれるがごとく一気にあおったあとで、浩太郎は傳次郎に身体を向けた。

長い杉の腰掛けがギシギシッと軋《きし》んだ。

「おすみさんと所帯を構えるのを、ぜひにも許してくだせえ」

膝にのせた両手をこぶしに握り、浩太郎は頼み込んだ。腰掛けは軋み音を強くして、浩太郎の願いを後押しした。

「おすみも、とっくにその気だ」

頼んだぜと応じてから、傳次郎は手酌で満たした盃を干した。

傳次郎は舌がやけどするほどの熱燗好みである。燗つけをする銅壺《どうこ》の湯が、煮え立ってぷくっと破裂した。

「余計な口出しをする気はねえが、ひとつだけ、おめえには肚《はら》をくって聞き入れてもらいてえことがある」

傳次郎の目に力がこもった。

浩太郎のこぶしにも力がこもった。

六

大川の西側から、火の見やぐらの半鐘が流れてきた。

ジャン、ジャン、ジャン……ジャン、ジャン、ジャン……。

火元は火の見やぐらから遠いと報《しら》せる三つ半である。他町に任せておけばいいと判じたのだろう、仲町の辻に立つやぐらは黙ったままだった。

半鐘を下敷きにして、傳次郎は話を始めた。

「所帯を構えたあとは、気楽には行き来ができねえように、できるだけ深川から遠ざかってくんねえ」

頼みはこれだけだが、譲れない頼みだと傳次郎は言い切った。半鐘の三つ半を弾き飛ばすほどに語気は強かった。

言い終えた傳次郎は徳利を持った。が、中身はカラだった。

「代わりをつけてくんねえ」

「あいよう」

すかさず応じた彦八の声はかすれていた。傳次郎の言い分に、彦八も正味で驚いたのだろう。

浩太郎は顔をこわばらせて、傳次郎が続けるはずのあとの言葉を待っていた。

「飛び切りの熱燗にしといたぜ」

親爺から受け取った傳次郎は、熱がりもせず徳利の胴を持って手酌した。

「いつにも増して、いい辛さだ」

辛口の酒を褒めてから、傳次郎は浩太郎に目を戻した。

「おめえも知っての通り、おすみは今年で二十歳になった。これまで何度も縁談を持ち込まれたが、あいつは話を聞こうともせずに断り続けた」

おれの先行きを案じたからだ……傳次郎はぶっきらぼうな口調で言葉を足した。

あれじゃあ行かず後家になる。

傳次郎が娘の縁談の邪魔をしている。

世間には勝手なことを言う声も少なくなかった。が、おすみは聞こえないふりをして、傳次郎の世話を焼き続けた。

父親のそばにいるのが幸せだと言わんばかりに、周囲には晴れ晴れとした顔を見せた。

二十歳は、娘盛り最後の曲がり角だ。

娘が行き遅れにならぬようにと、傳次郎はかねてから人柄を見込んでいた浩太郎を娘に引き合わせた。

早く嫁がせたいという、傳次郎の願いは成就したのだが。

「おれの近所に暮らしていたら、娘はなにかとおれを気にするに決まってる」

「あたぼうじゃあねえですか」

浩太郎が強い口調で応じたら、傳次郎は右手を出してその口を押さえた。

「女房がだれよりも亭主を気にかけてこそ、家のなかはうまくいく。おきちはおれに、そうしてくれた」

傳次郎と所帯を構えたあとのおきちは、自分から実家を気遣う素振りはただの一度も見せなかった。傳次郎が強く言って初めて、おきちは両親や兄弟に気を向けた。

「惜しいことに、おきちはそのわきまえを娘にしつける前に逝っちまったが、生きてりゃあ、きっと同じことを言ったにちげえねえ」

所帯を構えたあとは一日も早くこどもを授かり、自分たちの家族の土台を築け。

深川を気にかけるのは、しっかりと家族の基礎が固まってからだ。それを成し遂げるためにも、ふたりで構える新たな宿は深川から離れた町にしろ。

傳次郎のきつい諭しに、浩太郎は不承不承の顔つきでうなずいた。

銅壺のなかの泡が、またプクッと音を立てて破裂した。

七

ゴオーーン……。

永代寺が撞く暮れ六ツの捨て鐘が鳴り始めたことで、おすみは思い返しを閉じた。

二カ月前の結納のことから、我知らずに次々と時をさかのぼっていた。

「どうしたい、おすみちゃん。おめえさんらしくもねえ、ぼんやり顔だぜ」

話しかけてきたのは彦八だった。暮れ六ツの鐘が鳴っているさなかに、彦八が常夜灯に明かりを灯すのが毎日の決まり事だ。

彦八は一升入りの油徳利と、小さな十匁ろうそくを手に持っていた。夜通し灯される常夜灯の油皿は一升入りだ。

傳次郎が仕事場から帰ってくるころに、彦八は常夜灯に火を灯すのが常だった。

おすみのこども時分には、橋を渡りきった傳次郎は常夜灯の前で娘を抱き上げた。

橋の真ん中まで駆け上がったおすみを抱き上げてくれることもあった。

どちらのときも、傳次郎は宵闇ごろにはあごも頬もひげでザラザラになっていた。

おすみはしかし、そのザラザラに自分の顔を押しつけるのが好きだった。常夜灯の柔らかな明かりが、毎夜、父と娘の顔を照らした。

いま彦八が灯した明かりは、こども時分と変わらぬ柔らかさだ。

そしていまもおすみは、常夜灯の前で傳次郎の帰りを待っていた。

父親のひげが濃いのも同じである。しかしそのあごに、いまはもう自分の頬を押しつけることはできなかった。

おとっつあんは、あたしのことがうっとうしくなったみたい……。

祝言が決まって以来、なにを話しかけても邪険な返事しか返ってこない。それがおすみには、たまらなく哀しかった。

「あさってが祝言だてえのにそんな顔をしてたら、だれよりも今度の縁談を喜んでる傳次郎が悲しむじゃねえか」

「えっ？」

おすみは息を呑んだ。

傳次郎が縁談を喜んでいたとは、思いもしなかったからだ。

「どうやらあいつは、おめえさんにはあたってばかりいるらしいな」

彦八はおすみの顔をのぞきこんだ。おすみは思わず、こっくりとうなずいた。

「あいつはてえした男だぜ」

立ち話ですまねえがと断ってから、彦八はこれまでの顚末を話し始めた。

「こんな場をあいつが見たら、余計なことを言うんじゃねえと文句をつけるだろうが、構うことはねえさ」

おすみが呑み込めるように、ゆっくりの口調で彦八は話を続けた。

聞いているうちに、おすみの両目はこみ上げてくる涙で膨らんだ。聞き終わったときには大粒がひと粒、地べたに落ちた。

「男には、やせ我慢がでえじだからさ。おれが話したことを、おめえさんはばらしちゃあいけねえよ」

「はい」

強く返事した拍子に、またひと粒落ちた。

「けえってきたぜ」

言い置いて、彦八は橋に向かった。

橋の向こうから、聞き慣れた足音が聞こえていた。

おすみは急ぎ、涙をぬぐった。

橋の真ん中の盛り上がったところで、彦八と傳次郎がすれ違った。

油徳利を手にした彦八は、傳次郎に軽く会釈した。傳次郎のやせ我慢を敬っているのが、その会釈に込められていた。

傳次郎はきまりわるそうな顔で応じたあと、目を正面に向けた。
常夜灯の前に立つおすみと目があった。
おかえりなさい。
おすみのつぶやきが、傳次郎に聞こえたらしい。
肩に担いだ道具箱が、軽やかにカタンッと鳴った。
おすみは紅だすきに手をかけた。

解説

長宗我部友親

土佐の女性は酒と話が好きである。だから、土佐で有名な皿鉢《さわち》料理には前菜からデザートまでがすべてひとつに盛り込まれている。それはその家の主婦がどんと大皿一枚を出して、あとは酒だけを持ち込み、客とともに主婦も一緒に座を楽しむための工夫である。

山本一力に最初に会ったのは、そんな美味しい土佐料理を前にしてであった。その席は、山本一力と小学校時代に同じ教師に学んだ私の友人が、四国土佐の長宗我部家の末裔である私を山本夫妻に紹介するために用意してくれていた。そして、山本一力ファンであった私はいそいそと出掛け、酒と肴の勢いもあり長宗我部家に伝わる話を、その時脈絡もなくしてしまったのである。彼はうつむき加減に、静かに聞いていたが、ふいと顔を上げると「〝銀子三枚〟と、〝たもと石〟の話、この二つは小説にしましょう。」といった。

書き進むきっかけがひらめいたのだと思うが、タイトルになる言葉を切り取る感覚には感服した。本書に収録された『銀子三枚』は平成二十二年度の日本文藝家協会編『代表作時代小説』（光文社）に選ばれた。『たもと石』は四国の覇者、長宗我部元親の妹、養甫にまつわる話で、『朝の霧』（文藝春秋）の最終章に収まっている。

本書『ほかげ橋夕景』には、表題作をはじめ、『銀子三枚』や『藍染めの』、それに晩年の清水の次郎長の知られざる挿話『言えねえずら』など八本が収録されているが、それらの作品のいずれもが、冒頭から数枚読むだけで、すっと作品の時代に引き込まれていく。

表題作『ほかげ橋夕景』は、深川山本町の堀に架かった五ノ橋で、その西詰に常夜灯があるいわゆる「火影橋《ほかげばし》」が舞台装置として使われている。大工の傳次郎《でんじろう》の娘のおすみが主人公だが、その常夜灯が置かれた橋を火影橋と名づけたのは今は亡き傳次郎の妻でおすみの母親であったおきちだ。彼女はかつて両国橋西詰の料亭で働いていた。この作品を読んでいると自然に、人情の町、深川の川風が吹いてくるような錯覚にとらわれる。

山本一力の『ほかげ橋夕景』でのテーマは、引き継がれてゆく親子の思いと下町の人情風景、である。それはおきち夫婦からおすみへと受け継がれ、そして近く所帯を持つであろう、おすみ夫婦からまたその子へと、時代を経て繫がっていくことを思わせる。ラストが印象深い。

肩に担いだ道具箱が、軽やかにカタンッと鳴った。

おすみは紅だすきに手をかけた。

「肩に担いだ道具箱が、軽やかにカタンッと鳴った。」で終わってもよい。けれど、おすみが紅だすきに手をかけるという姿を描いて、さらに次に続いていく流れを作っているところが山本一力らしい。

この手法は、長宗我部元親の家臣であった、波川玄蕃の内乱を描いた『朝の霧』の最後の場面にもでてくる。夫の玄蕃、それにわが子までも兄である元親に殺されて、失意のどん底に落とされた養甫が、焼け落ちた玄蕃の城影を映す仁淀川の河原の小石を、たもとに入れる、という動作と、「明日もまた、石を拾いに参ります」という養甫の言葉で、この小説は終わる。この幕切れの演出は、余韻を残す。

『藍染めの』は、伊勢型紙彫り職人である佐五郎の一途な愛が描かれている。親方の娘さゆりは「白桃のような甘い香り」を漂わせている美しい娘。だが、不幸にもその娘は、佐五郎ではなく、商品を納めている吉野屋の息子に恋心を抱いている。さてこの苦しい恋のねじれをいかに解いてゆくか。むろん娘の父親である親方はしきたりに厳しい職人中の職人である。山本一力はこうした人物を描くのが得意だ。そして、その下町の人々が作り上げていく世界が、また心地よい。

最初に山本一力の作品に私が出会ったのは、直木賞を受賞した『あかね空』である。徳川将軍のお膝もと、「貧乏人が助けあって暮らす町」である深川に関西訛りの大柄な男、永吉が突然やってきて、京豆腐を売り始める。冒頭の長屋の情景描写から、切れのよいタッチで物語は進んでゆく。まるでそこに舞台のセットがあって、人情深い人々が相次いで登場し、粋な芝居が眼前で繰り広げられていくような筆致が気に入って、一気に読み進んでしまった。そのうえ、亀戸天神で迷子になり、その行方がわからなくなってしまった息子を永吉にかさね、そっと陰から永吉の手助けをし続ける相州屋夫婦の存在をはじめ、大団円に向かう幾重にも計算された筋立てには泣かされた。ディテールもきっちりと書き込まれている。卓越した構想力が感じられる、すごい作家が出てきたと思った。

その作家に土佐料理の店で会え、さらに伝えたかった話が本当に小説になった。

『銀子三枚』について述べる。

読み始めて、書き出しの場面で私は突如体が震えるような感覚に襲われた。『銀子三枚』は、長宗我部元親の末弟で、私の先祖にあたる長宗我部親房（別名島親房）の三代目である與助（小説では嶋璵介）が主人公になっているが、その時代に漂っていたピンと張りつめた空気が、読み始めると同時に私に伝わってきた。そうか、こういう思いをして、與助は時の藩主である山内家、ひいては徳川政権に、與助の父、五郎左衛門と自分の「差し出し」（身上調書）をしたためていたのか。あたかも與助が文机に向かっているその場に私が引き出され、凛とした彼の後姿を見せつけられているような不思議な感覚に、陥った。物語の展開には、その時代の生きた空気が必要である。山本一力はいとも容易にそれを生み出す。

この物語に登場する五郎左衛門には謎が多い。彼が長宗我部家の血を引く人物であり、親房の後を継いでいることは、山内家の二代目忠義から手紙をもらっている史実などからもわかる。だが、それは間接記録によるのであって、この五郎左衛門本人が直接記したものは何も見当たらない。というか消し去られてしまっている。逆にそういうことからもこの人物は、長宗我部家の血の流れの中で重要なカギを握っていたと推察できる。作家として山本一力がその謎の一面を大胆に解き明かしたのがこの『銀子三枚』である。また、山内家から五郎左衛門が隠居に際して頂戴したという報奨金の銀子三枚を、息子の與助はいったい何に使用したのか。山本一力は答えをこの作品の中で出している。その着想にうならされた。

山本一力の作品には悪人があまり登場しない。やくざでさえその心根は太く優しい。ささくれ立った現代に、安心して読める作品であるのはそのためでもあると思う。また登場する主人公はほとんどが夫婦仲が良く、家族の絆が強い。二〇一二年には一家そろってアメリカに渡り、国道66号線四千キロの長旅を実行されたという、作家の実生活がそうだからでもあろう。

（長宗我部家十七代目当主）

文春文庫

ほかげ橋《ばし》夕《ゆう》景《けい》

定価はカバーに
表示してあります

2023年6月10日　新装版第1刷

著　者　山《やま》本《もと》一《いち》力《りき》
発行者　大沼貴之
発行所　株式会社 文藝春秋

東京都千代田区紀尾井町 3-23　〒102-8008
TEL 03・3265・1211㈹
文藝春秋ホームページ　http://www.bunshun.co.jp

落丁、乱丁本は、お手数ですが小社製作部宛お送り下さい。送料小社負担でお取替致します。

印刷製本・凸版印刷

Printed in Japan
ISBN978-4-16-792056-2